A. M. KHERBASH

Stella Lesath

TRADUZIONE DI MICHELA DE STEFANI

A mio marito

Lesasth:

(Upsilon Scorpii) è una stella situata nel "pungiglione" della
costellazione dello zodiaco meridionale dello *Scorpius*, lo
Scorpione. Si dice che il suo nome provenga dalla parola
araba *las'a*: un morso o una puntura velenosi.

PROLOGO

"Sono arrivato, Ory... In quel posto di cui ho sentito parlare."

"Spero che stavolta il microfono del cellulare resista e non mi abbandoni nel bel mezzo della registrazione come la volta scorsa, quando ha lasciato una ventina di minuti di silenzio assoluto. E pensa che questo dovrebbe pure essere un modello aggiornato. Comunque adesso sembra che funzioni bene, e poi questo file rimane tra noi due, quindi mi auguro che quello sia stato solo un incidente di percorso."

"Ad ogni modo, posso provare a spiegarti come sono arrivato qui: non troverai questo posto in nessuna cartina o mappa GIS... o almeno non in quelle che ho controllato io. Secondo le mappe si trova nel bel mezzo di una foresta fitta e le immagini satellitari non sono altro che foto sfocate. Immagino che qualcuno voglia mantenere nascosta questa zona. Ma se riesci a trovare una cartina vecchia di almeno una decina d'anni... vedrai un posto chiamato Duncastor, appena a nord di Palais Gris. C'era un conservificio di pesce in quella zona, ora è chiuso e lasciato andare in rovina. Trova il conservificio, sul retro vedrai un sentiero di montagna non segnalato, seguilo a piedi per qualche chilometro e non arriverai troppo distante da dove mi trovo io adesso. È solo il mio secondo giorno in questa zona, ma di due cose son sicuro: qui il cellulare non ha ricezione ed è facile perdersi se non si presta attenzione."

"Scusa per il rumore. Mi servivano entrambe le mani per una salita ripida e il filo del microfono continuava a sfregare contro il colletto. Bene, ho appena raggiunto una posizione più elevata e..."

"Aspetta, penso di vederlo. C'è davvero qualcosa qui. È distante, ma da dove mi trovo ora riesco a distinguere un edificio a forma di ferro di cavallo, quasi nascosto dalla vegetazione. Immaginati un vicolo cieco con mura di roccia e tanti alberi che circondano un   grande edificio delle dimensioni di un palazzo. La nebbia che incombe fa sembrare tutto spettrale. Non so se è veramente un posto abbandonato come sembra, ma è di sicuro un bel panorama."

"Ehi, sono ancora io. Ho dovuto interrompere la registrazione per un po' per riascoltarla, volevo assicurarmi che tutto funzionasse. E poi pensavo fosse meglio rimanere in silenzio e con gli occhi ben aperti. Durante la discesa, ho attraversato un'area con dei cavi tirati tra gli alberi, forse per far inciampare gli intrusi, o addirittura innescare un allarme o una trappola. Posti come questo hanno sempre delle trappole nascoste... Ora mi sto avvicinando all'edificio e il terreno tutto intorno è coperto da frammenti di vetro, nel caso in cui ti stia chiedendo cosa sia quello scricchiolio sotto i miei stivali... e non ci sono solo un paio di bottiglie rotte per terra. Pensavo che avrei trovato solo un edificio abbandonato, ma qui qualcuno si è davvero impegnato per rendere la zona inospitale... Però non mi sono imbattuto in recinzioni elettriche, né in cartelli che vietano l'ingresso. Il che mi porta a chiedermi: chi stanno cercando

di tenere distante? La fauna locale? Occupanti abusivi?
Giornalisti dilettanti e impiccioni come il sottoscritto?"

"È meglio se parlo sottovoce adesso: ho appena scoperto che
non sono solo qui. C'è un tizio a una decina di metri da me,
non penso tu riesca a sentirlo, ma sta borbottando qualcosa
in un dispositivo che sembra un mattone nero, lo tiene vicino
alla bocca... È troppo grande per essere un cellulare, forse
è un walkie-talkie o un registratore portatile. Sì, dev'essere
un registratore, non riesco a sentirne le interferenze. Ad ogni
modo è lì accovacciato, quasi ricurvo sul dispositivo che tiene
in mano, e ci sta parlando ininterrottamente. Ma... è scalzo?"

"Merda!"

"Oh cacchio, deve avermi sentito!"

"Se n'è andato. Ha smesso di parlare all'improvviso e ho
dovuto nascondermi prima che potesse girarsi e vedermi. Parlo
apposta a voce bassa: preferisco essere io quello che si avvicina
di soppiatto agli altri, piuttosto che il contrario. Anche se è lui
quello facile da individuare, per via del suo abbigliamento:
indossa una tuta blu o grigio scuro, con una fascia al braccio
arancione riflettente e... penso non indossasse scarpe. Non
sono sicuro... ma non è possibile, non con tutti questi pezzi di
vetro per terra. Non so. È strano, ora che ci penso."

"Tu che ne pensi, Ory? Che ci sia del vero in quelle voci
che circolano? Non so. Forse sono un po' agitato senza un vero
motivo. Ho dormito poco la scorsa notte. Dico notte, ma di
fatto ci sono state solo quattro ore di buio a interrompere la
luce infinita del giorno. Ho parcheggiato il furgone in un punto
nascosto, ma non penso di tornare indietro a piedi, se posso
evitarlo..."

CAPITOLO I

Faceva freddo. Greg si rannicchiò sotto le coperte, tirandosele il più possibile vicino alle orecchie senza coprire il naso e la bocca.

Qualcosa lo aveva punto sulla tempia sinistra. La toccò e rimase per un attimo perplesso quando con le dita sentì una consistenza morbida. Ma il palmo della mano, che premette sul sopracciglio, lo rassicurò che si trattava solo di una garza fissata da due cerotti. Aveva gli occhi ben aperti, ma gli ci vollero alcuni istanti per elaborare il fatto che si trovava sdraiato su un letto di metallo in una stanza a lui sconosciuta.

Era una stanza poco illuminata e con poche cose riconoscibili, tranne le pareti bianche e spoglie, un pallido pavimento in linoleum e una fila di finestre strette.

Uno sguardo veloce sotto la coperta gli rivelò che i suoi vestiti erano stati sostituiti da uno striminzito camice di carta verde, il che gli suggeriva la possibilità che si trovasse in un ospedale, nonostante non avesse alcun ricordo di un incidente o di un qualsiasi altro motivo che giustificasse la sua presenza in quel luogo.

L'ultima cosa che ricordava era quella scarpinata su per il sentiero di montagna per investigare qualcosa. Ma gli eventi che seguirono gli erano sconosciuti e tutti i tentativi per ricordare si scontrarono con un muro vuoto.

Divenne irrequieto e volle alzarsi, voleva camminare per far ripartire la memoria bloccata, oltre ad assicurarsi di non avere niente di rotto. L'aria fredda, insieme a un leggero senso di pudore, lo convinsero ad avvolgersi la coperta di lana intorno alle spalle come se fosse un mantello, prima di fare qualche passo lento verso le finestre strette.

«Finestre» era forse un termine generoso per quelle due fessure scolpite in profondità nel muro spesso: permettevano l'ingresso di striscioline arancioni di luce solare, ma non offrivano alcuna vista dell'esterno, indipendentemente da come Greg inclinasse o spostasse la testa.

Qualcuno si schiarì la voce alle sue spalle e, giratosi, si trovò davanti un'infermiera che in qualche modo era riuscita ad entrare nella stanza senza fare alcun rumore e che ora se ne stava lì in piedi, a scrivere qualcosa su una cartellina.

"Dove mi trovo?" chiese con voce roca.

Lei continuò a scrivere, con gli occhi bassi. Lui ne osservò l'aspetto, così ordinato e inamidato, dal cappellino bianco che incoronava la testa scura e abbassata, alle linee pragmatiche intorno alla bocca, fino al grembiule candeggiato che copriva il vestito grigio, lungo fino ai piedi. Aggrottò la fronte quando vide quell'uniforme un po' antiquata, spostando poi lo sguardo verso il letto di ferro, anch'esso dall'aspetto piuttosto vecchio.

L'infermiera gli si avvicinò e, con un'autorità matronale che non considerava la differenza d'altezza tra i due, gli abbassò di colpo la testa e gli posò le piccole mani sulla fronte e dietro le orecchie.

"Sono stato coinvolto in un incidente?" chiese mentre gli

spingeva indietro le palpebre per esaminare gli occhi. "Sono in un ospedale?"

Lei continuò ad esaminarlo, prendendogli la mano per controllare il battito cardiaco. Tutti i risultati erano normali e, mentre annotava gli appunti, finalmente posò lo sguardo su di lui. Poi gli indicò con un gesto della testa un'uniforme color grigio scuro, che giaceva piegata ai piedi del letto.

"Che cos'è?" chiese, mentre afferrava una tuta grigia. "Aspetti un attimo. Dove sono i miei vestiti e le mie cose?"

Ma nel frattempo l'infermiera se n'era già andata, chiudendo la porta dietro di sé.

Fuori dalla sua stanza, il corridoio era fiancheggiato da una serie di porte chiuse e fioche luci gialle. Guardò a un'estremità del corridoio e, mentre girava la testa verso l'altra, notò con la coda dell'occhio qualcosa di pallido che spariva appena dietro l'angolo. L'aveva visto di sfuggita, ma gli sembravano proprio dei piedi divaricati che venivano trascinati sul pavimento, come un corpo che veniva portato via.

"C'è nessuno?" disse in modo sommesso, a disagio, mentre si avvicinava alla curva del corridoio. Notò ora una striatura luccicante e bagnata, esattamente dove prima aveva visto scomparire i piedi.

Ma una volta girato l'angolo, trovò solo un addetto alle pulizie che lavava il pavimento, lasciando tracce lucide sulla superficie del linoleum.

Greg si voltò e trasalì leggermente quando si trovò l'infermiera ferma dietro di lui, con le mani sui fianchi, fissandolo con silenziosa disapprovazione.

"Oh, eccola" disse tirando un sospiro di sollievo. "Ecco, volevo parlare con... La può smettere di tirarmi per la mano? Ho bisogno di parlare con un dottore."

Rifletté sulla sua richiesta per un po', perplessa

dall'obiezione, poi fece un passo indietro verso un pulsante quadrato su una parete vicina e posò un dito su di esso con uno sguardo di sfida.

"Prego, faccia pure" disse Greg, pensando lo stesse minacciando di chiamare il dottore.

Lei tirò su con il naso con fare altezzoso e premette il pulsante. Per qualche secondo non sembrò succedere nulla, e proprio mentre Greg stava per chiedersi se non fosse tutta una messinscena, tre secondini con la divisa bianca arrivarono di corsa dall'altra parte del corridoio.

"Aspettate, aspettate un attimo!" disse Greg, alzando le mani in maniera pacifica mentre indietreggiava. "Non c'è bisogno di ricorrere a tanto. Voglio solo parlare con qualcuno."

Ma i secondini sembrarono sordi alla sua richiesta, continuando a protendersi per afferrarlo mentre lui indietreggiava, finché non esclamò: "E va bene, basta! Siete stati chiari. Mi vestirò come volete. Ma dopo ho bisogno di parlare con chi comanda qui."

Questo sembrò soddisfarli, incrociarono le braccia e fecero un passo indietro, permettendogli di passare e ritornare nella sua stanza. Lo seguirono e bloccarono la soglia, fissandolo con diffidenza. Tutti e tre avevano la testa rasata e la stessa espressione di disprezzo e noia, il che dava l'impressione iniziale che avessero la stessa corporatura e altezza, specialmente quando apparivano tutti insieme. Ma ora Greg vide che il più grande di loro doveva chinare un po' la testa per entrare nella stanza, mentre gli altri due gli arrivavano alle spalle.

Li fissò, aspettando che tutti e quattro — infermiera inclusa — se ne andassero.

Lo fissarono a loro volta, aspettando che si cambiasse l'uniforme.

"Lo spettacolo è finito" disse Greg. "Quindi se poteste gentilmente andarvene..."

Non si mossero di un millimetro.

"Capite quello che dico, giusto?" chiese loro con tono sprezzante, agitando la tuta grigia.

Ma rimasero inchiodati sul posto. Greg scrollò le spalle e si sedette sul bordo del letto con le braccia conserte.

"Oppure possiamo metterci seduti e fare una gara di sguardi."

Cinque minuti dopo erano ancora lì in piedi sulla soglia della stanza, a fissare Greg mentre blaterava del suo sport estremo preferito.

"Allora, siamo all'ultimo round e solo due sono rimasti in piedi — ciascuno impugnava un coltello — ed entrambi avevano un aspetto raccapricciante, coperti di ogni sorta di liquidi corporei: sudore, saliva, moccio. Uno di loro stava pure sanguinando. Ma il modo in cui quegli chef hanno tritato, affettato e fatto a dadini quelle verdure, il tutto mentre mordevano quel peperoncino, era proprio... proprio..." Agitava le mani in aria mentre cercava di descrivere in modo conciso l'evento. "Ah, avreste dovuto proprio vederlo."

Era difficile capire dalle loro espressioni invariate se lo stessero ascoltando o meno, o addirittura se stessero capendo cosa stava dicendo. Non che fosse importante: aveva sperato che quelle chiacchiere li avrebbero infastiditi fino a spingerli ad andarsene, o in alternativa di attirare l'attenzione di qualcuno, preferibilmente un dottore o qualcuno dello staff più gentile con cui poter comunicare.

Svegliarsi senza una parola di spiegazione era una cosa, ma doversi cambiare i vestiti di fronte a un gruppo di persone era ancora più strano; lo avessero trattato con decenza, o perlomeno avessero spiegato quel comportamento evasivo, forse non avrebbe fatto così tante storie. Ma rimase irremovibile di fronte al loro sguardo scrutatore, sentendosi trattato come un detenuto in un carcere di massima sicurezza.

Colto all'improvviso da un'idea, iniziò a studiare l'uniforme, che teneva sulle ginocchia, alla ricerca di etichette o loghi per poter identificare la struttura.

Non trovò nulla, ma continuò a fissare la tuta, come perso nei suoi pensieri, finché con la coda dell'occhio notò un cambiamento nell'atteggiamento dei secondini mentre aprivano le braccia e sembravano sul punto di intervenire con la forza. Non volendo dare loro la soddisfazione, si alzò in piedi e, dando loro le spalle, si avvolse la coperta sottile intorno alla vita come un asciugamano, prima di infilarsi la tuta. Poi, vestito dalla vita in giù, si tolse sia la coperta sia il camice da ospedale, cosa che diede luogo a scherni da parte dei secondini, che si misero a darsi di gomito e a ridacchiare della sua corporatura magra.

Greg li ignorò, spingendo le braccia nelle maniche, nonostante il suo viso stesse diventando scuro dalla rabbia e dalla preoccupazione, e per l'ennesima volta si domandò che cavolo gli fosse successo per farlo arrivare in un posto come quello, dove a prima vista il personale sanitario regnava indisturbato e senza controlli, molestando i pazienti e intimidendoli a collaborare.

Ma si sentiva un po' meno vulnerabile, ora che si era vestito. Respirò profondamente per allontanare quella brutta sensazione e si voltò verso di loro con un'espressione apparentemente tranquilla, fissando l'ultima striscia di velcro.

"Bene" disse lisciandosi le maniche per fare un po' di scena. "Penso di essere abbastanza decente per poter parlare con il grande capo."

Di tutta risposta, fecero un passo indietro e chiusero la porta alle loro spalle con uno scatto della serratura.

CAPITOLO 2

Qualche tempo dopo, Greg si svegliò quando qualcuno lo scosse per le spalle.

La stanza era buia, tranne che per la luce debole del corridoio che filtrava attraverso la porta aperta, e la prima cosa che vide quando alzò la testa fu il luccichio di un paio di occhiali, indossati dall'uomo che cercava di svegliarlo.

"In piedi" disse lo sconosciuto a bassa voce, tirandolo per il braccio. Ma Greg, ancora in stato confusionale dopo il sonno agitato, rimase fermo nell'angolo dove aveva dormito per circa un'ora.

Prima aveva protestato contro il suo stato di fermo, all'inizio gridando attraverso le fessure della porta e in seguito sbattendosi contro di essa fino allo sfinimento, o almeno fino al momento in cui i secondini non fecero irruzione con la minaccia implicita di danni fisici se non ci avesse dato un taglio. Ancora una volta chiese di poter parlare con qualcuno, ancora una volta lo ignorarono. Li schivò, superandoli di corsa e cercando di raggiungere la porta, ma venne rapidamente afferrato e rispinto nella stanza.

Troppo malconcio per scagliarsi ancora contro la porta, si rannicchiò in un angolo, sperando di essersi nascosto abbastanza da non essere visto da chi gli avrebbe portato da mangiare, per potergli tendere un'imboscata. Il vassoio con il cibo venne spinto all'interno attraverso una fessura della porta. Ciononostante rimase al suo posto ignorando il vassoio, che offriva una combinazione tutt'altro che invitante di zuppa fredda, varie puree e un mucchietto di verdure appassite, il cui odore era persino peggiore dell'aspetto.

Il tempo scorreva: la stanza diventava più scura mentre la luce esterna cominciava a svanire. Gli occhi gli si fecero pesanti, così come la testa, che appoggiò sulle ginocchia piegate, e non passò molto tempo prima che si addormentasse profondamente.

Lo sconosciuto afferrò Greg per il gomito e lo fece alzare. Barcollò un po' per l'improvviso cambio di posizione, le gambe insensibili gli formicolavano per il ritorno della circolazione. Lo sconosciuto poi gli infilò un berretto di maglia nero sulla testa, coprendogli gli occhi. Greg si allungò per aggiustarlo, ma lo sconosciuto gli scacciò via le mani.

"Lo tenga addosso, se vuole venire con me" sussurrò lo sconosciuto.

"Dove stiamo andando?" chiese Greg, opponendo resistenza allo sconosciuto che lo stava trascinando.

"Silenzio. Avrà le sue risposte presto. Adesso si sbrighi."

Greg cedette e permise allo sconosciuto di guidarlo per il gomito mentre percorrevano corridoi silenziosi. Ad un certo punto si fermarono davanti a un ascensore e, mentre aspettavano, Greg finse di grattarsi una guancia con l'intenzione di spingere il bordo del berretto più in alto, per dare una sbirciatina intorno. La sua guida se ne accorse e gli schiaffeggiò via la mano.

Uscirono dall'ascensore su un altro piano, più caldo del precedente. Dopo pochi passi lo sconosciuto si fermò per aprire una porta, e in quel breve momento, mentre cercava nel mazzo la chiave giusta, Greg riuscì a scoprire un occhio e a guardarsi intorno. Guardò velocemente lo sconosciuto — un uomo in completo elegante che gli dava le spalle — e vide poco del corridoio buio prima che lo scatto della serratura lo spingesse ad abbassare la mano.

Lo sconosciuto lo spinse attraverso la porta.

"Qui possiamo parlare senza aver paura di disturbare gli altri" disse, mollando la presa sul suo braccio. "Può sollevare il berretto abbastanza per vederci, ma lo tenga in testa."

Greg fece quanto gli fu detto, guardandosi intorno mentre spingeva indietro il berretto. Il fuoco della stufa a legna era l'unica fonte di luce della stanza e rendeva il colore rosso della carta da parati ancora più profondo e scuro. Due poltrone erano posizionate di fronte al fuoco e tra di loro c'era un tavolino con un servizio da caffè e un cestino di pasticcini, che Greg osservò con languido interesse. Distolse lo sguardo per dissimulare quanto fosse affamato, ma quel digiuno forzato aveva acuito i suoi altri sensi e da qualsiasi parte girasse la testa, non poteva evitare il profumo ricco e dolce della glassa e del burro. Ancora più seducente era l'odore bruciacchiato del caffè, che lo sconosciuto iniziò a versare in una tazza di porcellana con un movimento lento, per amplificarne il gorgoglio. Stava in piedi nel suo completo marrone e sembrava avere una cinquantina d'anni, stempiato, con cappelli rossicci pettinati all'indietro e la barba tonda e ben curata. La sua faccia si increspò in un sorriso benevolo, mentre si voltava verso Greg.

"Prego, si sieda" disse, spingendo gli occhiali senza montatura sul naso sottile. "Mi hanno detto che non ha mangiato nulla da quando si è svegliato. Fuori fa ancora buio, ma a me piace fare colazione presto."

Greg indugiò all'entrata, osservando la stanza con sospetto, come se il primo passo potesse far scattare una trappola. Il suo sguardo vagabondo si posò su una parete piena di diplomi incorniciati.

"Lei è un dottore?"

"Sì. Sono il dottor Carver."

"Bene. Che ne dice di iniziare dicendomi perché cavolo mi trovo qui?"

Il dottore porse a Greg un piattino con una tazza fumante e, quando questi non si mosse per accettarlo, lo posò sul tavolino accanto alla sedia vuota.

"La verità è che l'abbiamo trovata qui fuori dalla nostra struttura, privo di sensi, con addosso un'uniforme molto simile a quella che indossa ora."

"Fuori..." ripeté Greg, appoggiandosi allo stipite della porta finché il pavimento non iniziò a collaborare, smettendo di girare. Fino ad allora non era riuscito a ricordare molto, a parte il sentiero di montagna che aveva percorso. Ma adesso riusciva ad vedersi, accampato da qualche parte all'aperto, anche se quel ricordo assomigliava più a un sogno confuso. Non poteva stabilire con certezza se la sua mente stesse richiamando eventi veramente successi o qualche ricordo archiviato per colmare le lacune.

"Fuori dove?" chiese. "Che posto è questo?"

Il dottor Carver sorrise ospitale. "Per favore si sieda. Sembra che riesca a malapena a stare in piedi."

Greg esitò. Gli dava fastidio passare dall'essere trattato come un criminale al ricevere un invito a condividere un pasto, e inoltre aveva l'inevitabile sensazione che quell'uomo volesse convincerlo a fare qualcosa. Allo stesso tempo però, un'udienza con il dottore era esattamente ciò che voleva e si disse che sarebbe stato uno stupido testardo a rifiutare del cibo di cui aveva tanto bisogno, così come un'occasione per ottenere delle risposte. Si sistemò timidamente sulla poltrona e prese la sua tazza.

La prima sorsata di quel caffè forte lo sorprese assorto tra i suoi pensieri, donandogli un piacevole aumento di lucidità mentale dritto in fronte, proprio in mezzo agli occhi.

Carver, cogliendo la reazione spontanea che addolcì lo sguardo guardingo del suo ospite, disse: "Buono, vero? Sono piuttosto esigente sulla qualità del caffè e ogni giorno preparo la mia caffettiera. Ho sperimentato diverse miscele, ma penso che questa sia la migliore." Bevve un sorso dalla tazza, poi si sedette con un'espressione concentrata. "Il motivo per cui l'ho accompagnata qui, caro mio, è perché siamo in una situazione complicata. Lei non appartiene a questo posto e nemmeno dovrebbe restarci. Allo stesso tempo, non posso semplicemente lasciarla andare via."

Greg corrucciò il viso, sentendo quell'osservazione criptica. "Si tratta della mia assicurazione sanitaria?"

Carver gli rispose con un sorriso di scuse. "Forse è meglio se inizio dal principio. Vede, questo posto è un istituto correzionale e di salute mentale che applica uno stile di vita tipico di un monastero. I criminali che vengono rinchiusi qui devono rimanerci fino a quando non verranno messi in libertà condizionale. Mentre sono qui, devono imparare a vivere con poco, sostentandosi con una dieta semplice ma nutriente: niente droghe, alcol, caffeina, zucchero o altri stimolanti. L'idea è quella di creare una comunità sicura e isolata, dando loro poche distrazioni e lunghi periodi di meditazione: chiediamo loro persino di osservare un voto di silenzio. Alcuni potrebbero ritenerlo medievale, ma se eseguito correttamente, questo stile di vita può dare grandi risultati e abbiamo avuto casi di successo per dimostrarlo. Ovviamente non sono obbligati al silenzio: quando si sentono pronti o necessitano di una guida, noi siamo qui per offrire loro aiuto."

"Dottore..." lo interruppe Greg.

"Sì?"

"Cosa c'entro io con tutto questo?"

"Sì, sì, ci sto arrivando" disse Carver, piegandosi in avanti per ravvivare il fuoco con un attizzatoio e spingere indietro un ceppo, facendo volare alcune scintille. "Come ho detto prima, l'abbiamo trovata qui fuori senza documenti, senza patente o carta d'identità o qualsiasi altra cosa oltre un'uniforme standard, come quella che sta indossando ora. Poco prima, è scomparso un detenuto con vari tentativi di fuga alle spalle e, quando l'abbiamo trovata, pensavamo che lei fosse il nostro detenuto. Era svenuto allora, con il viso coperto di terra. Ma anche dopo che è stato ripulito, non mi ero reso conto subito che qualcosa non andava. Vede..." concluse, scrutato dallo sguardo perplesso del suo ospite, "lei e il fuggitivo avete una notevole somiglianza l'uno con l'altro."

Greg si appoggiò allo schienale della poltrona stringendo gli occhi, scettico. "Non può essere così notevole..." balbettò.

"Beh, forse i capelli e la barba dell'altro erano un po' più lunghi" Carver si giustificò frettolosamente, "ma per il resto potrebbe passare benissimo per un sosia: sembrate avere la stessa età, avete entrambi lo stesso colore scuro di capelli e occhi; lo stesso viso forte e il naso aquilino; la stessa corporatura snella, la stessa altezza... sì, pure la stessa altezza! Lei è scettico, ma immagini la mia sorpresa! Ho dovuto misurarla per essere sicuro. È incredibile! Sui documenti e per lo staff, lei e l'altro siete la stessa persona. Ma sapevo che non era lui quando ho visto che non aveva una cicatrice fresca. Gli ho eseguito un'appendicectomia d'emergenza e, prima che me lo chieda: no, questo dettaglio non è incluso nel suo fascicolo. Non ho ancora avuto la possibilità di aggiornarlo."

Greg continuò a fissarlo in un silenzio sconcertato, cercando di stabilire se credesse o meno a tutto ciò. Il dottore, intanto, continuava a parlare, sbirciando da sopra gli occhiali mentre studiava il suo soggetto.

"Sa, è divertente: voi due potreste avere caratteristiche simili, ma avete un aspetto chiaramente diverso. È più evidente ora, che la vedo sveglio e attivo... o forse dovrei dire che è l'altro quello più attivo: affascinante, pronto a sfoggiare i denti bianchi in un sorriso disarmante o in una simpatica risata..."

"Sembra stia descrivendo un truffatore" mormorò Greg, alzandosi dalla sedia per camminare intorno al piccolo perimetro della stanza.

"Mentre lei" continuò Carver, "sembra più teso e riservato. Ha sempre quella ruga verticale tra le sopracciglia... sì, proprio così! Lei con la fronte corrugata e lui con le zampe di gallina! Perché sa, lui..."

"Sorrideva sempre, sì, ho sentito la prima volta" lo interruppe Greg, sempre più impaziente. "Senta, lo ha detto lei stesso: non sono l'uomo che state cercando. E allora che ci faccio ancora qui?"

Carver si grattò il mento con una risatina imbarazzata. "Non ho l'autorità per assolvere un criminale, o in questo caso, una persona che tutti credono esserlo. Senza nulla che la identifichi, ho le mani legate in questo senso."

"E quella cicatrice di cui ha parlato prima...?"

"Come le ho già detto, non ho avuto modo di aggiornare il fascicolo."

"E va bene. Le impronte digitali, allora. Sono certo che questo dato è registrato nel suo file."

"Temo di no, non qui da noi almeno" disse Carver, versandosi altro caffè. "Non ho accesso nemmeno al fascicolo penale del fuggitivo. Forse le autorità locali ne hanno una copia. Ho telefonato loro stamattina per denunciare la sua fuga..."

"Telefoni di nuovo" disse Greg, dirigendosi verso il telefono posato sull'angolo della scrivania. "Dica loro che c'è stato un fraintendimento. Se riuscissimo ad avere una copia del suo file..." si interruppe, premendo i tasti del telefono, cercando di ottenere un segnale di linea libera. Per tutto il tempo Carver rimase in silenzio, sorseggiando pensieroso il caffè, finché Greg non si rese conto dell'inutilità del telefono.

"Sì, a tal proposito: a quanto pare abbiamo un problema con le linee telefoniche in questa zona. È iniziato dopo il temporale della scorsa settimana. Non c'è nemmeno ricezione per il cellulare, ho dovuto usare un telefono pubblico in una stazione vicina. È per questo che non c'ero quando si è svegliato. Dovrò tornarci anche oggi per vedere se ci sono novità." Posò la tazza e si alzò, mettendosi di fronte a Greg. "Il che mi porta al mio prossimo punto: speravo che, mentre cerchiamo di rintracciare il nostro uomo scomparso, lei potesse continuare semplicemente a fingere di essere lui."

Greg rimase immobile, con l'inutile ricevitore in mano.

"Cos... E come mai?" balbettò.

"Voglio mantenere la tranquillità e l'ordine in questo posto" spiegò Carver. "Gli altri detenuti non sanno ancora che uno di loro è riuscito a fuggire e preferirei che rimanesse così. Potrebbero provare a fare la stessa cosa, o peggio, come iniziare una rivolta..."

"Una rivolta?" disse Greg con tono di scherno. "Quando tutti sono rinchiusi delle loro stanze e con il voto di silenzio? E poi chi proverebbe mai a fare qualcosa, quando ci sono in giro quegli energumeni desiderosi di calmare ogni detenuto un po' turbolento?"

"Purtroppo non posso continuare a tenere le persone nelle loro stanze ancora per molto. È dannoso per la salute mentale dei detenuti, ed è l'ultima cosa che vogliamo. Da oggi torneremo alla normalità e ho bisogno che lei sia presente in mezzo a loro. Osservano il voto di silenzio, questo è vero, ma si accorgeranno se manca un detenuto."

"E per quanto tempo pensa di far continuare la farsa?"

"Fino a quando non troveremo il nostro uomo, ovviamente."

"E se mi rifiutassi?"

"Lei non si trova in una posizione in cui può negoziare" disse Carver, posando la tazza. "Sui documenti e agli occhi di tutti, io ho ancora il mio paziente."

Greg considerò le sue parole con un crescente disagio. "Non ha nemmeno intenzione di denunciare questa situazione, vero? Non finché non lo trovano e lo riportano indietro."

Carver fece spallucce, noncurante. "Ad ogni modo, temo che lei sia bloccato qui con noi. Ma non c'è motivo per cui io non possa rendere piacevole il suo soggiorno qui."

Soddisfatto della sua risposta, il dottore si diresse verso una credenza lì vicina, dove lo aspettavano una fetta di torta, delle ciotoline piene di frutti di bosco, marmellate e altre creme spalmabili, mentre Greg lo fissava in un silenzio confuso. Ma quest'ultimo si rese presto conto che non era tenuto ad accettare quella proposta: fuori era ancora buio e a quell'ora la sicurezza sarebbe stata limitata. Se fosse scappato dalla porta in quel momento...

"Sì, può provare a scappare" disse Carver, voltandogli le spalle mentre tagliava la torta, "ma verrà catturato prima ancora di trovare l'uscita più vicina. Da quando il nostro amico in comune ha trovato un modo per fuggire inosservato, abbiamo bloccato tutte le porte di uscita possibili e rafforzato la sicurezza. Prego, ci provi pure, se vuole. Non la fermerò..."

Si voltò appena mentre parlava, occupato a raccogliere bacche con il cucchiaio e a versare con giudizio della crema sopra le fette di torta. Greg lo seguì con uno sguardo storto, turbato dalla sensazione che il dottore leggesse i suoi pensieri come un libro aperto. Avrebbe potuto metterlo alla prova e vedere se era tutto un bluff, ma non aveva particolarmente voglia di essere ributtato dentro la sua cella così presto.

"Sa che potrei farle causa, una volta uscito da qui?" ribatté Greg, sapendo bene che quella minaccia era efficace tanto quanto lanciare un sassolino contro un nemico invisibile; un qualsiasi attacco però, anche se futile, era sempre meglio che ammettere la propria sconfitta.

Carver si voltò a guardarlo, tenendo in ogni mano un piatto con una fetta di torta. "Pensa di poter vincere? Quando sono qui a fare il mio lavoro, trattenendo un uomo che all'apparenza è lo stesso detenuto, e con nessuna prova del contrario? Sa quanti detenuti qui dentro si dichiarano innocenti o dicono di essere vittime di un equivoco? Sarebbe solo uno dei tanti a ripeterlo ogni giorno. Non vincerà, caro mio. Ma se insiste nell'intraprendere un'azione legale, si trovi un buon avvocato pro bono, perché gli altri si berranno ogni goccia del suo sangue finché non saranno soddisfatti."

Greg non poté far altro che ricambiare lo sguardo con risentimento e incredulità, prima di guardare altrove. Stava fissando le fiamme che lambivano la griglia della stufa, cercando di raccogliere i suoi pensieri sparpagliati, quando notò con la coda dell'occhio un piatto traballante con una fetta di torta. Girandosi, trovò Carver che glielo porgeva, affinché lo prendesse. Greg aveva voglia di urlargli contro, ma la vista della torta, glassata e guarnita con frutti di bosco, placò ogni sua reazione di rabbia, e non solo perché sembrava incredibilmente deliziosa— e a quel punto era molto affamato — ma anche perché aveva rispetto per il cibo e non voleva sprecarlo buttandolo a terra. E nella posizione in cui si trovava, sollevata tra lui e Carver, quella torta sembrava quasi un tappo che avrebbe bloccato un'esplosione d'ira.

Scoppiò in una risata rassegnata. "Prima mi rinchiude e ora mi offre il dolce. Poi che altro? Mi romperà le gambe e regalerà una pedicure?"

Carver sorrise e uno scintillio nei suoi occhi sembrò suggerire che quell'idea non gli dispiaceva, o la trovava divertente.

"Forsa pensa che io sia irragionevole, ma come ho detto prima, posso rendere piacevole il suo soggiorno qui con noi. Anche sapendo quello che so, avrei potuto facilmente risparmiarmi il disturbo e lasciarla rinchiusa nella sua cella. Non saremmo nemmeno qui ad avere questa conversazione. Ma ho ancora la mia etica e preferirei che collaborassimo: se lei fa la sua parte, io mi assicurerò che venga rilasciato non appena ritroveremo il nostro fuggitivo. Speriamo di acchiapparlo prima che lei abbia la possibilità di sentirsi a suo agio."

Greg cercò di evitare di guardare la torta offerta, stringendo le labbra come a mostrare riluttanza e prolungando il silenzio tra loro di un secondo o due. In realtà si rese conto di non avere altre idee e ammise che, dopotutto, sarebbe stato più saggio assecondare il dottore per ora, piuttosto che avercelo contro.

"Dio non voglia che mi senta troppo a mio agio qui" mormorò, accettando la torta.

"Ah, a proposito" disse Carver, dirigendosi verso la scrivania. "Abbiamo trovato un oggetto, insieme a lei." Tornò da Greg e appoggiò un oggetto nero, simile a un mattone, sul tavolino vicino alla sua tazza vuota.

La forma e le dimensioni del dispositivo gli erano abbastanza familiari da fargli deglutire all'istante il boccone che stava masticando. I capelli dietro la testa gli si rizzarono mentre prendeva il registratore a cassette portatile, come se un fantasma l'avesse trapassato, rendendolo freddo e appiccicoso.

"Dove ci troviamo?" chiese, alzando lo sguardo con un'espressione smarrita, la voce rauca per il grosso boccone che aveva mandato giù a forza.

Carver lo guardò incuriosito. "Gliel'ho appena detto, siamo in una..."

"No, intendo in che località, in che zona..."

"Duncastor" rispose il dottore. "Perché?"

Greg non rispose, ma aprì il registratore a cassette per guardare dentro. "È vuoto."

"Già, anch'io l'ho trovato strano..."

CAPITOLO 3

Chiuso nella sua cella buia, Greg giaceva sveglio nel letto, giocherellando con quel dispositivo nero e compatto, premendo i tasti di riavvolgimento e di arresto per ascoltare i pesanti clic e clac della molla che iniziavano e interrompevano il debole ronzio meccanico. Voleva credere di essere sveglio per colpa del caffè, ma sapeva fin troppo bene che era quella porta chiusa a chiave a dargli fastidio. Tutto il resto era sopportabile in quella situazione, ma essere chiuso dentro quella cella continuava a innervosirlo. Poteva distrarsi per un po' ma, inesorabile, il fatto che la porta fosse chiusa a chiave gli tornava in mente come gocce di acqua fredda sulla fronte. Al momento non sapeva che altro fare. Poteva solo aspettare e osservare; sapeva benissimo che nessuno sarebbe venuto a cercarlo, visto che non aveva un lavoro fisso, dormiva in un furgone e si recava in posti sconosciuti senza informare nessuno.

Solo due settimane prima si era imbattuto in un ex coinquilino, che lo aveva invitato a prendere un caffè in un posto vicino.

"Deve essere bello vivere come Thoreau" aveva detto il coinquilino ad un certo punto della loro conversazione, commentando lo stile di vita di Greg.

Greg alzò lo sguardo dopo aver mescolato il caffè, poi tornò alla sua bevanda con una risatina: l'amico, che proveniva da un ambiente privilegiato e che tendeva a stravedere per qualsiasi cosa collegata a Walden, o aveva una concezione idealizzata della situazione di Greg o si stava impegnando per non commentarla in maniera dispregiativa.

"Sono solo un povero disgraziato che fa il gioco di squadra e che non sa tenersi un lavoro d'ufficio" rispose Greg, un po' imbarazzato dal paragone con il celebre filosofo, che lo fece sentire come se la sua vita fosse un test complicato, creato apposta per imitare la visione di un uomo. Gli piaceva l'autonomia che aveva, tirare avanti con una serie di lavori temporanei, la libertà e il cambiamento costante che ne derivavano, il senso di autosufficienza che acquisiva anche a scapito della sicurezza finanziaria. Ma quando toccò il fondo, i suoi ideali divennero la sua rovina, perdendo il loro splendore dorato, e si vide chiaramente come di sicuro lo vedevano gli altri: un perdente che non sapeva tenersi stretto un lavoro a lungo termine, sistemarsi e vivere una normale vita da persona adulta. C'erano giorni vuoti e infruttuosi quando non c'era lavoro disponibile, li superò frequentando la biblioteca o recuperando il sonno perso. Imparò a stare attento a quei periodi di magra, mettendo da parte dei soldi, più per mettere benzina nell'auto che cibo sotto i denti, dal momento che poteva sempre trovare un modo per mangiare qualcosa, ma tirar fuori la sua auto dal deposito dei veicoli rimossi costava ben più di quanto lui potesse permettersi. Ma una volta soddisfatti i suoi bisogni, e con abbastanza soldi da parte per poter superare i periodi più difficili, si sentiva soddisfatto, persino orgoglioso della sua piccola vita indipendente che si era costruito.

Quando arrivò il conto, che Greg insistette per dividere, pagò la sua parte con una banconota spiegazzata e qualche spicciolo. Il coinquilino, dopo uno sguardo veloce al portafogli emaciato dell'amico, si offrì un po' imbarazzato di «chiedere qualche favore» per aiutarlo a trovare un lavoro. Era una proposta gentile, ma ciononostante Greg ne fu irritato, deducendo di fargli pena; trattenne una risposta brusca, ringraziò l'amico e rifiutò.

E poi era già preso dall'idea di produrre audioracconti e documentari per la radio, se non addirittura un podcast tutto suo. Non era certo il lavoro più redditizio, ma a lui poco importava. Le settimane precedenti lo videro intraprendere una miriade di lavori temporanei, durante i quali tenne un diario vocale delle sue esperienze e sensazioni. Ma stanco di esserne il protagonista, passò a intervistare i suoi colleghi durante le pause pranzo o alla fine della giornata lavorativa. E sebbene alcuni di loro fossero diffidenti o condiscendenti all'inizio, altri fecero buon uso di quel pubblico in ascolto condividendo lamentele, battute e aneddoti imprevedibili. Non molto tempo dopo iniziò a cercare soggetti al di fuori della sua cerchia più vicina, e se qualche sconosciuto si apriva con lui, era perché Greg era attento e simpatico con loro, oppure perché allungava loro una bustarella, quando poteva permetterselo.

Fu allora che sentì parlare per la prima volta di Duncastor e dell'edificio abbandonato, che si diceva facesse parte di una base segreta. Circolavano voci tra i camionisti e i vagabondi: alcune esageravano l'aspetto sinistro di quel luogo, descrivendone con interesse morboso i metodi di interrogatorio avanzato che venivano studiati o utilizzati, mentre altre riportavano il contrario e ne minimizzavano gli orrori, se non addirittura liquidando tutta la faccenda come un'iperbole. Ma congettura o meno, dopo una serie di storie personali e relative al lavoro, un cambio di argomento era più che il benvenuto per Greg, e quelle voci che circolavano era troppo interessanti per essere ignorate.

Greg fermò il meccanismo di riavvolgimento quando avvertì un fruscio e dei colpi leggeri provenire dal condotto dell'aria, o almeno credeva di aver sentito qualcosa, visto che la natura bizzarra di un rumore non identificato è che solitamente cessa quando gli si presta attenzione. Come il corpo di un essere vivente, nessun edificio funzionante è privo dei suoi piccoli inesplicabili scricchiolii e suoni attutiti; eppure, anche se sono per lo più rumori innocui, di notte vengono amplificati dal silenzio onnipresente e la loro fonte sconosciuta non può non accendere l'immaginazione più fervida dell'insonne nuovo arrivato.

Qualche tempo dopo, quando aprì gli occhi e sentì ancora quei colpi sordi, si alzò per metà per prestarvi più attenzione; notò sottili linee fosforescenti e un inquietante bagliore color arancio entrare dalle feritoie delle finestre, annuncianti il sorgere del sole.

Scese dal letto e si avvicinò al lavandino, sfregando il palmo della mano su e giù tra il mento e la guancia, grattando i peli della barba che stavano iniziando a rispuntare.

Sul muro dietro il lavandino era visibile una macchia scolorita, che indicava che una volta lì era appeso uno specchio, mentre sul lavandino c'era un pacchetto sigillato contenente uno spazzolino da dito e un tubetto di dentifricio delle dimensioni del suo mignolo.

Perlomeno sono nuovi, pensò mentre apriva il pacchetto; mentre si lavava i denti, fissava meditabondo la macchia scolorita sul muro.

Poco dopo i secondini aprirono la porta della cella e Greg si mise in fila con gli altri in corridoio per la conta dei detenuti, prima che tutti andassero a colazione.

Si sentì un po' sollevato lasciandosi alle spalle i confini della sua cella. Il sollievo cancellò l'incombente paura di doverci ritornare, ma ad ogni modo cercò di non rilassarsi troppo e tenne lo sguardo fisso in avanti o sul pavimento mentre il gruppo si trascinava verso la sala da pranzo, mostrandosi assonnato e obbediente come gli altri, ma dentro di sé prendeva nota di tutto ciò che lo circondava.

Sebbene spogliata di tutto ciò che non era funzionale, la sala da pranzo manteneva una parvenza del suo antico splendore, illuminata da un polveroso raggio di luce solare proveniente dalle alte finestre rivolte verso est. Questo creava dei rettangoli luminosi sul pavimento bianco, chiusi tra due lunghi tavoli come fossero delle parentesi, nelle zone meno illuminate della sala.

Uomini di diversa statura, età ed etnicità si schierarono tutti con disciplina quasi militare, ognuno prendendo un posto al tavolo che era stato loro assegnato. Il rumore delle sedie trascinate indietro saliva fino al soffitto a volta, così come alcuni colpi di tosse qua e là. Ma era tutto lì. Ci fu pace e ordine non appena tutti si sedettero.

Come quel tipo di obbedienza fosse stato raggiunto e mantenuto, senza alcuna voce autorevole a gridare ordini e rimproverare le non conformità, era un mistero per Greg. Il suo posto era a un'estremità del tavolo, e questo gli permise di lanciare qualche rapida occhiata intorno a sé e calcolare il numero di persone: ogni tavolo aveva circa cinque detenuti seduti per lato, calcolò, quindi erano circa in quindici o venti lì dentro.

I secondini usarono dei carrelli per portar dentro delle grandi pentole, e da quelle versarono del porridge, verdure appassite maleodoranti e un brodo schiumoso in alcuni vassoi con divisori, accompagnati da una tazza smaltata piena d'acqua.

Greg guardò il suo vassoio con un'espressione vuota, che tradiva il calo del suo appetito. La sua visione periferica lo informò dell'entusiasmo (pressoché inesistente) dei suoi vicini nei confronti del pasto proposto: si doveva aspettare che tutti fossero serviti, prima di iniziare a mangiare.

Assaggiò il brodo, tollerò il porridge, scoprì che le verdure lasciavano un retrogusto viscido in bocca. Eppure i detenuti intorno a lui mangiavano senza lamentarsi; alcuni avevano addirittura già finito di mangiare, seduti a capo chino in uno stato di quieta contentezza e con le mani giunte sul tavolo.

Accanto a Greg, un detenuto ottimista finì velocemente la sua porzione e fece un leggero sospiro di gratificazione, facendo scorrere la mano sulla pancia piena in un modo che ricordava quello di una donna in dolce attesa, più che di un buongustaio. Sebbene silenzioso, quel gesto risaltò in qualche modo in quella calma funebre, attirando l'attenzione curiosa di Greg, e il suo sguardo perplesso cedette a un sorriso semi divertito mentre lanciava un'occhiata al vicino, come per dire: "Delizioso, vero?"

Il detenuto ottimista si limitò a ricambiare il sorriso con sciocco divertimento.

Qualcosa volò nell'occhio di Greg. Colto di sorpresa, lasciò cadere il cucchiaio facendo un rumore che fece girare tutti i detenuti vicini, mentre con la mano iniziò a strofinarsi l'occhio colpito, togliendo quello che realizzò essere un grumo di porridge. Con l'occhio buono osservò la sua cerchia immediata di detenuti, la maggior parte dei quali ricambiava con sguardo vuoto, mentre si toglieva quella sbobba dall'occhio.

Notò allora la faccia cinica di un detenuto seduto di fronte a lui, che reggeva un cucchiaio a mo' di catapulta che aveva appena lanciato un missile. Sebbene avesse l'aspetto di un pugile in pensione con capelli corti e brizzolati, nei suoi occhi pallidi brillava ancora una malizia infantile mentre aspettava la reazione della sua vittima. Quell'espressione divertita di sfida fu accolta con uno sguardo incerto da parte di Greg.

Come se nulla fosse, il detenuto tirò su con il naso e chinò la testa sul vassoio, le sopracciglia sottili sollevate e le labbra contratte in una parodia di sconforto, mentre disegnava pigramente dei cerchi nel brodo con il cucchiaio.

Greg continuò a fissarlo per un po', non sapendo come interpretare quel cambiamento improvviso: il detenuto stava cercando di far partire una rissa o se aveva agito per capriccio e ora aveva perso interesse? Alla fine tornò a guardare il suo vassoio, anche se di tanto in tanto lanciava occhiate diffidenti verso quel detenuto.

Trascorsero un minuto o due senza eventi particolari e, avendo terminato il suo porridge, Greg rimase lì seduto annoiato, muovendo le verdure appassite nel vassoio, quando un cucchiaio gli fu lanciato contro, lo colpì in faccia e sbatté contro il vassoio.

Quel delinquente recidivo non tentò minimamente di nascondere la propria colpevolezza, fissando Greg con un sorriso sempre più ampio, pulendosi le mani come a comunicare che ora aveva finito con il suo pasto.

Greg, guardando il detenuto all'altro tavolo, si appoggiò allo schienale della sedia e sollevò la tazza smaltata per bere un sorso d'acqua, prima di rovesciarne il resto addosso al detenuto. Questo spazzò via il sorriso dal volto di quest'ultimo, che a sua volta imitò Greg, ma invece di lanciare l'acqua, scelse di sputarla.

Greg reagì lanciandogli il vassoio per il lungo, come un frisbee, ma l'altro prontamente si scansò insieme ai detenuti sedutigli vicino. Distrattosi un attimo per guardarsi alle spalle, il detenuto questa volta non poté anticipare la tazza smaltata che Greg gli lanciò contro, finché non si voltò e questa lo centrò in pieno. Il colpo non gli fece molto male ma lo accecò brevemente, permettendo a Greg di saltare sul tavolo e di dargli un calcio in faccia.

La sua testa scattò all'indietro, ma lui si riprese rapidamente, afferrando le caviglie di Greg e, con uno strattone forte, lo fece cadere sul tavolo. Alzandosi imponente, fece rovesciare la sua sedia, andò da Greg e lo trascinò per il colletto fino al bordo del tavolo, dove iniziò a prenderlo a pugni.

Una volta, due volte i pugni andarono a segno, prima che Greg riuscisse a bloccare il terzo tentativo con un vassoio, digrignando i denti mentre spingeva l'oggetto di metallo in faccia al detenuto.

Questo indietreggiò, barcollando; rialzatosi in piedi, Greg gli si lanciò contro, cingendo le braccia intorno alla vita robusta, cercando inutilmente di fargli perdere l'equilibrio. Erano bloccati l'uno nella presa dell'altro, ognuno cercando di gettare l'altro a terra, quando uno schiaffo di liquido bollente li colpì entrambi.

Il detenuto ne fu maggiormente colpito, avendo inavvertitamente fatto da schermo a Greg; ma anche mentre il vapore gli saliva dalla schiena fradicia, non sussultò né reagì, se non per lasciar andare il proprio avversario.

"Avevo detto che volevo tranquillità e ordine qui dentro, cosa non le era chiaro??" disse il dottor Carver, aprendo le palpebre di Greg per esaminargli le pupille.

"Ha iniziato lui" mormorò Greg, lanciando un'occhiata alla tenda divisoria, dietro la quale il detenuto occupava il secondo letto. I due erano stati portati in infermeria, dove sedevano avvolti in grandi coperte, aspettando che qualcuno portasse loro delle tute asciutte.

Il dottore sospirò mentre abbassava gli occhiali e riponendo la torcia a stilo della tasca del camice. "Ecco un primo avvertimento: forse pensa..." Carver si fermò, guardò nella direzione del secondo letto, poi si sporse per sussurrare: "Forse lei pensa di non essere un detenuto, ma siamo rimasti d'accordo che lo avrebbe sostituito, di conseguenza le regole qui dentro si applicano anche a lei."

Greg si voltò e starnutì, stringendo la coperta sulle spalle. "I detenuti qui dentro non indossano calze o maglioni o qualcosa di pesante?" chiese con una smorfia.

"Le raccomando di rimanere a letto per un po', per tenersi al caldo e fuori dai guai" rispose Carver, facendo un passo indietro nella direzione dell'altro letto, congedandosi con uno schiocco della lingua a mo' di rimprovero. Fu poi il turno del detenuto ad essere esaminato dal dottore.

Greg non ricordò di essersi sdraiato e addormentato, ma si rendeva vagamento conto che stava galleggiando appena sotto la superficie della consapevolezza, che i suoi occhi erano chiusi e tuttavia vedeva ancora la plafoniera gialla sopra di lui, eclissata dalla sagoma di una persona in piedi vicino a lui.

Si sedette di scatto con una mano già serrata a pugno, ma non trovò nessuno lì intorno, né tantomeno nella stanza.

La tenda che separava i due letti era stata spostata, rivelandogli un letto vuoto e una piccola finestra aperta su una fitta macchia di rami di abete, che sembravano quasi voler entrare nella stanza.

Poco dopo un'infermiera di mezza età lo scosse per la spalla semicoperta, svegliandolo. Con un movimento del mento, gli indicò la tuta pulita lasciata per lui sul tavolino.

Con gli occhi pesanti, le sorrise. "Sai, se continuiamo a incontrarci così, la gente inizierà a parlare."

In risposta, lei si premette un dito sulle labbra, ricordando il voto di silenzio.

Fu comunque contento di vedere che stavolta lei lo aveva lasciato solo e lo aspettava fuori, concedendogli un po' di privacy per vestirsi.

Mentre si sedeva, Greg notò di avere ancora il pugno contratto. Distese le dita e trovò un piccolo pezzo di carta piegato nel palmo della mano. Uno sguardo alle sue spalle lo rassicurò che era ancora fuori dalla vista dell'infermiera e, dopo aver infilato le gambe nella tuta, aprì il foglietto e trovò un semplice disegno di un letto con una freccia che puntava verso il pavimento sottostante.

Un minuto dopo, l'infermiera tornò a controllare Greg, avvisandolo della sua entrata prima di far scivolare bruscamente la tenda di lato.

Trovò il letto vuoto.

CAPITOLO 4

Era un cunicolo stretto. E dopo essercisi infilato, sdraiandosi a pancia in giù, e aver chiuso in pannello scorrevole sopra di sé, Greg si rese conto che non era solo stretto ma anche buio. Sospirò avvilito, desiderando di averci pensato su un po' di più e aver afferrato una qualsiasi torcia a stilo o di emergenza che avrebbe potuto trovare in giro, prima di passare attraverso la botola sotto il letto.

Dalla stanza sopra di lui giunse il tintinnio attutito della tenda spostata bruscamente dall'infermiera e questo fu sufficiente a farlo strisciare nell'oscurità fitta di quel passaggio polveroso. La domanda era se Carver sapesse o meno della presenza di quel cunicolo, di dove portava e se lo stava aspettando all'uscita.

Era possibile ne fosse a conoscenza, ma questo non rallentò Greg, sebbene dovette sforzarsi per sgattaiolare nel cunicolo. Era largo circa quanto le sue spalle e, avvicinando i gomiti, riuscì ad avanzare grazie a una serie di piccoli movimenti che iniziavano mettendo un braccio davanti all'altro per trascinarsi in avanti, mentre allo stesso tempo teneva sollevati i fianchi per spingere con le dita dei piedi.

Tuttavia, non molto tempo dopo, le sue spalle iniziarono a sfregare sempre di più contro le pareti del cunicolo, ricordandogli quanto facilmente avrebbe potuto incastrarsi in un punto particolarmente stretto. La sua mente creò una serie di scenari macabri, dal rimanere intrappolato in un tunnel cieco senza possibilità di tornare indietro, all'imbattersi in colonie di scarafaggi curiosi, all'essere pedinato da ratti audaci ed affamati.

Beh, non hai trovato ossa e niente ti ha sfiorato le mani o i piedi, non hai motivo di allarmarti, questo era il pensiero con cui si incoraggiava, per quanto possibile in uno spazio così limitato. L'assenza di insetti era rassicurante e il tepore secco proveniente dalle pareti non era sgradevole. Tuttavia era quasi certo che il passaggio si fosse ristretto in quel momento. Era impossibile da provare al buio, ma sentì un distinto senso di compressione premere contro la schiena, le braccia e il petto, cosa che gli fece sperare si trattasse di claustrofobia latente, piuttosto che le pareti si stessero avvicinando tra di loro.

Arrivò ad un angolo del cunicolo quando una mano si scontrò con il muro davanti a lui, poi percepì una leggera corrente d'aria proveniente da sinistra e cercò a tastoni uno spazio vuoto per confermare che c'era effettivamente un passaggio che continuava in quella direzione.

Fare quella curva stretta fu una vera e propria impresa: dovette costringere il suo corpo in posizioni contorte, trattenere e rilasciare il fiato mentre si ruotava su un fianco, per poter superare l'angolo.

Una volta fatto, notò una piccola luce che brillava a qualche metro di distanza. O meglio, si trattava di una piccola lampadina accesa e silenziosa, non era abbastanza per illuminare completamente quel ramo del tunnel, eppure in qualche modo più si avvicinava, più sembrava brillare.

Emanava un alone argenteo che sembrava quasi a portata di mano, o lo sarebbe stata non appena Greg avesse percorso i pochi centimetri di distanza da essa e allungato il braccio. Invece abbassò la testa per tossire quando un'ondata di fetore lo travolse: non era odore di fognatura o di carcasse in decomposizione. C'era come un qualcosa di vivo in quell'odore che non riusciva ad identificare... che non voleva identificare. E la luce, che un momento prima sembrava distante solo pochi centimetri, si era allontanata di qualche metro, brillando e attenuandosi a ritmo.

Strinse gli occhi, sforzandosi di capire cosa fosse, se una forma di insetto bioluminescente o un'appendice attaccata a qualche creatura più grande, come una rana pescatrice che attira una preda ignara.

Ma proprio mentre stava per accantonare l'idea con una risata (dopotutto il mare era parecchio distante), la cosa luminosa strisciò via con una velocità frenetica e non poté fare a meno di emettere un sussulto di sorpresa, che un secondo dopo si ripeté: non con un'eco di quel posto, ma una vera imitazione proveniente dalla cosa luminosa, che si era nascosta e aspettava dietro la parete.

Qualunque cosa fosse, catturò il suono del suo sussulto e lo stava imitando nuovamente con la sua voce stridula e spettrale, inviando folate del fetore che aveva sentito prima: qualcosa simile a terra bagnata e uova crude.

Greg indietreggiò, e preso dal panico non notò che il pavimento stava per cedere.

Qualcosa si mosse davanti a lui, sferzando lo spazio che occupava fino a un secondo prima. Sentì qualcosa raschiare il pavimento e le pareti cercandolo, mentre indietreggiava per evitare ogni contatto, facendo fatica ad andare più velocemente in quel cunicolo stretto; continuò finché non sentì qualcosa di sottile e delicato sfiorargli la guancia. Qualunque cosa fosse, una lingua o un'antenna, servì per localizzarlo. E dopo averlo trovato, quell'essere colpì più vicino e non lo avrebbe mancato se Greg non fosse arretrato, graffiandosi mani e gomiti nello sforzo, finché i piedi non gli si fermarono contro l'angolo che aveva superato a fatica poco prima. Peggio ancora, la creatura aveva facilmente ridotto la distanza e si trovava ora a circa trenta centimetri da lui, scivolando lungo le pareti del tunnel con l'intento di trovarlo, mentre tutto ciò che lui poteva fare era sdraiarsi prono, stendendo il corpo sul pavimento, suo unico riparo, come se sperasse di potercisi sprofondare. La sua testa giaceva di lato, sepolta nell'incavo del braccio per smorzare ogni suono e impedire al suo respiro tremante di creare vibrazioni nell'aria.

Fu allora che si accorse che il pavimento stava iniziando a tremare sotto di lui. Spaventato, cercò di spostare il suo peso quando qualcosa di spugnoso e bagnato gli afferrò il braccio alzato, avvolgendoglisi intorno al polso prima di dargli uno strattone violento.

Greg piegò il gomito per opporre resistenza a quella forza simile a un argano, che iniziava a tirarlo verso di sé.

All'improvviso, il pavimento sotto di lui crollò. Le gambe oscillavano sospese in aria mentre rimaneva aggrappato al bordo, ma anch'esso si sgretolò per il peso e cadde al di sotto.

Carver era in piedi davanti al letto vuoto in infermeria.

"È stato visto qui l'ultima volta?" chiese.

L'infermiera annuì.

Anche il dottore annuì, principalmente a se stesso, spingendo la lingua contro la guancia, sconcertato per la situazione complicata, ma in quello che disse poco dopo non c'era alcuna traccia di incertezza.

"Li richiami. È ancora nell'edificio."

L'infermiera se ne andò per eseguire i suoi nuovi ordini, senza lasciarsi andare ad alcuna espressione di dubbio nei confronti dell'uomo, la cui parola era legge in quell'edificio.

"Forse l'ala ovest..." disse, quasi come un ripensamento.

Greg giaceva disteso tra macerie e una pila di vecchi materassi sottili, che attutirono la sua caduta. Si girò di lato, tossendo la polvere che aveva inalato. Si ruppero altri pezzetti di soffitto, inondandolo di altra polvere di gesso e detriti, sussultò e incrociò le braccia sopra la testa per proteggersi.

Poi, strizzando gli occhi al soffitto e al buco frastagliato apertosi sopra di lui, balzò in piedi barcollante e guardò di nuovo verso l'apertura in attesa. Non ne uscì però nulla e, dopo che furono passati alcuni secondi, iniziò a chiedersi se avesse davvero incontrato qualcosa lassù, o se fosse stato tutto inventato dalla sua testa fratturata. E d'altronde, cos'era peggio tra le due cose?

Gli tornò in mente il contatto di prima, simile a un viticcio che gli sfiorò la guancia e, con una leggera smorfia di disgusto, sfregò quel punto con la mano, come per cancellare ogni traccia, soprannaturale o meno.

La stanza in cui si trovava era ampia e sporca: l'unica fonte di luce proveniva da una grande vetrata, saldamente sbarrata da griglie diamantate, attraverso le quali brillava il pallido e solenne splendore del cielo coperto, che teneva distanti le tenebre. Anche se un tempo poteva servire da veranda, ora ospitava scaffali carichi di scatole, oltre a tutto ciò che veniva scartato, come i vecchi materassi macchiati che erano accatastati in un angolo.

Qualsiasi ne fosse l'utilità, quella stanza era tenuta chiusa a chiave, cosa che Greg scoprì con sgomento quando tentò di girare la maniglia della porta di metallo.

Alzò di nuovo lo sguardo inquieto verso il buco nel soffitto, che sembrava la sua unica via d'uscita in quel momento, e che riteneva di poter raggiungere se avesse spostato alcune scatole e gli scaffali per formare delle rudimentali scale; preferiva provarci, piuttosto che rimanere rinchiuso lì, eppure non era ancora pronto a ritornare lassù.

Senza pensarci troppo, afferrò una delle scatole di cartone e la trovò più pesante di quanto si fosse aspettato. Anche le altre erano pesanti, piene di pile di fogli — alcuni graffettati, altri sciolti, altri ancora raccolti in cartelle — e Greg iniziò a sfogliarli, alla ricerca di qualsiasi cosa gli potesse essere utile: planimetrie o mappe dell'edificio che potessero aiutarlo a orientarsi, documenti o fascicoli dei detenuti, persino delle fatture per capire se e quando i camion dei rifornimenti o della lavanderia fossero arrivati fino a lì...

All'inizio lanciava sguardi nervosi al buco nel soffitto ogni pochi minuti, quando pensava di aver sentito qualcosa o intravedeva un'ombra sfrecciargli appena fuori dal campo visivo. Ma poi si sedette a gambe incrociate sul pavimento dando le spalle alla finestra, sfogliando i documenti sotto la luce fioca e dividendoli in pile in base alla data indicata. Il compito richiedeva lo stesso livello di concentrazione necessario per risolvere un puzzle intricato, specialmente quando doveva fermarsi per decifrare ritagli e appunti non datati, studiando la calligrafia, il contenuto e il tipo di carta, prima di appoggiarli su una pila o l'altra.

Il succo dei frammentari ritrovamenti — le varie lettere, atti, documenti e fatture — raccontava quanto segue: a partire dai primi anni del 1900, la struttura era stata ereditata o venduta, sistemata e predisposta per l'occupazione, poi abbandonata alla prima pausa dei lavori di restauro e lasciata cadere in rovina. Questo ciclo di ristrutturazione e abbandono dell'edificio si ripeté più volte nel corso dei decenni, anche se nessuna delle lettere spiegava perché tutto venisse fermato bruscamente quando i lavori erano quasi terminati. Una nota lasciava intendere che a un certo punto i soldi fossero semplicemente terminati, mentre un'altra diceva in modo evasivo «gli uomini si rifiutano di lavorare in queste condizioni».

Stava per tirare fuori un'altra scatola dallo scaffale quando sentì qualcosa cadere a terra con un rumore metallico. Qualunque cosa fosse, cadde in una zona d'ombra tra il muro e la scaffalatura, e Greg dovette allungare la mano dietro gli scaffali finché con le dita non toccò un oggetto di plastica. Lo afferrò, facendolo scivolare verso di sé, e tirò fuori un'audiocassetta, senza scritte né etichetta ma ricoperta di polvere, che Greg subito soffiò via, chiedendosi se appartenesse al detenuto fuggito. Non aveva intenzione di tornare nella sua cella solo per recuperare il registratore portatile e ascoltarla, ma voleva conservare il nastro, nella remota possibilità che contenesse qualcosa di interessante. La tuta non aveva tasche in cui riporre il suo ritrovamento, così la infilò in una manica che poi arrotolò, fissando la cassetta nelle ampie pieghe.

Nessuna delle scatole che esaminò in seguito produsse qualcosa di utile: molte contenevano vecchi numeri di giornali e riviste, indecifrabili rapporti di ricerca e documenti troppo rovinati o irrilevanti.

Leggere testi sbiaditi sotto una luce flebile gli era faticoso e iniziò a sentire lo sforzo negli occhi, e non avendo dormito molto la notte precedente, Greg si ritrovò presto ad appisolarsi.

Non ricordava di aver portato con sé un plico di carte mentre si trascinava verso il mucchio di vecchi materassi, né perché li avesse in mano; tutto ciò che ricordava allora era la comodità della superficie spugnosa, che gli diede immediato sollievo alla schiena e ai piedi, e per la quale espresse un sospiro di gratitudine prima di addormentarsi.

Ogni volta che tornava alla realtà — abbastanza cosciente da intravedere la stanza buia, da percepire che inspiegabilmente stringeva il plico al petto o da chiudere la bocca, che il sonno pesante gli aveva allentato — l'oblio si squarciava sotto di lui come un foglio sciolto dall'acqua, divorandolo.

Aveva gli occhi chiusi, ma l'occhio della sua mente era aperto e guardava fisso il buco nel soffitto, da dove spuntava qualcosa che strisciava lentamente, trasportando la sua massa nera lungo i muri, allungando il collo verso di lui e spalancando silenziosamente le fauci dietro la sua testa come una porta buia, mentre giaceva paralizzato dal sonno.

In un istante qualcosa di grosso lo afferrò e, come la morsa di un pitone, lo avvolse dalla vita in su e lo tenne stretto. Le sue gambe ebbero uno spasmo, poi sentì una puntura dolorosa al fianco. Presto smise di dimenarsi e i muscoli si sciolsero, braccia e gambe si rilassarono e la sua mente si dissolse in un vacuo torpore.

CAPITOLO 5

La testa gli sembrava pesante come il piombo e il resto del corpo scricchiolante e sporco, così sporco che sembrava che il sonno non avesse alcuna considerazione di Greg, rimanendo indesiderato sebbene tenesse ostinatamente gli occhi chiusi. Si girò irrequieto nel letto, cercando lati e posizioni che avrebbero alleviato i dolori alla sua schiena rigida.

Piccoli rumori casuali provenivano da lì intorno: il breve scricchiolio di cardini seguito dallo scoppiettare dei ceppi ardenti, il gorgoglio di un liquido versato in una tazza o una ciotola, il tintinnio educato di posate e porcellana.

Sebbene con gli occhi chiusi, Greg era in grado di seguire ciò che stava accadendo semplicemente ascoltando. E poiché non aveva sentito il rumore di passi in avvicinamento, sussultò quando una mano fredda gli si appoggiò alla fronte e alla guancia.

"So che non sta dormendo" disse il dottor Carver, spingendo indietro le palpebre di Greg per esaminargli gli occhi. "Non si opponga e provi a sedersi. Lentamente. Bene... si stenda se inizia a girarle la testa. Come si sente?"

"Ho fame" fu la risposta semplice e rauca di Greg: conteneva una nota di perplessità, come se fosse sorpreso dalle sue stesse parole.

Il dottor Carver sorrise al suo paziente che manifestava appetito. "La zuppa è pronta, ma ho la sensazione che dei crostini ci starebbero benissimo insieme. Torno subito."

Ritornò nell'angolo buio della stanza, oltre il piccolo chiarore offerto dalla stufa a legna e svanì. La stanza aveva lo stesso aspetto dell'ufficio in cui Greg si era seduto con Carver (il giorno prima?) eppure sembrava più grande, con un maestoso letto a baldacchino sul quale si trovava, posizionato stranamente al centro della stanza, accanto alla stufa a legna e al tavolo con la pentola coperta e le stoviglie.

L'ultima cosa che ricordava era la stanza chiusa a chiave con tutte le scatole e i documenti, il sonno in cui era piombato e la puntura simile a un ago al fianco destro. Non riusciva a spiegarsi da dove venisse quella puntura, ma suppose che i secondini lo avessero trovato dopo che si era addormentato e lo avessero sedato. Non aveva molto senso visto che era già privo di sensi, in inferiorità numerica e non in uno stato tale da giustificare un sedativo. Eppure, mentre sollevava il camice verde dell'ospedale per esaminare il punto della puntura dell'ago, vide che il suo corpo aveva avuto una reazione, lasciando un segno gonfio e irritato nella zona appena sopra il fianco, che era morbida al tatto.

Aveva in mente di chiedere chiarimenti a Carver, ma il dottore ci stava mettendo una vita per andare a prendere un bicchiere d'acqua e... cos'altro aveva detto che stava andando a prendere?

Il ragazzino aprì l'anta dell'armadio, accese la luce e trovò il fratello rannicchiato, addormentato sul pavimento.

"Ory" disse, chinandosi per scuotere la spalla del suo gemello. "Ory, svegliati. Ho del cibo."

Le luci disturbarono appena il gemello addormentato, ma nominare il cibo lo svegliò di soprassalto.

"Cos'hai preso?" chiese Ory con voce roca per il sonno, mentre strappava la borsa di mano al fratello e iniziava a divorare quella che pensava fosse una semplice ciambella zuccherata, finché non ne colse il sapore acidulo.

"Marmellata?" chiese, il piccolo viso contorto dal disgusto.

"Scusa, era per me."

"E allora perché l'hai data a me?"

"Fa lo stesso... ne ho già mangiata una" il ragazzino fece spallucce, continuando a guardare con interesse la ciambella nella mano di Ory.

Greg aprì gli occhi. Il bagliore della stufa a legna era scomparso, sostituito dalla debole luce prima dell'alba che entrava dalla finestra alla sua sinistra.

Si trovava di nuovo in infermeria e di nuovo con la tuta grigia, ormai madida di sudore asciugato.

In quel momento si manifestarono due sintomi: il primo fu il dolore al fianco destro vicino al rene; il secondo lo notò quando arricciò le labbra in una smorfia e sentì il delicato screpolarsi di un sottile strato di qualcosa che gli si era congelato sulla bocca. Si toccò il labbro superiore e nell'oscurità blu vide alcune macchie di sangue sulla punta delle dita.

"Dottore?" chiamò nella stanza vuota, guardandosi intorno

mentre si alzava dal letto, aspettandosi quasi che il dottor Carver o addirittura l'infermiera si presentassero in risposta.

Ma non appena i suoi piedi toccarono il freddo linoleum del pavimento, Greg udì una serie di esplosioni nel corridoio. Sembravano colpi di arma da fuoco, anche se l'idea sembrava assurda in un posto come quello. Ciò nonostante, Greg trattenne il respiro e sporse la testa oltre lo stipite della porta per sbirciare fuori.

Il corridoio era a malapena illuminato da una serie di applique che proiettavano deboli coni di luce giallastra, ma i corpi dei secondini che giacevano a terra parlavano chiaro.

Più avanti un omone in tuta zoppicava verso l'ascensore, che suonò per annunciare il suo arrivo. Le doppie porte si aprirono, inondando il pavimento del corridoio con una lunga striscia di luce, che fu oscurata dall'ombra alta di quell'uomo; si fermò un momento davanti all'ascensore prima di entrare, poi lasciò che le porte si chiudessero dietro di lui.

Greg entrò nel corridoio, lanciando sguardi diffidenti ai corpi mentre li superava: uno era accasciato contro il muro, un altro era morto su un fianco e un terzo era disteso a faccia in giù.

Raggiunse l'ascensore, premette il pulsante di chiamata, poi lo premette di nuovo, chiedendosi perché non si fosse acceso in risposta. Poi notò lo slot del lettore di badge e guardò i secondini, pensando che almeno uno di loro avrebbe dovuto avere il tesserino con sé.

Poiché quello che giaceva a faccia in giù era il più vicino, Greg andò da lui per primo e iniziò a farlo rotolare per raggiungere il taschino sul petto, quando sentì il suono di qualcosa di umido e intravide del sangue o un altro liquido che usciva dal corpo. Ma fu l'odore delle interiora mescolato al fetore fecale a sorprenderlo, causandogli una forte nausea che lo fece tornare indietro barcollando e vomitare il contenuto del suo stomaco vuoto.

Acqua fredda schizzava dal lavandino dell'infermeria. Greg si sciacquò dalla bocca il sapore acre della bile prima di rinfrescarsi il viso. Alcune parti della sua tuta, che si erano impregnate di sangue dal pavimento, gli aderirono alle ginocchia e agli stinchi. Fu assalito dalle vertigini e si afferrò ai bordi del lavandino per non cadere. La fronte gli scottava sotto lo strato di pelle appena raffreddato dall'acqua e il suo viso con gli occhi infossati, fermo tra le spalle ricurve, lo fissava dallo specchio sopra il lavandino mentre cercava di riordinare i pensieri.

Per quanto ne sapeva, c'era una persona armata a piede libero — un detenuto a quanto pare, anche se solo Dio sa dove abbia trovato una pistola — e a giudicare dai corridoi deserti, tutti si erano nascosti, lasciandolo a doversi proteggere da solo. Non era un problema, a meno che il tizio armato non decidesse di tornare sui suoi passi. Ad ogni modo quella era la sua occasione per scappare e avrebbe fatto meglio a smetterla di sprecare il suo tempo cercando di usare l'ascensore, quando le scale sarebbero andate bene ugualmente.

Greg si avviò di nuovo verso il corridoio, scavalcando i corpi e sollevando il colletto della tuta per coprirsi il naso contro la puzza. Si fermò a metà passo quando si ricordò dei vetri rotti che ricoprivano il terreno intorno all'edificio; si guardò intorno e scelse il secondino accasciato contro il muro, si accucciò davanti a lui mormorando frettolosamente delle scuse e iniziò a togliergli le scarpe.

"Che stai facendo?" qualcuno gli chiese e subito si girò per guardarsi le spalle.

Non c'era nessuno dietro di lui. Eppure la voce proveniva da abbastanza vicino, visto che si coprì istintivamente l'orecchio contro il solletico dell'alito.

"Che stai facendo?" sentì di nuovo.

Questa volta la voce proveniva da davanti a sé, precisamente dal secondino, che prima guardava verso il basso, ma ora fissava Greg con fare accusatorio.

Greg lasciò cadere il piede del secondino, fissandolo con gli occhi spalancati mentre si dimenava allontanandosi dal corpo.

Aveva dato per scontato che i secondini fossero morti; eppure ora, dal punto in cui sedevano o giacevano immobili, senza respirare né sussultare, i loro occhi lo seguivano silenziosi, mentre lui in qualche modo riusciva a rimettersi in piedi e a precipitarsi verso l'altra parte del corridoio, distante dall'ascensore, distante dal loro terribile sguardo.

CAPITOLO 6

"Io... Ehm, ecco..."

"Faccio fatica a p-parlare in questo momento. Ho solo bisogno di un minuto... per orientarmi. Sto registrando su una cassetta... ne ho trovata una. Una cassetta vuota, per quanto ne so. Non ricordo dov'era. No, aspetta, era in quella stanza... ma non è importante. Comunque... il mio nome è Greg. E voglio solo... ho solo bisogno di registrarmi mentre parlo. Mi aiuta. Forse mi servirà anche per qualche motivo in futuro, tipo come prova o qualcosa del genere. Ma in questo momento, mi serve solo per calmarmi. E per sentirmi normale. Non so come mai sono senza fiato, ho smesso di correre secoli fa. Dammi solo un attimo... Ho bisogno di concentrarmi. In questo momento sono le... non importa, non riesco a trovare un orologio. Ma in base a quello che vedo da quella finestra stretta, il sole sta sorgendo adesso... Comunque, ho appena visto — no, mi correggo — non ho visto nulla. Ho visto solo le conseguenze di una sparatoria. Mi sono svegliato in infermeria, ho sentito degli spari, sono andato in corridoio e ho trovato tre secondini a terra. C'era un uomo, un detenuto, che si stava allontanando.

L'ho visto di spalle mentre stava per entrare in ascensore, ma sono quasi certo che indossasse la stessa uniforme grigia degli altri detenuti. Poi le porte si sono chiuse ed è sparito. Le uniche vittime che ho visto sono i secondini. Penso che siano morti ma... non ne sono sicuro. Il corridoio era un po' buio e ho pensato... cioè, non ho controllato, ma sono abbastanza sicuro lo fossero... insomma, ho pensato di aver visto...”

“Comunque, immagino di essere svenuto o qualcosa di simile, perché subito dopo mi sono ritrovato in corridoio appena fuori dalle nostre stanze. Non mi aspettavo che fossero tutte allo stesso piano, ma ad ogni modo in questo momento sono tutte vuote. L'intero piano è vuoto se non si contano il sottoscritto e le... ehm, le vittime. Non so se ci sia stata un'evasione di massa dalla prigione o se tutti si siano solo nascosti. Comunque... prima ho nominato un ascensore ed è dove sto andando ora...”

“Aspetta. Ho sbagliato strada? No, sono nel posto giusto... l'ascensore è lì. Ma i corpi... non ci sono più. Com'è possibile? Il corridoio è vuoto, addirittura pulito. Il pavimento è tutto umido come se qualcuno avesse appena passato lo straccio. Ma le pareti sono ancora macchiate. E c'è anche un odore strano... non è disinfettante. Non è nemmeno ammoniaca. Conosco questo odore, ma...”

“Che cavolo è successo qui?”

“Sono ancora Greg. Ho trovato una scala e sto scendendo. Che vadano a quel paese tutti quanti. Che vada a quel paese anche questo posto. Non mi fermerò finché non arriverò al piano terra. Ecco, penso sia questo. Vediamo...”

“Allora, questa sembra essere l'entrata... Vedo la reception e, sì, eccole, le doppie porte di vetro dell'ingresso principale. Se sono chiuse a chiave? Ovviamente lo sono. Serratura robusta e vetro spesso. Ci dev'essere un estintore da qualche parte qui vicino che potrei usare. Aggiornamenti a breve."

Il registratore portatile era spento sulla scrivania mentre Greg frugava nei cassetti alla ricerca di chiavi, soldi o qualsiasi oggetto utile. All'inizio non trovò altro che articoli di cancelleria per l'ufficio, ma in un cassetto delle cianfrusaglie trovò una torcia e un grosso paio di forbici da cucito, che Greg rimase ad analizzare a lungo prima di posarle vicino al registratore.

In lontananza, qualcosa faceva un suono a intervalli regolari nel corridoio che portava all'entrata: era un rumore spettrale, una coda di echi che sembravano provenire dalle viscere dell'edificio. A volte sembravano ingannevolmente forti e vicini, abbastanza da indurre Greg ad alzare la testa e guardare oltre la reception, aspettandosi di vedere qualcuno o qualcosa emergere dai corridoi. Pensando che forse l'entrata non fosse così deserta come sembrava, lanciò prima un fermacarte e poi una scatola di graffette da dietro la scrivania, abbassandosi ogni volta per vedere se il rumore attirava qualcuno o qualcosa che poteva essersi nascosto. Non arrivò nessuno, e sebbene non fosse successo nulla, gli rimase addosso la sensazione di non essere solo.

I cassetti della scrivania avevano poco altro da offrire, o almeno così sembrò all'inizio. Greg seguì l'istinto e li controllò di nuovo, cercando più a fondo questa volta: le sue dita sfiorarono uno spesso pezzo di carta, attaccato con il nastro adesivo al fondo del cassetto principale. La carta si rivelò essere una busta, che conteneva una chiave.

"Piove sempre sul bagnato" mormorò al registratore portatile pochi istanti dopo con un mezzo sorriso sulla faccia, mentre attraversava l'entrata verso la porta principale. "Spero le cose inizino ad andare per il verso giusto ora."

C'era ancora il problema delle scarpe da risolvere, ma prima Greg volle assicurarsi che la chiave aprisse davvero le porte in vetro. Era in piedi davanti ad esse, in una macchia di luce che filtrava obliqua attraverso il vetro e dipingeva un'ampia fascia di splendore sul pavimento, rendendolo piacevolmente caldo sotto i piedi.

Eppure ci fu un brusco cambiamento nell'atmosfera non appena mise piede in quell'isola di luce. Gli echi misteriosi cessarono, così come quel continuo ronzio ambientale che si sentiva impercettibilmente in sottofondo, la cui presenza si notava solo in sua assenza.

Greg, con la chiave in mano in bilico davanti alla serratura, si guardò intorno con titubanza, turbato dal silenzio improvviso, così simile al vuoto.

Poi sentì un suono basso e sottile, a metà tra un ronzio e un fischio acuto, e la sua testa scattò all'indietro, come se qualcuno gli avesse dato un pugno in faccia.

Una fitta di dolore gli passò attraverso il naso e la fronte. Il registratore, le forbici e la chiave caddero a terra mentre con le mani andò a coprirsi il naso.

Si riprese velocemente e, sbattendo le palpebre per scacciare le lacrime, abbassò le mani e vide che aveva i palmi ricoperti di sangue.

Arrivò un'altra fitta di dolore, questa volta si irradiò dal fianco destro alla parte bassa della schiena con un'intensità così forte da lasciarlo senza forze per rimanere in piedi. Cadde in ginocchio, piegandosi in due finché la fronte non toccò quasi il pavimento. Il sudore gli inzuppava la schiena; l'aria fredda che entrava silenziosamente attraverso i denti stretti veniva espulsa con gemiti deboli e irregolari. Le sue braccia erano incrociate sotto il petto: la mano destra chiusa in un pugno, la sinistra un artiglio pietrificato sulla parte bassa del fianco destro.

La luce del sole, con la stessa intensità di un riflettore puntato su di lui, gli colpiva gli occhi.

Una smorfia caustica gli apparì all'improvviso sul viso contratto: *Riprenditi! Qualsiasi cosa sia, la puoi gestire quando siamo fuori e ben distanti da qui!*

Nonostante tutto, non riusciva a sollevare la testa, figuriamoci a muoversi. E quella che sembrava una pioggia di schegge di vetro che gli laceravano le viscere lo portò a domandarsi come avrebbe affrontato la scarpinata giù per la montagna.

Più e più volte gli venne la tentazione di chiamare aiuto, ma ogni volta si trattenne.

Non ora, non qui, ringhiò dentro di sé, rivolgendosi al suo corpo per fare un patto. *Chiederò aiuto fuori. Per favore...*

Fu in quel momento che un paio di piedi emerse dall'oscurità e si fermò alla sinistra di Greg, quasi sfiorando l'ombra proiettata dalla sua figura piegata in due.

Greg notò i piedi, resi bianchi dal sole, e ruotò lentamente la testa, alzando gli occhi verso lo sconosciuto. Dalla sua posizione, riusciva a vedere poco oltre le caviglie vestite di grigio dello sconosciuto, la cui figura sembrava torreggiare su di lui e fondersi nell'ombra; una moltitudine di diamanti di vari colori accesi brillava e guizzava luminosa nell'aria tra lui e lo sconosciuto.

"Per favore, per favore..." sussurrò tremante, incerto del motivo per cui stava supplicando.

Lo sconosciuto sollevò il braccio finché il raggio di luce che evidenziava Greg fu trafitto dalla canna di una pistola, puntata contro la sua testa.

Ma Greg era completamente all'oscuro delle intenzioni dello sconosciuto: il suo sguardo era rivolto al pavimento, che fissava inespressivo e sognante, ascoltando uno strano fischio lontano. Il dolore era un po' diminuito, ma temeva di alzarsi per paura che il minimo movimento lo facesse nuovamente ritornare.

Lo sconosciuto doveva aver detto qualcosa, sebbene la sua voce fosse ovattata e per di più sopraffatta dal fischio incessante. Si accucciò e ripeté la frase criptica, la voce più vicina ma ugualmente lenta, densa e vischiosa.

Per tutto il tempo Greg tenne lo sguardo basso, fissato sul lento vortice della polvere scintillante e sulla trama porosa del tessuto grigio macchiato che gli copriva coscia sinistra. La sua lucidità mentale si stava dissolvendo come schiuma, in mille bollicine, persa in tutti i piccoli dettagli che ora travolgevano i suoi sensi; rimase con gli occhi aperti ma indifferente, la mente incapace di riconoscere la presenza di un'arma premuta contro la sua tempia sinistra.

CAPITOLO 7

Clark s'infilò nella stanza e chiuse la porta dietro di sé. Era uno dei quattro detenuti che approfittarono del caos scaturito dalla sparatoria e riuscirono a scappare mentre i secondini erano distratti a radunare tutti per condurli in un'area più sicura.

L'ingresso principale era chiuso a chiave, e i detenuti vaganti dovettero ripiegare e cercare un'altra via d'uscita. E poiché i secondini si erano allontanati, le loro stanze erano al momento incustodite; Clark e il suo amico Nader iniziarono a saccheggiarle, principalmente alla ricerca di chiavi, ma prendendo anche tutto ciò che trovavano: soldi, vestiti e qualsiasi cosa potesse essere utile per la fuga. Questo fu il compito di Nader, che frugava in cassetti e armadietti, mentre Clark faceva da palo in caso di pericolo.

"Che succede?" chiese Nader, sbucando da sotto il letto quando sentì Clark entrare nella stanza.

"Penso abbiano preso qualcuno" sussurrò Clark, sbirciando attraverso la porta socchiusa.

"Cosa?"

Clark si voltò verso Nader. "Ho detto che penso che abbiano preso qualcuno" disse, tornando poi a fare da palo.

"Uno di noi?"

"Non saprei" rispose Clark, sporgendo la testa bionda fuori dalla porta per vedere meglio. "Beh, è un tizio grosso..."

"Cosa?"

"Ho detto, è un tizio grosso" sibilò Clark da sopra la spalla, "e sta trasportando qualcuno, non un secondino però."

"Il tizio che trasporta o quello che viene trasportato?"

"Entrambi" disse Clark, poi si corresse: "O meglio, nessuno dei due è vestito in bianco."

"Non pensi che sia quello armato, vero?"

"Non lo so..."

"Cosa?"

Clark, stanco di girarsi per rispondere a ogni domanda, sbuffò con impazienza. "Se è lui il tizio armato, sarò ben felice di baciargli quelle sue mani pelose e criminali, va bene? Adesso stai zitto e continua a cercare."

"Svegliati" mormorò il ragazzino, dando una gomitata a suo fratello. "Oggi tocca a te uscire."

"Sì..." sospirò il fratello, aprendo gli occhi nell'oscurità di quello spazio ristretto mentre si sedeva.

Il ragazzino cercò di riaddormentarsi, ma notò suo fratello temporeggiare.

"Cosa c'è che non va?"

"Non lo so" rispose il fratello. "Ho una brutta sensazione, ma non so il perché."

Il ragazzo strizzò gli occhi assonnato mentre si sedeva. "Ho fatto tutti i compiti. La signora Bower non avrà motivi per arrabbiarsi stavolta." Suo fratello rimase in silenzio, così il ragazzino continuò a parlare: "Ho parlato con Dave ieri. Non ti darà più fastidio. Se ci prova di nuovo, dimmelo e gliela farò pagare."

"Domani niente scuola, ricordi?" disse il fratello, sempre con tono cupo. Nessuna rassicurazione sembrava sollevare lo strano senso di terrore che lo aveva sopraffatto. Non sentì il sospiro esasperato del ragazzino e a malapena notò il leggero buffetto che gli diede come rassicurazione, fronte contro fronte.

"Ehi" disse il ragazzino e aspettò che suo fratello si girasse per guardarlo. Il fratello, aspettandosi parole di rassicurazione, udì invece: "Non dimenticare le ciambelle oggi" prima che il suo gemello ridacchiante si tuffasse di nuovo nel mucchio di coperte.

"Riporterò a casa quelle schifose piene di crema pasticcera" brontolò il fratello.

"Le mangerei comunque" risposte il ragazzo ostinatamente. "Ne mangerei una scatola intera."

"Ci credo" risposte il fratello. "Se riesci a mangiare quelle alla marmellata, puoi mangiare qualsiasi cosa, scommetto. Scommetto che se tu andassi dal dottore, ti direbbe di essere di fronte ad un serio caso di bocca di fogna..."

"Stai zitto, Ory" disse il ragazzo, dando un calcio alla schiena del fratello.

"Ah! Sei tu Ory adesso, ti ricordi? Oggi tocca a me essere..."

Greg giaceva addormentato in una vasca da bagno piena per metà d'acqua, che ormai conservava solo un vago ricordo di calore. La vasca era abbastanza profonda da cullarlo con la testa appoggiata sull'estremità inclinata, ma non abbastanza lunga da accogliere tutto il corpo senza dover piegare le ginocchia. Le braccia, leggermente incrociate sulla pancia, erano immerse nell'acqua torbida che respingeva il riflesso della luce con piccole onde come mosse dal vento, che si infrangevano dolcemente sul petto, le ginocchia di Greg e le bianche pareti interne della vasca.

La tuta bagnata che indossava gli causò un brivido, svegliandolo. Il collo emise una serie di schiocchi attutiti quando iniziò a muoversi; prima guardò attraverso le ciglia la macchia bianca e argentata che rappresentava il bordo della vasca e le manopole, poi esaminò le piastrelle e le pareti in gesso che lo circondavano, infine sollevò gli occhi vacui alla finestrella protetta da una grata nell'angolo vicino al soffitto, aperta su una bella giornata che ora lasciava entrare frammenti di raggi di sole nel bagno umido e stretto.

Sentì una fitta dietro gli occhi e li chiuse aggrottando la fronte, chiedendosi dove si trovasse e come fosse finito in quel posto. I suoi ultimi ricordi prima di svenire erano immagini confuse dell'entrata, la chiave trovata nella busta e il dolore che lo fece piegare in due davanti alle porte a vetri. Il dolore non era passato del tutto, ma paragonato a prima non era altro che un fantasma; per di più un nuovo ricordo lo distrasse in quel momento, sebbene non riuscisse a stabilire se il flashback provenisse da un evento reale o da un sogno vivido.

In esso, si trovava in quella stessa stanza e posizione, sdraiato mezzo addormentato nella vasca, quando apparve uno sconosciuto, lo afferrò per le spalle e lo spinse sott'acqua per...

No, non era così: la vasca era piena per metà nella realtà, ma nel ricordo era vuota.

Lo sconosciuto aveva messo le mani sul viso di Greg per soffocarlo, quest'ultimo iniziò a dimenarsi e a calciare, creando della schiuma nell'acqua macchiata (ma la vasca non era vuota?) prima che uno schizzo rosso gli uscisse dalla bocca, sporcando e facendo gocciolare le mani dello sconosciuto mentre quello cercava di... cercava di...

Greg si strofinò distrattamente la fronte, cercando di ricordare tutti i frammenti di quell'episodio. Il suo sguardo vagò sulla vasca unta ma bianca e sulle pareti intonacate entrambe prive di macchie rosse. L'acqua era torbida, vero, ma ciò poteva essere dovuto al sangue che la sua tuta aveva assorbito da quella terribile scena in corridoio.

Probabilmente era un sogno allora. Oppure aveva avuto una crisi epilettica, era stato trattenuto da uno dei secondini e in preda all'attacco si era morso la lingua; spiegava il motivo per cui lo sconosciuto lo teneva fermo e il sangue che gli usciva dalla bocca, ma non perché era stato lasciato a mollo nella vasca. Oltretutto la sua lingua sembrava normale mentre la passava gentilmente sui denti, non trovò alcuna ferita ma notò uno strano sapore.

Niente aveva senso. Sospirò per la frustrazione e rabbrividì involontariamente quando un'improvvisa corrente d'aria fredda lo colpì.

Sentì un schiocco secco dietro di lui, verso il quale girò la testa, sforzandosi di guardare oltre la parete alta della vasca. Cercò di alzarsi, ma scoprì che il suo corpo era debole e pesante; quando riuscì ad afferrare entrambi i bordi della vasca per issarsi, perse la presa sull'orlo viscido e cadde all'indietro; ci provò di nuovo e riuscì a mettersi in ginocchio, ma a quel punto la porta del bagno era già stata chiusa, lasciando Greg a fissarla mezzo stordito.

"Beh, poteva andare meglio" disse una voce maschile debolmente attraverso la porta del bagno. "Le cose sono peggiorate nel momento in cui ti hanno riportato indietro."

"Chi sei?" domandò Greg, ancora inginocchiato nella vasca, con le mani strette su entrambi i lati per tenersi su e l'acqua che gli gocciolava lungo le maniche.

"Come al solito, ho agito senza pensarci troppo e ho preso in mano la situazione," continuò la voce, sovrastando la domanda di Greg, "ma non avevo scelta..."

"Smettila di nasconderti e vieni a parlarmi direttamente!" gridò Greg, assumendo un tono scontroso per nascondere un leggero tremolio della voce. Aveva freddo, era confuso e spazientito.

Ma nonostante la sua richiesta avesse sopraffatto la voce dell'uomo, quello continuò: "Comunque, ho pensato di spaventarli per semplificare le cose. È andato tutto liscio..."

Stavolta Greg riuscì ad uscire dalla vasca senza incidenti, con la tuta fradicia appiccicata al corpo e l'acqua che scorreva sul pavimento, si appoggiò al muro e fece qualche passo tremolante verso la porta.

Si fermò vicino alla porta, la fronte e il naso quasi schiacciati contro il telaio mentre afferrava furtivamente la maniglia, ascoltando l'uomo dall'altra parte che blaterava. Il suo piano era di spalancare la porta e coglierlo alla sprovvista. Ma mentre ascoltava, iniziò a notare una strana caratteristica della sua voce, era piatta, come se provenisse da un dispositivo. Aprì leggermente la porta, sbirciò fuori e vide il suo registratore portatile appoggiato su una sedia di legno vicino alla porta, che riproduceva un messaggio registrato sul nastro.

"Fai quello che devi fare e poi vienimi a trovare. Ma non metterci una vita, altrimenti faresti meglio a usare quelle lame su di te."

La sala comune era illuminata e silenziosa. I detenuti erano seduti o sdraiati su qualsiasi parte dell'arredamento o del pavimento che potesse offrire comodità e massima esposizione alla luce solare. Molti erano dei veri e propri colossi, ma innocui e contenti purché fossero al caldo, riposati e con la pancia piena.

Il dottor Carver era seduto a una scrivania temporanea, con la penna graffiava il silenzio della stanza mentre aggiornava alcuni fascicoli. Un'infermiera sedeva su una sedia tra i detenuti mezzi addormentati, rammendando una cosa o l'altra, le gambe incrociate alle caviglie, la cesta da lavoro ai piedi. Di tanto in tanto un detenuto si alzava e si trascinava verso un altro punto della stanza, costringendo l'infermiera e Carver ad alzare gli occhi dal loro rispettivo lavoro e studiare l'atteggiamento del detenuto in movimento, per capirne l'intento; ma se alla manica del detenuto vedevano una fascia arancione, tornavano al loro lavoro, certi che non desiderasse altro che trovare un posto più caldo.

Di solito la sala comune accoglieva solo una parte dei detenuti residenti; ma ora la maggior parte di loro affollava quel piccolo spazio, tranne una manciata di detenuti che erano scomparsi, e altri due che avevano cercato di creare problemi ed erano rinchiusi in un'altra stanza.

Vennero distribuiti alcuni libri tascabili spiegazzati, mazzi di carte e riviste rovinate, che Carver aveva concesso solo per questa occasione per tenere tranquilli i detenuti mentre i secondini erano altrove, alla ricerca dei loro compagni mancanti.

Carver sospirò e rivolse l'attenzione a un piccolo flacone marroncino sulla scrivania, che catturava la luce del sole e proiettava un'ombra ambrata sulla superficie del mobile. Inclinò il flacone all'indietro e osservò le capsule rosse traslucide brillare all'interno del recipiente.

Diversi detenuti alzarono gli occhi dalle carte e dai libri quando tornarono due secondini, accompagnando un detenuto con le mani ammanettate dietro la schiena. Vedendoli arrivare, il volto di Carver si distese in un sorriso di sollievo e fece loro cenno di avvicinarsi alla sua scrivania.

I secondini, Toby e Roman, fecero sedere il detenuto e indietreggiarono, rimanendogli ai lati.

"Holden!" esclamò Carver, quasi urlando. "Molto gentile da parte sua unirsi a noi. Speravo potessimo parlare."

Fece cenno a Toby e Roman di liberare le mani del detenuto.

Holden, una figura orsina di mezza età e con un sorriso sprezzante negli occhi chiari, sedeva immobile, salvo per i brevi strattoni causati dai secondini mentre gli rimuovevano le manette di plastica.

"Sa che stiamo ancora osservando il voto di silenzio," disse Carver, riportando l'attenzione sul flacone di pillole, "e credo sia fondamentale mantenere tale voto, anche in queste terribili circostanze. La pace e l'ordine dovrebbero essere mantenuti per il benessere di tutti. Questo è il cuore del nostro programma. Non è facile, questo è vero... nemmeno per noi che dobbiamo assicurarci non solo che vengano osservati, ma anche mantenuti nello spirito."

"Ho notato il frutto dei miei sforzi..." continuò Carver mentre Holden si sedeva, appoggiando gli avambracci sulle cosce, lasciando che le mani pendessero tra le ginocchia. La scintilla di malizia che gli aveva acceso gli occhi un minuto prima svanì mentre esaminava la stanza. Poteva recitare a memoria il discorsetto che Carver ripeteva spesso sulle virtù del suo programma, e sapeva bene che Toby e Roman erano annoiati tanto quanto lui: con la coda dell'occhio vide Roman dondolare avanti e indietro sulle punte dei piedi e Toby muovere la testa vigorosamente da un lato all'altro per far scrocchiare il collo.

Erano entrambi pervasi da un'energia nervosa, anticipando la fine del discorso del dottor Carver per poter trascinare via Holden per alcune «azioni disciplinari». L'eufemismo era di Carver, ma ai secondini non poteva importare di meno di come le chiamava, purché fossero loro a dispensarle.

"Come può ben vedere," disse Carver, rivolgendo lo sguardo alla stanza, "il nostro programma ha portato i benefici di una lobotomia senza i suoi svantaggi..."

Si fermò, interrompendosi nel bel mezzo del discorso così all'improvviso che Holden si voltò a guardarlo. Dall'altra parte della scrivania Carver allungò le mani con i palmi rivolti verso l'alto, invitando Holden ad allungare le sue grandi zampe. Holden tenne le mani a posto, ma Toby e Roman furono ben felici di sollevargli le braccia e sbatterle sulla scrivania.

Da seduto, Carver sorrise negli occhi di Holden mentre studiava le mani del detenuto.

"Ha delle mani piuttosto grandi e capaci, Holden. Mani callose da lavoratore, segnate da bruciature e... pure segni di morsi. Hmm! Eppure erano sempre pulite, meticolosamente lavate. Perché, Holden? Non soffre di alcuna compulsione a lavarle sempre. Ma le vecchie abitudini sono dure a morire, no? Anche se non lavora più qui..."

Carver smise di girargli le mani, l'attenzione fissa sulle sottili macchie rosse sotto le unghie, e iniziò a strofinarle con il pollice prima che Holden ritirasse le mani.

Il dottore ridacchiò. "Dopotutto è stato sorpreso ad avvelenare i miei pazienti, pensando di poterli «curare» da qualche disturbo immaginario. Si lavava sempre le mani dopo: questo era il suo gesto rituale."

Sempre sorridendo, Carver recuperò il flacone marrone e fece cadere tre capsule rosse gelatinose nel palmo della mano. I metodi di Toby, Roman e dell'assente Samson non avevano prodotto risultati; avrebbero funzionato su altri detenuti, ma Holden era forte come una roccia, o perlomeno così sembrava al di fuori. No, c'era bisogno di precisione chirurgica, ed essendo un esperto in questo campo, Carver sapeva benissimo quale nervo toccare: il detenuto aveva già cancellato ogni espressione compiaciuta dalla faccia e seguiva le mani di Carver mentre il dottore allineava le capsule sulla scrivania.

"Sa, sono preoccupato per il benessere dei nostri pazienti... la nostra famiglia, dovrei dire. Farò tutto il necessario per riportarli sani e salvi all'ovile. Quelli che si sono allontanati, torneranno" disse, schiacciando con il pollice una delle capsule fino a farla scoppiare con uno schizzo rosso.

Holden fissò Carver.

"Ma c'è un detenuto che mi preoccupa più degli altri, in questo momento: un detenuto che è scomparso poco prima di questo caos."

Holden si lanciò in avanti ma fu trattenuto dai secondini.

"Pertanto chiedo a lei, Holden, finché ha ancora una lingua..." Carver premette sulla capsula senza romperla. "Lui dov'è?"

CAPITOLO 8

"Beh, poteva andare meglio. Le cose sono peggiorate nel momento in cui ti hanno riportato indietro. Come al solito, ho agito senza pensarci troppo e ho preso in mano la situazione, ma non avevo scelta. So che quelle pillole sono efficaci solo per un tempo molto ristretto, e se non ti avessi raggiunto prima che..."

"Comunque, ho pensato di spaventarli per semplificare le cose. È andato tutto liscio. Ma poi tre di loro sono arrivati e le cose si sono messe male..."

"Ti ho trovato in entrata e sembravi così fuori di testa che stavo quasi per darti il colpo di grazia, come eravamo d'accordo. Ma non me la sono sentita. Allora ti ho portato qui e ti ho dato un'altra dose... praticamente ho dovuto spingertela giù in gola stavolta... ci ho quasi rimesso un dito, ma dovrebbe essere abbastanza per stabilizzare la tua condizione. Credo. So che non è così che dovrebbe essere, ma è meglio di niente."

"Tengo io la pistola per ora. Onestamente preferirei non averla io, ma non posso rischiare e lasciarla a te. Te la restituirò quando sarò sicuro che sei sano di mente. Sono riuscito a far entrare delle Pelli, sono nascoste tra le tute. Poi ho modificato le forbici che avevi addosso, nel caso avessi bisogno di usarle. Fai quello che devi fare e poi vienimi a trovare. Ma non metterci una vita, altrimenti faresti meglio a usare quelle lame su di te."

"Sono Greg. Quello che hai sentito prima era il messaggio completo che ho trovato nel registratore poco dopo essermi svegliato in una vasca da bagno. Non riesco a capirne il senso, mi gira ancora la testa mentre cerco di rispondere ad alcune domande, come ad esempio: di che cavolo sta parlando quel tizio? E ancora più importante: che cavolo mi ha fatto mandar giù? Per stabilizzare cosa? Dovrei essere felice che non mi abbia ucciso «come eravamo d'accordo»? Ho la sensazione si riferisse ad un patto omicidio-suicidio. Parlava come se mi conoscesse. Immagino che pensi che io sia il suo amico scomparso. Purtroppo il signore se n'è andato prima che potessi correggerlo... non che io sia particolarmente ansioso di dirgli che quel viscido bastardo se n'è andato senza di lui."

"In questo momento mi trovo nella stanza adiacente e posso vedere alcuni oggetti sul tavolo: le tute che ha menzionato prima, la torcia e le grandi forbici che ho trovato in entrata (non le avevo riconosciute all'inizio perché ha svitato le lame, avvolto il manico in strisce di stoffa e quindi di fatto trasformate in coltelli). Molto premuroso da parte sua. C'è anche un sacchetto di... cos'è questo? Carne essiccata? Sì, sembra carne essiccata. Cervo, credo... Comunque immagino siano queste le «pelli» di cui parlava prima... «pelli» dev'essere un nomignolo per carne essiccata. Ma c'è questo... questo... (ehm). Scusami. Invece qui trovo..."

Greg fece quasi cadere il registratore appoggiandolo sul tavolo. Si premette una mano sulla bocca bloccando un improvviso reflusso in fondo alla gola. La luce pallida e bluastra della lampada fluorescente montata sopra un piccolo comò con specchio gli irritava sempre di più gli occhi, provocandogli un terribile mal di testa che andava e tornava sin dal suo risveglio. O forse era l'odore della carne essiccata a peggiorare la sua nausea.

Ad ogni modo, si precipitò in bagno appena in tempo per chinarsi sul lavandino, ansimando e tossendo, quasi soffocando per qualche secondo, finché qualcosa non gli si staccò dalla gola e sputò violentemente un grumo bagnato nel piatto poco profondo del lavabo.

Si fermò per riprendersi, cercando di recuperare fiato tra un colpo di tosse e l'altro, sputando di nuovo per liberarsi di un filo di saliva. Attraverso gli occhi annebbiati dalle lacrime abbassò lo sguardo su quello che pensava fosse un grumo di catarro insanguinato. Lo stordimento diventò incertezza mentre sbatteva le palpebre per schiarirsi la vista, ed ebbe solo un breve momento per poter inquadrare una cosa pallida che si arricciava su se stessa — era senza occhi e si muoveva debolmente — prima che quel grumo vivente scivolasse via, in uno slancio insanguinato, cadendo nello scarico del lavandino.

Una serie di respiri tremolanti gli uscirono dalla bocca mentre fissava la macchia rossa che scendeva lungo la curva del piatto del lavabo, incerto se rimanere pietrificato al suo posto o sbirciare nella gola del lavandino per vedere se c'era qualcosa incastrato laggiù.

Barcollò all'indietro e per poco non cadde nella vasca dietro di lui, poi si voltò e fece scorrere l'acqua dal rubinetto della vasca e iniziò a sciacquarsi freneticamente la bocca, finché l'acqua che sputò non uscì limpida. Era così fredda da gelare il rubinetto, e sebbene fosse quasi insensibile sotto i vestiti bagnati, Greg allungò la mano sotto l'acqua corrente, bevendone assetato dal palmo.

Con passi strascicati tornò al tavolo, prese il registratore e si accasciò a terra con le spalle al muro.

Portò il dispositivo alla bocca, premette il pulsante per registrare ma si bloccò.

Passarono diversi secondi, durante i quali rimase seduto con l'oggetto vicino alle labbra e niente da registrare se non il respiro interrotto; gli occhi cerchiati di rosso scrutarono lo spazio vuoto davanti ad essi alla ricerca della frase catalizzatrice che avrebbe sciolto il nodo dei suoi pensieri e costruito una narrazione coerente con ciò che era accaduto.

"Sono Greg" e "io... ehm... sono stato male poco fa..." fu tutto ciò che riuscì a dire prima che il dubbio lo sopraffacesse e controllasse ogni frase successiva. Dopotutto... dopotutto avrebbe potuto essersi sbagliato su ciò che aveva visto, o creduto di aver visto, anche se in qualche modo avere il dubbio era meno rassicurante, se non addirittura peggiore della certezza. Quando ci ripensava, sembrava che i ricordi di quel breve momento si confondessero sempre di più: a volte era solo un grumo di catarro, altre volte non lo era...

"Ho vomitato qualcosa nel lavandino, ma non sono riuscito a vedere cos'era."

Perché se n'è andato giù per lo scarico.

Gli sfuggì una risatina rauca mentre sorrideva impotente, poi si tappò la bocca con la mano libera per soffocare il suono e interrompere ulteriori crisi isteriche.

Dopo un po' la strana vertigine svanì e rimase seduto in silenzio, la testa appoggiata all'indietro contro il muro.

La porta del bagno era aperta davanti a lui, il suo interno appariva bianco e immacolato alla luce solare filtrata. Non sapendo cosa fare, pensò che una doccia lo avrebbe aiutato a schiarirsi le idee. C'era ancora un po' di acqua calda e, mentre il vapore riempiva la stanza, Greg si tolse la tuta fradicia — la manica fastidiosamente incollata al braccio mentre la sfilava — poi abbassò la testa sotto il soffione della doccia, lasciando che l'acqua gli lavasse via la patina di sudore e con essa ogni vago senso di contaminazione.

Più tardi, dopo che l'acqua si era raffreddata, Greg entrò nell'oscurità della stanza adiacente, calmo e vigile, strappando una striscia di carne essiccata con i denti e masticandola pensierosamente mentre osservava gli altri oggetti sul tavolo.

Le armi improvvisate erano interessanti, ma lo era di più quell'abito nero, che sollevò per esaminarlo.

Assomigliava ad una muta da sub con il collo alto e un'imbottitura protettiva all'esterno che ricordava vagamente i muscoli del busto. Anche le braccia e le gambe erano imbottite, alcune parti fungevano anche da tasche. Ma nonostante tutto l'abito aveva un aspetto elegante, in parte grazie al tessuto, che aveva una trama fine e squamosa che ricordava la pelle del serpente, sebbene più spessa.

"Forse sono queste le cosiddette «pelli» ..." disse Greg, strizzando gli occhi con fare inquisitorio, girando la muta e rovesciandola in parte, alla ricerca di un logo o un'etichetta e chiedendosi se si trattasse di equipaggiamento tattico o di abbigliamento sportivo speciale.

"Nemmeno l'etichetta per il bucato" mormorò, stendendola sul tavolo per aprire la cerniera lampo che partiva dalla spalla sinistra, attraversava il petto e si fermava sul fianco destro.

«Pelle» era proprio il nome giusto: aveva una vestibilità aderente, foderata internamente, e gli comprimeva la parte posteriore del collo e della zona lombare; eppure il materiale coriaceo era elastico e gli permetteva di sollevare le gambe comodamente, alzare la braccia e accovacciarsi senza difficoltà. Anche il collo alto gli copriva la gola senza alcuna pressione soffocante.

Davanti allo specchio, Greg sollevò il mento e fece un paio di mezzi giri, valutando il suo aspetto e inarcando le sopracciglia in un misto di sorpresa e approvazione.

Il suo riflesso si acciglò di tutta risposta da una stanza simmetrica alla sua, con la stessa lampada fluorescente sopra la testa che gli copriva le spalle scure con un bagliore bluastro, rendendole simili al dorso di uno scarabeo.

C'era qualcosa di strano: il colletto alto, che gli copriva quasi tutto il collo, ora gli arrivava alla mandibola e al mento. Le ombre sfumavano il confine tra la sua pelle e l'abito. Si sporse per guardare più da vicino, poi inclinò la testa e fece un passo indietro quando vide sottili scaglie a forma di diamante che crescevano dalla muta e si univano alla pelle della sua mandibola.

Ma proprio mentre si toccava la gola, quell'assurda visione svanì, e rimase a fissarsi in un silenzio sbalordito. Il collare non era più unito alla sua pelle: ci fece scivolare dentro due dita per assicurarsi di poterlo staccare.

No, certo che no: era solo un gioco di luci ed ombre. O così continuava a ripetersi mentre si infilava una tuta asciutta, indossandola sopra la Pelle.

CAPITOLO 9

Dopo aver dormito fino a quando non ne poteva più, il ragazzino era disteso su un fianco nell'oscurità, completamente sveglio, con l'orecchio premuto al pavimento, ascoltando i suoni che potessero giungergli da ogni angolo della casa. Il ronzio perpetuo era talvolta perforato da un rumore metallico o uno scricchiolio smorzato, piccoli rumori accidentali che non indicavano movimento, ma significavano che la casa vuota e assonnata era ancora occupata, con tubi e cavi in funzione come viscere e vene: viva, a modo suo. Era più facile capire che ore fossero in una giornata limpida, quando la luce del sole filtrava dalle finestre della stanza e formava una sottile linea radiosa sotto l'anta dell'armadio.

Ma in giorni come quello, quando il cielo era plumbeo e grigio e la sera occupava sempre più le ore pomeridiane, la linea luminosa sotto l'anta era a malapena visibile e l'orario quasi impossibile da leggere.

Da quello spazio stretto, sentì il vento soffiare, sibilando attraverso le crepe. Malinconico e rassicurante allo stesso tempo, soffocava tutti gli altri suoni che sentiva, suoni che non riusciva a identificare e che a volte gli facevano compagnia quando rimaneva da solo per un giorno intero, senza nessuno con cui parlare.

C'erano volte in cui le ore sembravano allungarsi fino a diventare giorni, e questa era una di quelle volte. Non potevano essere andati via per più di un giorno: il cambio avveniva alla fine di ogni giornata. Questo era l'accordo.

Ma fintanto che rimaneva sveglio, il rumore lontano della porta d'ingresso non si faceva sentire e, dopo un tempo infinito, gli occhi gli si chiusero da soli.

Greg si affacciò in un corridoio buio. Come la stanza alle sue spalle, sembrava fosse stato abbandonato alla polvere da tempo, e a giudicare dalle bianche pareti spoglie e dal pavimento in legno deformato, suppose di trovarsi in un qualche angolo trascurato dell'edificio. O almeno così pensò, finché non girò l'angolo e si trovò davanti un corridoio fiancheggiato da porte semiaperte che riversavano una ricca luce gialla nel corridoio non illuminato.

Esitò, aspettandosi di trovare qualcuno che entrava o usciva da una delle stanze. Ma dopo aver ascoltato il silenzio predominante, che considerò un segno di vuoto totale, sgattaiolò lungo il corridoio, guardando a destra e a sinistra e lanciando delle occhiate veloci alle piccole stanze vuote.

Anche se arredate in modo modesto con letti e cassettiere in legno, le stanze sembravano avere un disperato bisogno di pulizia; probabilmente i loro inquilini si aspettavano che qualcuno mettesse in ordine dopo la loro partenza, lasciando i letti sfatti, i cassetti aperti e le uniformi sparpagliate a terra.

Quest'ultimo elemento confermò il sospetto di Greg di trovarsi negli alloggi del personale, e iniziò a chiedersi se il detenuto avesse sparato anche al resto dello staff, prima di trascinarlo in quell'area. L'idea era assurda, anche perché non vedeva altri corpi, ma rimaneva inspiegato il motivo per cui quel detenuto lo avesse portato lì. Anche fosse stato possibile nascondersi in bella vista, e i secondini non avessero pensato di cercarli in quella zona, rischiavano comunque di essere catturati non appena uno di loro avesse lasciato una stanza. D'altronde però quello era lo stesso detenuto responsabile dell'uccisione di tre secondini; e Greg, fissando uno dei coltelli improvvisati che aveva in mano, si chiese se avrebbe dovuto ricorrere a tanto anche lui, in caso avesse incontrato qualcuno. All'improvviso le parole del detenuto acquisirono un nuovo significato: «Fai quello che devi fare.»

Per un momento, Greg considerò se fosse meglio tenere pronto uno dei coltelli, o sbarazzarsi di entrambi, che teneva nascosti nella tasca della coscia della Pelle. È vero che non voleva avere nulla a che fare con la follia omicida del detenuto, ma è anche vero che avrebbe potuto non usarli: la sola vista della lama affilata avrebbe tenuto chiunque a distanza. Anche i secondini, indipendentemente dalla loro stazza, avrebbero esitato ad attaccarlo. Poteva tenere testa a un avversario disarmato, ma contro tre o più secondini aveva bisogno di un piccolo vantaggio, per così dire.

Dopo aver deciso di tenere il coltello, Greg lo guardò di nuovo, apprezzando il suo peso rassicurante nel palmo della mano, quando un forte tonfo risuonò sopra di lui.

Greg puntò la torcia sul soffitto, muovendola in ogni direzione aspettandosi di trovare delle crepe nell'intonaco. Ma l'intonaco bianco e spoglio mostrava una superficie liscia, sebbene coperta da resti di ragnatele.

Sentì di nuovo quel tonfo, seguito da un lungo sfregamento,

come qualcosa che si trascinava sul pavimento al piano di sopra. Continuò in quella successione: tonfo-sfregamento, tonfo-sfregamento, la cui intensità diminuiva a mano a mano che la fonte del suono si allontanava da lui.

Udì poi qualcos'altro, un grido soffocato o una lamentela provenire da qualche porta più in là. C'era qualcuno, allora.

Strisciò lungo il muro, impugnando l'arma artigianale — lunga circa diciotto centimetri e affilata come un rasoio — abbastanza da scoraggiare ogni attacco senza dover far scorrere il sangue, sperava. Per ben due volte dovette fermarsi dopo che le assi deformate del pavimento emisero uno scricchiolio, ma quando finalmente arrivò, si accucciò davanti a una porta socchiusa, attraverso la quale sospettava provenisse quel rumore.

La luce gli dipinse una striscia arancione su un lato del viso, illuminando un occhio scrutatore sotto la fronte abbassata, la sua iride ora chiara che si muoveva impercettibilmente verso l'alto, destra, il basso e sinistra, cercando di inquadrare l'intera stanza attraverso la stretta apertura.

Un uomo si trovata in un angolo della stanza, in piedi di fronte al muro: alto, corpulento, in mutande bianche. Sebbene Greg vedesse solo la parte posteriore della testa rasata appoggiata su rotoli di grasso del collo, lo riconobbe come uno dei tre secondini del suo comitato di benvenuto, il più alto del trio felice oltretutto: era difficile non riconoscere una persona che aveva bisogno di chinare la testa per entrare dalla porta e sembrava in grado di sollevare una utilitaria.

Greg non mancò di notare l'ironia della situazione nei loro ruoli invertiti, anche se il secondino non si era accorto di essere osservato, non ancora almeno. Poi Greg vide vicino al secondino un letto con lenzuola disordinate e un braccio avvolto in esse, che all'inizio era difficile da scorgere.

Il resto del corpo era nascosto alla vista, mezzo disteso sul pavimento in quello spazio angusto tra il letto e il muro, come se il proprietario del braccio avesse cercato di strisciare via ma avesse perso conoscenza nel frattempo.

Ciò che vide catturò l'attenzione di Greg, che si trattenne più a lungo di quanto avrebbe dovuto e, resosi conto di questo, spostò lo sguardo sul secondino, quasi aspettandosi che sentisse la sua presenza e si voltasse. Ma il secondino rimase dov'era, fermo immobile come una statua, inesplicabilmente rivolto verso l'angolo. Passarono diversi secondi e la tensione proveniente dal silenzio non accennava a diminuire. Ma quando fu chiaro che il secondino non aveva intenzione di muoversi, Greg si alzò leggermente e, mezzo accucciato, indietreggiò tenendo gli occhi sulla porta fino a raggiungere un punto non illuminato, dove si voltò e sgattaiolò via.

Alle sue spalle una risata si propagò nell'aria, agghiacciante come un improvviso rivolo di acqua gelata.

Greg si voltò, fissando nel buio e brandendo il coltello davanti a sé.

Il secondino si trovava ora in mezzo al corridoio, con dietro di sé abbastanza luce per delineare la sua struttura monolitica, lasciando il viso nero e illeggibile.

Greg non era sicuro se il secondino lo avesse visto o meno, per cui fece un passo indietro, ritirandosi sempre più nell'ombra, ma tenendo il coltello in mano per precauzione.

Quando non accadde nulla, Greg fece un altro passo e un'asse deformata del pavimento sotto di lui fece un forte schiocco.

Senza preavviso, il secondino gli si lanciò contro, annullando la distanza tra loro in pochi passi giganti.

Greg imprecò, si voltò e si mise a correre.

Tra le sfumature dell'oscurità aleggiava la domanda:

avrebbe osato usare la torcia e rischiare di rivelare la propria posizione al secondino, o avrebbe continuato a farsi strada a tentoni al buio?

Dopo un po', Greg si accucciò contro il muro, il petto ansante mentre cercava di riprendere fiato senza far rumore, tendendo l'orecchio ai passi del secondino che si muoveva nelle vicinanze.

Perlomeno adesso è cieco quanto me, pensò Greg, chiudendo gli occhi per un momento, cercando di farli abituare al buio e allo stesso tempo sperando che il secondino si arrendesse e andasse altrove.

Dentro di sé si rimproverò per aver indietreggiato nel momento decisivo, invece di reagire attaccando, per non parlare del terrore che provò quando vide il gigante lanciarsi nella sua direzione. Oltretutto si bloccò nel momento cruciale: non aveva mai puntato un'arma affilata contro qualcuno prima di allora e, nonostante l'avversione che provava nei confronti del secondino, una parte di lui esitava al pensiero di accoltellare una persona. Tuttavia continuava testardamente a sostenere che la sua ritirata fosse strategica, piuttosto che riconoscere il suo lato fifone. Eppure in quel momento gli tornò in mente l'odore di sangue e delle viscere, conseguenza della sparatoria in corridoio. I battiti impazziti del suo cuore gli martellavano costantemente nelle orecchie e, quando aprì gli occhi e vide un cadavere prono ai suoi piedi, gli sembrò che il suo petto si alzasse ed abbassasse, come se stesse respirando.

Dalla sua sinistra giunse un leggero movimento d'aria che seguì un sommesso scalpiccio di passi, prima che le dita del secondino sfiorassero la testa di Greg. Egli riuscì a posargli la mano sulla testa con l'intenzione di afferrarlo per i capelli, ma Greg fece ruotare il braccio destro formando un arco verso l'alto, affondando la punta del coltello nell'avambraccio del secondino.

Quest'ultimo urlò per il dolore e cadde all'indietro, stringendosi il braccio. Greg si sporse in avanti, si rimise in piedi ma non fece molta strada prima che il secondino lo prendesse per la parte posteriore della tuta, gli mettesse un braccio intorno al collo e gli afferrasse la gamba con l'altro. Sollevò Greg e lo scagliò contro il muro.

Greg rimbalzò e cadde a terra, atterrò di schiena e sputò fuori tutta l'aria dai polmoni. Si afferrò la parte bassa della schiena con la mano libera, ansimando in modo incontrollabile mentre si girava per mettersi su mani e ginocchia, per respirare meglio. Intorno a lui le pareti nere come la pece giravano all'impazzata e, mentre cercava di riprendere fiato, il secondino gli si avvicinò lentamente, afferrò Greg per le caviglie e cominciò a trascinarlo via a faccia in giù.

Trascorsi trenta secondi — pochi sull'orologio, interminabili in assenza di aria — il diaframma di Greg si rilassò e lasciò che i suoi polmoni si riempissero d'aria. Gli servì ancora qualche secondo prima di riprendersi abbastanza per notare l'ambiente circostante relativamente più luminoso, e rendersi conto che veniva riportato nella stanza del secondino. Cercò di afferrare le assi incrinate del pavimento, provando invano ad aggrapparsi a qualsiasi cosa trovasse.

Il secondino era tornato nella sua stanza e stava per tirare la sua vittima attraverso la porta, quando notò che il corpo che stava trascinando senza troppa fatica era ora ancorato fermamente a terra.

Poco prima, Greg aveva provato a usare il coltello per frenare, colpendo il pavimento con esso e quasi perdendolo mentre scivolava e rimbalzava sulla superficie resistente, finché la lama affilata non si incastrò in una fessura profonda tra due assi. E sentendola fissata saldamente al suolo come il paletto di una tenda, Greg strinse l'altra mano intorno al pugno che afferrava il coltello, tirandosi verso di esso. Se la lama gli stesse ferendo i palmi o le dita, non ne sentì il dolore. L'unica cosa importante è che si fossero fermati.

Non capendo cosa fosse successo, il secondino si sporse in avanti per vedere meglio, rilassando inavvertitamente la presa sulle caviglie di Greg e permettendogli di liberare una gamba e dare un calcio forte allo stomaco del secondino.

Quest'ultimo barcollò all'indietro e, avendo ora entrambe le gambe libere, Greg si girò sulla schiena per dare qualche altro calcio quando qualcuno lo afferrò da sotto le braccia e lo trascinò via.

Il nuovo arrivato mise Greg in piedi e quest'ultimo, pensando di essere attaccato, si girò su di lui, cinse le braccia intorno alla vita dell'altro e lo sbatté contro il muro.

"Clark, fermati, sono io!" disse il nuovo arrivato, bloccando le braccia di Greg per evitare di essere colpito, senza alcun tentativo di vendetta.

Sentendo quella giovane voce, Greg lo lasciò andare e fece un passo indietro. I due rimasero per un momento confuso nella semioscurità: Greg osservava la tuta grigia indossata dal giovane detenuto, mentre l'altro sembrava sorpreso di vedere la faccia di Greg. Entrambi avevano dimenticato il secondino furibondo finché non lo sentirono ruggire di rabbia mentre si alzava in piedi: era il loro segnale per scappare.

CAPITOLO 10

Si fermarono a riprendere fiato, avendo corso abbastanza a lungo da mettere una distanza decente tra loro e il secondino.

Il detenuto, dopo aver messo la testa fuori dalla porta per assicurarsi che non fossero seguiti, si voltò verso Greg. "E tu chi sei?"

"Secondo te?" replicò Greg, tra un respiro e l'altro. Fece una smorfia quando il detenuto tirò un cordino e inondò il piccolo ripostiglio con la luce di una lampadina.

"Ti conviene spegnerla prima che attiri l'attenzione di qualcuno."

"Non vedrò niente" protestò sottovoce il detenuto, un ragazzo magro con gli occhi scuri che sembrava essere sulla ventina.

"Ho una torcia, dovrebbe bastare."

Il detenuto aspettò finché Greg non tirò fuori la torcia, l'accese e la sistemò sullo scaffale d'acciaio impolverato che si trovava tra di loro, prima di spegnere la luce della lampadina.

Una delle mani di Greg sembrava bagnata e, alla luce della

torcia, vide che aveva una ferita sul palmo e stava sanguinando, mentre l'altra aveva solamente un segno rosso.

Si avvicinò a un piccolo lavandino montato in un angolo, innervosendosi per il bruciore che avrebbe sentito a momenti, pronto a infilare la mano sotto l'acqua corrente. Il taglio non gli fece male tuttavia e, meravigliato, ruotò la mano sotto il getto freddo, lasciando che gli lavasse il palmo, poi le nocche, poi di nuovo il palmo. La cassetta di pronto soccorso montata vicino al lavandino conteneva poco più di un sottile rotolo di garza e del nastro chirurgico; ma si accontentò di quello che c'era, piegando più volte la garza e premendola sul taglio, avvolgendo il nastro alcune volte intorno alla mano per fissarla.

Durante tutto questo, il detenuto aveva mostrato buon senso, fortunatamente, rimanendo in silenzio; l'ultima cosa che Greg voleva, mentre strappava il nastro, contraeva la mano e notava che entrambe le mani erano scosse da tremori, era essere interrogato, figuriamoci fare due chiacchiere.

Dopo aver sistemato il taglio, Greg si appoggiò a una cassa di legno, aprì la tuta e cercò sotto di essa la tasca della Pelle che conteneva il registratore: lo controllò, girandolo per assicurarsi non si fosse danneggiato e scuotendolo vicino all'orecchio per sentire se qualcosa si fosse allentato all'interno. Soddisfatto poiché tutto sembrava intatto, lo rimise nella tasca e diede una pacca veloce alla gamba per controllare che l'altro coltello fosse ancora nella tasca dei pantaloni, quando notò che il detenuto lo stava fissando sospettoso.

Il detenuto si schiarì la gola e inclinò il mento per indicare l'abito nero.

"Non ho potuto fare a meno di notare cosa stai indossando... non è esattamente un abbigliamento standard qui" disse, e in assenza di risposta da parte di Greg, continuò: "Lavori con quell'uomo?"

"Quale uomo?" chiese Greg. "Vista la folla che c'è qui dentro, dovresti essere più preciso."

"E va bene. Un detenuto di mezza età, alto, un po' muscoloso... è passato di qui prima..." si interruppe. "Non importa. Immagino tu non sappia di chi sto parlando."

"No, continua pure" disse Greg, ma non ricevette alcuna risposta dal detenuto, che si voltò a rovistare tra gli scaffali pieni, separando le scatole di cibo pronto dagli ingredienti secchi. Trovò una confezione di wafer al cioccolato e rimase estasiato dalla scoperta, finché Greg non gliela strappò di mano.

"Li vuoi?" chiese, scuotendo la scatola. "Inizia a parlare."

Il detenuto guardò prima lui, poi la confezione, poi emise uno sbuffo di disprezzo. "Non m'interessa."

"Come vuoi" disse Greg, aprendo la confezione di wafer e mordendone uno. "Mmm... non male. Si sciolgono in bocca. Meglio di quanto ricordavo. Poi insomma, dopo una dieta a base di sbobba, scommetto che tutto ha un sapore migliore..." Fece una pausa, guardando accigliato la piccola montagna di cibo che il detenuto stava accumulando. "Cavolo, ragazzo, hai degli orfani da sfamare o cosa?"

Il detenuto gli lanciò un'occhiata, poi si spostò in un altro angolo e finse di essere troppo impegnato a cercare qualcosa per trasportare il cibo raccolto per notare Greg, il quale si avvicinò un po' e iniziò un altro wafer.

"Sai," disse guardando la pila di cibo raccolto, "scommetto che qualcosa di salato starebbe benissimo con questi. Vedo che hai un sacchetto di patatine lì..."

Il detenuto si precipitò per intercettarlo. "Senti, cosa vuoi? Ti ho già detto che non so niente."

"Che cazzate. Sappiamo tutti qualcosa."

"Ah sì?" ridacchiò il detenuto. "Beh allora sono sicuro che

tu non abbia bisogno che ti dica che c'è qualcosa che non va in questo posto, e non sto parlando del programma riabilitativo degno di una setta."

Greg lo studiò un momento, gli offrì la confezione di wafer, ma non la lasciò andare quando il detenuto cercò di prenderla.

"Aveva una pistola?" chiese Greg.

Il giovane detenuto si fermò a riflettere. "No... Non lo so. Se l'aveva, io non l'ho vista."

Greg mollò la presa sulla scatola per afferrare il registratore portatile. "Aveva questa voce?" Gli fece ascoltare una parte del messaggio registrato.

"Io... immagino di sì" disse il detenuto con voce incerta. "Non abbiamo parlato abbastanza a lungo da farmi ricordare la sua voce."

"Cosa ti ha detto?"

Il detenuto sembrava sul punto di dire qualcosa, ma smise di condividere informazioni e iniziò a mettere il cibo in una scatola di cartone malconcia. "Senti, non è niente di personale, ma non so né chi sei né di chi fidarmi a questo punto..."

"Sono Greg."

"Nader" mormorò il detenuto in modo sprezzante. "Senti, Greg, mi dispiace ma ho davvero bisogno di andare."

"Verrò con te allora."

"No!"

"Perché no?"

"Perché..." Nader si fermò alla ricerca di una scusa. "Perché non posso... invitare tutti quanti a unirsi a noi."

"Non ho intenzione di restare. Voglio solo parlare, poi me ne vado."

"Non c'è niente di cui parlare. Ho già detto che non so nulla."

"I tuoi amici potrebbero sapere qualcosa. E poi, sai cosa ci starebbe bene, con quei cracker e quei biscotti che hai trovato?" disse Greg, frugando in una delle tasche alla ricerca del sacchetto di carne essiccata e presentandolo con un gesto teatrale.

Le labbra di Nader si arricciarono sospettose mentre scrutava quel sacchetto di plastica privo di etichetta e le striscioline essiccate al suo interno. "Cos'è?"

"Non hai mai assaggiato la carne essiccata prima d'ora?"

"Intendevo di che tipo."

"È carne."

"Quindi non lo sai."

"Le proteine sono proteine" disse Greg, agitando un dito di rimprovero. "Se vuoi diventare grande e forte, devi smetterla di fare lo schizzinoso".

Nader scosse la testa con una risatina di scherno. "Oh, no, no... non pensare di potermi corrompere con croccantini per cani."

Non appena riuscì a sollevare il cartone, il fondo cedette, rovesciando tutto il suo contenuto sul pavimento. Greg osservò alcune lattine che rotolavano via prima di rivolgersi a Nader, che teneva ancora in mano la scatola crollata con uno sguardo vacuo di esasperazione.

"Ti serve una mano?"

"Lascia stare, è in più" disse Nader chinandosi per raccogliere tutto ciò che poteva, poi se ne andò con un mucchietto tra le braccia.

Greg recuperò la torcia, prese una delle lattine e raggiunse Nader nel corridoio.

"Smettila di seguirmi!"

"Ma ho della carne e..." Greg girò la lattina per controllare l'etichetta prima di continuare. "Ehi, delle pesche!"

Non passò molto tempo prima che Nader smettesse di rifiutare la compagnia di Greg. E sebbene non fosse riuscito a toglierselo dai piedi, il fatto che Greg portasse con sé una torcia gli fece comodo, perché Nader l'utilizzò per ritrovare la strada.

Ad un certo punto si fermarono davanti a una serie di arazzi drappeggiati appesi ad un muro.

Nader, curvo sul carico che trasportava, appoggiando il mento sopra le scatole per tenerle ferme, riuscì a fare un breve cenno con il capo a Greg, che era in piedi accanto a lui, reggendo altre scatole, alcune lattine e un grande sacchetto di patatine con un braccio, mentre con l'altro puntava la torcia sull'arazzo. Il paesaggio intrecciato davanti a lui mostrava navi in un oceano ricco di onde, circondate da balene con la schiena inarcata e leviatani.

A prima vista non c'era niente di straordinario in quella trama, ma poi i fili luccicanti attirarono l'attenzione di Greg e si accigliò quando notò le linee delle onde muoversi leggermente. La realizzazione, sebbene ritardata dall'incredulità, lo paralizzò davanti alla scena animata delle onde che si infrangeva contro la nave, di teste mostruose che spuntavano dal mare e code che sembravano distendersi e tuffarsi continuamente nell'acqua opaca, senza sparire mai.

Nader gli diede una gomitata. "Ehi, questa non è una visita al museo" sibilò. "Sposta quella tenda."

Greg si voltò a guardare l'arazzo, sul punto di chiedere a Nader se anche lui l'avesse visto. Ma dopo una seconda occhiata al paesaggio marino, ora immobile come i personaggi raffigurati, non disse nulla e spostò la pesante tenda.

Dietro di essa, una vecchia porta di legno si apriva su un breve corridoio che conduceva a una stanza spoglia, con pareti di pietra, dove il pavimento di cemento premeva forte e fresco contro i loro piedi.

Uno dei detenuti giaceva sul pavimento, dormendo su un letto fatto di sacchi di tela vuoti. Un altro detenuto, un uomo magro i cui capelli biondi gli ricadevano sulla mascella, lasciò il suo angolo scuro e si avvicinò a loro.

"Beh era ora" borbottò. "Me la stavo per fare addosso..."

Si interruppe quando vide Greg, aprì le braccia che aveva incrociato per tenere le mani al caldo e prese Nader per il collo mentre il ragazzo si spostava con il suo carico.

"E questo chi è?"

Nader sospirò, si voltò per metà e disse senza tante cerimonie: "Hitch, questo è Greg. Greg? Hitch."

Hitch squadrò Greg dall'alto in basso con uno sguardo indagatore reso arrogante dalle sopracciglia corrugate, dagli occhi neri e aggressivi e dalla bocca sottile e priva di umorismo.

"Quindi hai seguito la scia di briciole fino a qui" disse a Greg, guardando il cibo che stava trasportando.

"Non proprio. Sono qui solo per avere delle risposte" disse Greg, mangiando una manciata di patatine proveniente da un sacchetto grande.

Hitch si rivolse poi a Nader. "Che è successo a Clark? O hai scambiato un amico con un altro?"

Nader, ormai a mani vuote, rivolse uno sguardo preoccupato a Hitch. "Clark non è ancora tornato?"

Un sogghigno si allargò sul viso ispido e scarno di Hitch, scoprendo un dente rotto.

"Pensavo di averti detto di non separarvi" disse, quasi contento di aver colto Nader in fallo.

"Non ci siamo separati" disse Nader, camminando avanti e indietro come per tornare sui suoi passi. "Mi stava coprendo le spalle mentre perquisivo le stanze. Poi ad un certo punto ho alzato gli occhi ed era sparito. Non sono riuscito a trovarlo da nessuna parte e ho pensato che forse era tornato qui. Ma se non è tornato...”

Si guardò intorno, poi si avviò verso la porta. Hitch si mosse per bloccarlo.

“Dove pensi di andare?”

“Vado a cercare Clark.”

“Scordatelo. Mi si sono congelate le chiappe a stare qui mentre tu andavi in giro a renderti ridicolo. Adesso resti di guardia.”

“E Clark?”

“Terremo gli occhi aperti, io e il tuo amico qui presente” disse Hitch indicando Greg, che si stava portando alla bocca il sacchetto di patatine e scuotendolo per acchiappare le ultime briciole. “Appena ha finito di mangiare...”

“Oppure...” disse Greg, accartocciando il sacchetto vuoto, “voi due potreste andare a cercando mentre io rimango qui di guardia.”

Nader sembrava scoraggiato. “Uno di noi deve rimanere qui e prendersi cura di lui” disse, guardando il detenuto addormentato coperto da sacchi di iuta, il cui unico segno di vita era una serie di colpi di tosse grassa.

“Come mai? Che cos’ha?” chiese Greg.

“Non ha niente!” si intromise Hitch, dando un manrovescio a Nader prima che questo potesse aprir bocca. “E tu!” disse, dando una spinta alla spalla di Greg, “Meno chiacchiere e più azione, se vogliamo trovare l’amico di questo idiota.”

“Trovatelo da solo” controbatté Greg.

“Aspetta, Greg... ascolta” disse Nader, intervenendo per l’interrompere la gara di spintoni che si stava intensificando, “tu vuoi delle informazioni, giusto? Non te ne pentirai. Ti dirò tutto quello che so. Tutto. Te lo prometto. Adesso però vai a cercare Clark per favore..."

"Ragazzo, non per sembrare pessimista o altro," disse Greg, liberandosi dalla presa supplichevole di Nader, "ma se il tuo amico non è ancora tornato, e non l'abbiamo visto venendo qui, è probabile che lo abbiano già preso."

"Potrebbe essere nascosto da qualche parte... o intrappolato... Forse si è incastrata una porta e non riesce più ad uscire" disse Nader, a cui Hitch stava facendo una cortesia voltandosi dall'altra parte per ridere di lui.

"E va bene" disse Greg con un sospiro rassegnato. "Dove hai detto di averlo visto l'ultima volta?"

"In una delle stanze del personale, non lontano da dove ho trovato te."

Sentendo questo, la fronte corrugata di Greg si rilassò in uno sguardo timoroso.

"Cosa? Cosa c'è?" gli chiese Nader. "Hai visto qualcosa?"

"Non lo so" rispose Greg. "Forse."

CAPITOLO 11

Hitch camminava due passi dietro a Greg, mantenendosi a distanza per tenerlo d'occhio nel caso avesse provato a fare qualcosa di strano.

Fidarsi di Nader quando raccatta questo vagabondo? pensò Hitch, con uno sguardo che minacciava di perforare la parte posteriore del cranio di Greg. *Come se quel cretino orfano di madre non avesse causato abbastanza problemi perdendo Clark, ora lascia entrare nel gruppo pure questo ratto per farci saltare la copertura. Non gli è nemmeno venuto in mente che potesse lavorare per Carver. Ma ovviamente il piccolo idiota non ha mai avuto il piacere di venire fregato da una delle talpe di Carver.*

Se fossero detenuti o personale vestito in grigio, questo Hitch non poteva saperlo, ma ad ogni modo tenevano occhi e orecchie ben aperte per controllare chi infrangesse il voto di silenzio: se queste «talpe» sorprendevano i detenuti che bisbigliavano o si passavano dei biglietti o addirittura si guardavano l'un l'altro in modo particolare, informavano i secondini di guardia attraverso una serie di occhiate o gesti impercettibili; e senza preavviso, i colpevoli venivano trascinati via. Alcuni avevano pure spinto altri detenuti a parlare, oppure avevano accusato falsamente quelli che non piacevano loro, per i modi di fare o l'aspetto: un'offesa per la quale lo stesso Hitch aveva pagato abbondantemente.

Diede un'occhiata a Greg. Era ovviamente uno degli amici di Carver. Innanzitutto, ciò spiegherebbe la scomparsa di Clark; e poi, basta guardare la sua uniforme. Certo, alcuni detenuti avevano delle fasce speciali sulle maniche dopo aver raggiunto un certo stato di illuminazione (se non erano fatti di qualcosa) e avevano un'espressione stupida. Ma ad altri furono concessi dei calzini di lana (oltre ad altri privilegi, immaginava) per i servizi resi a Carver.

Ma quell'abito nero, che lo copriva dal collo ai polsi, era qualcosa di nuovo. Probabilmente era fatto di un materiale termico, per impedire che quel freddo maledetto gli penetrasse nelle ossa come stava facendo con tutti gli altri. Quindi... era un tipo speciale, buon per lui. Sarebbe stato facile toglierselo dai piedi se quell'idiota non lo avesse portato nel loro nascondiglio. Stava a lui liberarsi dell'informatore, assicurarsi che non avesse la possibilità di dire a nessuno di loro e del loro rifugio segreto...

Greg si sfregò la nuca. Sebbene fosse passato per lo stesso corridoio solo pochi minuti prima, in qualche modo sembrava diverso alla luce blu dell'alba che ora filtrava attraverso le piccole finestre rotonde, creando coni luminosi su una parete del corridoio.

"Sai, non sei distante dagli alloggi del personale" disse a Hitch da sopra la spalla. "Comunque, come mai sei finito qui dentro?"

Era una scusa per controllare il detenuto senza destare

sospetti: non gli piaceva il fatto che Hitch insistesse per camminare dietro di lui, invece che al suo fianco.

Hitch non disse nulla, ma Greg intravide il suo ciuffo mentre passava attraverso uno dei coni di luce. Il suo sguardo era tutt'altro che rassicurante. Anche se in silenzio, quell'espressione diceva tutto. Tuttavia Greg continuò a porgli domande e condividere commenti, in parte per convincerlo a parlare, in parte per lanciargli delle occhiate ogni tanto per assicurarsi che Hitch mantenesse la stessa distanza e, se possibile, notare per tempo se teneva un cavo, una corda o anche una striscia di tessuto teso tra le mani e pronto all'uso.

Alla fine raggiunsero la stanza del secondino, segnata dal coltello abbandonato, rimasto incastrato nello stesso punto, irremovibile tra due assi del pavimento. Greg dovette scuotere il manico più volte prima di riuscire a liberarlo. C'erano tracce di sangue sulla lama: che fosse suo o del secondino, era difficile da dire. Gli tornò in mente come fosse riuscito a fuggire per il rotto della cuffia, il ricordo arrivò all'improvviso come uno schiaffo forte e gli fece stringere le spalle in un tremito tardivo.

"Quindi?" mormorò Hitch, dopo che Greg era rimasto fermo in silenzio per qualche secondo.

Greg si schiarì la gola. "Sono passato di qui un po' di tempo fa e ho visto un secondino in questa stanza. Penso ci fosse qualcuno con lui."

Puntò la torcia verso la porta chiusa. Il corridoio rimase non illuminato e, a giudicare dall'assenza della sottile linea di luce da sotto la porta chiusa, anche la stanza era buia.

"Allora?" chiese Hitch, iniziando ad essere impaziente. "Che aspetto aveva?"

"Non lo so. Non sono riuscito a vedere tutto il corpo, ma solo la mano" disse Greg, ricordando il braccio disteso sul letto.

"Oh, una caratteristica unica!" lo derise Hitch.

"Le luci sono spente. Dubito che ci sia qualcuno. Ma controlliamo giusto per esserne sicuri..."

"Beh, certamente" disse Hitch, ruotando la maniglia e aprendo la porta. "Precedenza all'uomo armato."

Greg guardò Hitch, poi sorrise fra sé e sé: il temibile tiranno era in realtà un coniglio.

Ne illuminò l'interno e fece una ricognizione veloce della piccola stanza.

"Sembra sia vuota" disse a voce bassa, il che era vero in un certo senso: non poteva vedere nessuno, ma non riusciva a scrollarsi di dosso la sensazione che ci fosse qualcuno lì dentro. Sentiva un paio di occhi fissi su di lui.

L'interruttore della luce vicino alla porta non funzionava.

"Oh, fantastico. Molto suggestivo" disse, allungando un braccio per afferrare Hitch per il gomito, guidandolo al suo fianco per farlo entrare nella stanza, invece che lasciarlo indietro da dove avrebbe potuto facilmente scappare al primo segnale di pericolo... da dove forse avrebbe potuto addirittura spingerlo verso il pericolo.

Hitch guardò Greg sogghignando: quel fifone aveva un coltello *e* una torcia, e voleva *addirittura* che qualcuno gli tenesse la mano prima di entrare nella stanza buia.

Il letto singolo apparì alla luce della torcia, bianco e immobile, e le ombre si ritirarono tra le pieghe delle lenzuola. Non trovarono nient'altro: il letto e il pavimento intorno erano vuoti.

"C'era un corpo qui" disse Greg, indicando l'angolo tra il muro e il letto.

"E ora non c'è più" disse Hitch con tono lapidario.

Greg si accovacciò per esaminare una striscia luccicante

che iniziava sul pavimento dell'angolo, risaliva il muro e si fermava all'imboccatura rettangolare di un condotto di ventilazione, come se qualcuno avesse trascinato un mocio bagnato, lasciando una scia umida che si stava asciugando.

"Abbiamo finito qui?" domandò Hitch.

Senza distogliere gli occhi dal condotto, Greg alzò una mano per farlo tacere. "Ssh! Ascolta."

Hitch seguì il suo sguardo fino al condotto: sebbene mancasse la griglia, il passaggio sembrava troppo stretto per una persona e troppo alto per essere raggiunto senza una scala; nessun mobile era stato spostato contro il muro per facilitare la salita.

Fece una risatina sprezzante. "Oh, capisco. Si è arrampicato lungo il muro e ci ha strisciato dentro, giusto?"

Greg lo ignorò e cominciò a spingere il letto contro il muro per raggiungere la presa d'aria. Ci salì sopra e cercò di infilare il registratore portatile nel condotto per catturare il rumore che proveniva da lì. Ma sebbene fosse in punta dei piedi, riusciva a malapena a toccare il bordo del condotto.

In quel momento Hitch vide un'opportunità e sorrise tra sé e sé mentre afferrava una sedia.

"Ecco, lascia che ti aiuti" disse, appoggiando la sedia sul letto.

Greg, perplesso per quel gesto inaspettato, esitò solo un momento prima di salire sulla sedia. Nel frattempo Hitch teneva la testa china tra le braccia tese, fingendo di essere occupato a sorreggere la sedia, per nascondere un largo sorriso, anticipando il momento in cui l'avrebbe tolta da sotto quell'idiota, facendolo cadere: con un po' di fortuna, si sarebbe rotto l'osso del collo. E anche se fosse riuscito ad atterrare illeso, Hitch avrebbe avuto tutto il tempo per colpirlo in testa con la sedia. Occhio per occhio e fine orrenda per la spia.

"Tienila ferma" disse Greg in poco più di un sussurro, avviando il registratore e aggrappandosi al bordo del condotto per avere più stabilità su quel trespolo traballante. Aveva la testa a pochi centimetri dall'apertura, ma con una mano riuscì a raggiungerla, spingendo il registratore il più vicino possibile alla fonte del suono.

Un minuto prima ne aveva colto solo accenni, come un ronzio elettrico. Ora lo sentiva meglio, sebbene ancora lontano: una voce femminile che cantava proveniva dal fondo del condotto. La distanza ne offuscava le parole, così come l'eco, e tutto ciò che riuscì a cogliere fu una serie di sillabe incoerenti. La voce metallica salì a una nota acuta che si trasformò prima in un suono stridulo e graffiante, e poi in un lungo respiro sibilante. Ricominciò: forte e morbido, il suono diventò una chiara nota acuta per poi rompersi in un lamento rauco che si disintegrava in un ronzio lungo, roco e sottile, una serie di *nnn*, come se la cantante fosse improvvisamente esausta o stesse soffrendo per un profondo dolore.

Ebbe uno strano effetto su di lui, quella voce solitaria e lontana che echeggiava attraverso il condotto: lo fece arrossire di calore, e poi gli gelò il sangue; voleva tuffarsi da quel trespolo e uscire dalla stanza con un balzo leggero; allo stesso tempo voleva tirarsi su e arrampicarsi nello sfiato, contro il suo buonsenso. La sensazione di orrore era appropriata, sebbene non potesse spiegare né cosa provava, né cosa stava sentendo. Ma soprattutto ne era così preso che aveva dimenticato dove si trovava e cosa lo aveva portato qui: questo finché la sedia non cominciò a vacillargli sotto i piedi. Abbassò lo sguardo e stava per dire a Hitch di tenere ferma la sedia quando, dalle profondità dello stretto condotto di ventilazione, qualcosa fuoriuscì, attirata dalla piccola luce rossa del registratore, e gli sfiorò la mano.

Fu un tocco leggero, ma sorprese Greg, che perse l'equilibrio e cadde così all'indietro.

Fino a pochi secondi prima, Hitch era rimasto bloccato nella sua posizione, tenendo la sedia con le braccia tese e le mani sudate, cercando di convincersi a strapparla via. In teoria era un piano abbastanza semplice, ma come per il trucco della tovaglia, eseguirlo in realtà rivelava quanto fosse complicata e delicata la procedura. Innanzitutto la sedia era sprofondata nel letto sotto il peso di Greg, che perdipiù si era aggrappato al bordo del condotto. Anche se fosse riuscito a togliere la sedia, la caduta non sembrava poi così fatale. E se Greg si fosse accorto che qualcosa non andava e fosse saltato giù prima che Hitch riuscisse a farlo cadere? E se fosse caduto dalla parte sbagliata, finendogli addosso? E se...

La serie tormentata di domande si interruppe quando Greg ruzzolò all'indietro, cadendo sopra Hitch.

Giacevano goffi uno sopra l'altro, Greg con i piedi divaricati sul letto e il resto di lui sul pavimento, e Hitch inchiodato sotto di lui; entrambi gemevano di dolore, convinti di essersi rotti qualcosa.

Brontolando, Hitch si trascinò via da sotto Greg, il quale sembrava noncurante delle lamentele dell'altro, mantenendo lo sguardo fisso sulla presa d'aria mentre rotolava su un fianco. Con la mano atterrò sulla torcia, che illuminò l'apertura stretta, ma non vide nulla se non le particelle di polvere che luccicavano.

L'acqua saponata girava vorticosamente nell'ampio lavandino di una stanza luminosa, davanti al quale si trovava Carver, che si stava lavando le mani accuratamente fino ai gomiti.

"Holden si è addormentato?" chiese all'infermiera di mezza età che stava dietro di lui. "Bene. Lo tenga sott'occhio e non gli rimuova il bavaglio. Non si sa mai quando potrebbe risvegliarsi e cercare di togliersi di nuovo la lingua a morsi senza battere ciglio."

Con gli occhi seguiva l'acqua che scorreva, ma non stava veramente guardando, così rimase immobile, riflettendo per un momento.

"Non otterremo nulla da lui. Anche se mi chiedo se il nostro nuovo amico ci potrebbe aiutare... Samson mi ha detto che l'ultima volta l'ha visto vagare tra gli alloggi del personale, non distante da dove hanno preso Holden. Ma ci sono segni che indicano che ci siano altri detenuti nascosti lì intorno. Dovremo solo aspettare che escano dal loro nascondiglio. Sono certo che Wyatt saprà gestire il tutto. Nel frattempo, informi tutti che quell'area è chiusa."

CAPITOLO 12

Con una missione di ricerca fallita alle spalle, Hitch e Greg ritornarono al rifugio portando cuscini e coperte. Sulla via del ritorno, sbirciarono in ogni stanza che trovavano ma senza fortuna.

Greg era immerso nei suoi pensieri e Hitch, dopo un momentaneo sollievo poiché le sue intenzioni non erano ancora state svelate, rimase in un cupo silenzio, rimuginando sulla prossima mossa.

Appena entrati nel rifugio, trovarono Nader che cullava la testa del detenuto addormentato sulle ginocchia, una mano sollevata sulla fronte, premendo qualcosa tra le dita e facendo cadere alcune gocce nella bocca aperta del malato. Sebbene avesse ora la testa scoperta, Greg vide che era ancora parzialmente fasciata o stretta in una benda; il suo sguardo si spostò dalla testa alle dita macchiate di rosso, all'espressione di sorpresa mista a colpa di Nader.

Hitch, dopo aver gettato da parte i cuscini e le coperte, afferrò Nader per il bavero dell'uniforme.

"Che cavolo pensi di fare, ragazzino?" disse minaccioso, scuotendo Nader con forza.

"Volevo... Volevo svegliarlo" balbettò, con un lampo di paura negli occhi spalancati. "Aveva la febbre e non sapevo cosa fare, e allora gli ho dato questa."

Sollevò qualcosa di piccolo e simile a una bacca, schiacciato tra il pollice e l'indice.

"Cosa gli hai dato?" chiese Hitch, girando i pugni che tenevano la maglietta di Nader ben salda, per tirarlo più vicino a sé. La testa del detenuto bendato scivolò dalle gambe di Nader mentre veniva costretto ad alzarsi in piedi.

"È medicina, giuro! Me l'ha data un detenuto."

"Un detenuto" ripeté Hitch, e iniziò a girarsi verso Greg quando Nader disse: "Non lui... un altro tizio che ho incontrato fuori."

"Ti do cinque secondi per spiegarti meglio, ragazzino" disse Hitch spalancando gli occhi e mostrando più bianco intorno alle iridi nere.

"Ho incontrato un detenuto in corridoio, dopo la scomparsa di Clark. Mi ha dato queste capsule, mi ha chiesto di prenderne una e di dare il resto agli altri... ha detto che era importante. Ne ho presa una prima e mi sono sentito bene. Così ho pensato di darne una a Wyatt..."

"Sì ma cosa c'è dentro? Lo sai cos'è, ragazzino?" Di nuovo, scosse Nader ad ogni domanda. "Dov'è questo detenuto, eh? Abbiamo frugato in tutti gli alloggi alla ricerca di quell'idiota del tuo amico mentre tu eri qui a giocare al dottore, dandogli quella roba che solo Dio sa cos'è... Giuro che se gli succede qualcosa e rovini il nostro piano, ti faccio a pezzi..."

"Ti conviene fare un passo indietro se non vuoi calpestare la testa di quel povero disgraziato" disse Greg, appoggiando una mano su Hitch per impedirgli di finire accidentalmente sul detenuto privo di sensi.

Hitch tenne lo sguardo fisso su Nader, anche se stava iniziando a rendersi conto della testa fasciata vicino ai suoi piedi. Pochi secondi dopo rilasciò Nader con uno spintone.

"Fammi vedere" disse Greg, tendendo la mano a Nader.

"Ti dico che ne ho presa una e non è successo niente" ripeté Nader con un leggero tremore nella voce, mentre si abbassava per sistemarsi la tuta.

Nel frattempo Greg mi mise ad esaminare la capsula rossa schiacciata nel palmo bendato, rigirandola con la punta delle dita. La capsula e quella strana scena che vide appena rientrato nel rifugio gli sembravano stranamente familiari.

"Nessun effetto collaterale né niente" continuò Nader. "Aveva un retrogusto strano, ma nient'altro. Dorme da un bel po' e non ha reagito quando ho cercato di svegliarlo. E aveva la fronte calda..."

"Hai detto che un detenuto ti ha dato queste" disse Greg. "È per caso lo stesso detenuto che hai nominato un po' di tempo fa?"

"Sì, è lo stesso."

"Cosa sono queste capsule?"

Nader fece spallucce. "Forse è un anti-infiammatorio o un antidoto, o una specie di medicinale. Forse c'è un virus che gira, tipo la malaria..."

La capsula schiacciata lasciò una macchia rossa nel palmo sinistro di Greg, identica alle macchie sulle dita di Nader. La mente lo riportò alla vasca da bagno nella quale si era svegliato con frammenti di un sogno che era ormai svanito quasi del tutto; il ricordo di quel grumo che cadde nel lavandino però era ancora fresco nella sua mente.

"Non hai sentito niente? Proprio niente?" chiese, afferrando Nader per le spalle. Il ragazzo pensò *ecco, ci siamo*, supponendo che Greg stesse per continuare dove si era interrotto Hitch.

"Ti giuro, non ho sentito niente. O almeno niente nausea, eruzioni cutanee, mal di testa o cose del genere."

La risposta confuse Greg più di quanto avesse rassicurato il ragazzo, che si accarezzò il collo e si guardò intorno nella stanza.

"Che fine ha fatto Clark?"

Per un momento la domanda lasciò Greg sconcertato. Poi si ricordò del motivo della loro uscita e scosse la testa.

"Mi dispiace. Abbiamo cercato ovunque, ma non siamo riusciti a trovarlo."

Nader sembrava abbattuto, ma annuì con decisione: "Lo troverò. Se l'hanno preso, troverò un modo per liberarlo."

Greg non disse nulla, andò a prendere il cuscino, il lenzuolo e la coperta, fece un piccolo letto sul pavimento di cemento, poi fece un cenno a Nader di aiutarlo a stenderci sopra il detenuto comatoso. Hitch rimase in piedi con le mani sui fianchi, senza protestare né aiutare, ma osservandoli scoraggiato come se stesse guardando la sua auto sfasciata venir trascinata via da un carro attrezzi.

Poco dopo, Greg si sedette a gambe incrociate sul letto improvvisato con una coperta appoggiata sulle spalle, di fronte a Nader, che sedeva anche lui sul suo letto a poco più di mezzo metro di distanza. Hitch aveva scelto un angolo vicino al detenuto addormentato, aveva ammucchiato i sacchi di iuta creando un nido, li aveva coperti con il copriletto e ora si era sdraiato come un signorotto imbronciato, mangiando noccioline glassate da una lattina aperta.

Greg aveva allineato davanti a sé una serie di piccoli vasetti che contenevano confetture e miele e stava intingendo cracker salati in ogni vasetto come se fosse un esperimento. Nader da parte sua aveva nascosto la scatola di wafer al cioccolato sotto la coperta e, sebbene fosse sicuro che Hitch non poteva vederlo, li mangiava in modo furtivo.

"Non ho mai capito tutta la faccenda del dolce col salato" disse Nader, guardando Greg addentare un cracker intinto nel miele con malcelato disgusto.

"Semplicemente non hai trovato la combinazione giusta" rispose Greg, fermandosi a esaminare il gusto del cracker prima di valutarlo come passabile. "Tutto ha un sapore migliore con la salsa giusta. Fidati di me, fatti scorta di quelle bustine di condimenti da asporto e potrai trasformare ingredienti economici in qualcosa di gourmet, se non meglio. Anche gli avanzi diventano più interessanti quando hanno quel sapore delicato e imprecisabile di 'je-ne-sé-qua'."

Nader non sembrava convinto e rifiutò l'offerta entusiasta di Greg di provare il cracker salato con la marmellata alla fragola.

"Peggio per te" disse Greg, prendendone un boccone e alzando gli occhi al cielo in estasi. "Comunque, stavi per dirmi di quel detenuto..."

"Giusto" disse Nader, felice di cambiare argomento. "L'ho incontrato dopo che Clark era scomparso. Eravamo in una stanza e stavo cercando qualcosa di valore sotto il letto... sai, tipo soldi nascosti sotto il materasso e cose del genere. Clark avrebbe dovuto farmi da palo, ma quando ho alzato gli occhi, non c'era più e la porta era spalancata. Sono andato in corridoio a cercarlo ed è stato allora che mi ci sono imbattuto... nel detenuto, intendo dire. All'inizio pensavo fosse uno dei secondini, ma era vestito di grigio come noi. Mi ha chiesto se c'era qualcuno con me e ho risposto di no, il che era pure vero in quel momento, ma non sapevo se potevo fidarmi di lui, capisci? Comunque non mi ha creduto, ma non sembrava essersi offeso... mi ha solo dato queste e mi ha detto di prenderne una."

Dalla manica arrotolata tirò fuori un pezzo di carta piegato, lo aprì e lo posò sul pavimento in mezzo a loro con la stessa sacralità di una reliquia. Al centro della carta spiegazzata c'erano due capsule rosse, che brillavano leggermente sotto la luce bianca che filtrava dalla finestra stretta. "C'erano quattro capsule, ma ne ho presa una e... beh, mi avete visto dare l'altra a Wyatt" disse Nader, lanciando un'occhiata al detenuto addormentato da sopra la spalla.

"Ti ha detto cosa sono o a cosa servono?" disse Greg, restituendogli le capsule.

"E tua mamma non ti ha mai detto di non accettare caramelle dagli sconosciuti?" Hitch si avvicinò alle spalle di Nader e gli lanciò una mandorla.

Nader, ignorando Hitch, continuò: "Non ha potuto. Eravamo in corridoio e improvvisamente ha smesso di parlare e mi ha spinto nella stanza. All'inizio ne ero sorpreso, ma quando ho visto due secondini passare di corsa davanti alla porta inseguendolo, ho capito il perché. Immagino che non si siano accorti di me, perché sono andati direttamente nella sua direzione. Mi sono nascosto finché non sono stato sicuro che la strada fosse stata libera; è stato allora che ho preso la capsula."

"Così? Senza sapere a cosa servisse?"

"Sì."

Greg scosse la testa a mo' di rimprovero, che Nader accolse come se avesse ricevuto un buffetto di approvazione dopo aver fatto un'acrobazia: sorridendo orgoglioso e scrollando le spalle con noncuranza.

"Insomma, quel tipo mi ha protetto quindi gli devo il beneficio del dubbio. Queste capsule potrebbero essere importanti: non potevo né buttarle via né darle agli altri senza averle testate io stesso. Sai, io vengo da una famiglia di medici e chimici... Stavo anche studiando per lavorare nello stesso settore..."

"Oh-ho-ho!" rise Hitch incredulo, lanciandogli un'altra mandorla. "Questo non fa di te certamente un farmacista!"

"Immagino di no. Ma in questo momento non siamo in una società normale con libero accesso a farmacie o medicinali."

"Certo, Pollyanna. Ma non venire a piangere da me quando quelle pillole si rivelano essere lassativi o qualcosa del genere."

"Già, e tu continua a rovistare tra quelle noccioline, Hitch, e magari troverai il tuo cervello lì dentro" borbottò Nader.

Greg, ricordandosi di aver vomitato dopo il suo risveglio in bagno, aggiunse: "Ha ragione. E se fossero una specie di purgante?"

Nader respinse subito l'idea: "Se lo fossero, me ne sarei accorto ormai..." Poi impallidì un po': "A meno che non siano a rilascio lento. Dio, spero tanto di no! Potrei fare una corsa veloce agli alloggi del personale per usare il loro bagno, se non c'è nessuno. Ma se dovessero ritornare... non vorrei mi trovassero inchiodato alla tavoletta del cesso."

Greg sorrise ironicamente, ma non senza simpatia. "Ti conviene trovare un secchio se hai intenzione di rimanere qui per un po'."

"È questo è il punto: non avevamo pianificato di restare qui. Ci siamo rifugiati qui poco dopo l'inizio di tutto il caos. Wyatt ci ha mostrato questo posto, ci ha detto che potevamo nasconderci qui finché la situazione non si fosse calmata. Andò a dormire, ma svenne poco dopo. All'inizio non ci era venuto in mente che forse c'era qualcosa che non andava. Io e Clark siamo andati a cercare provviste mentre aspettavamo che si svegliasse..."

Nader si interruppe per guardare Hitch e lo trovò a riempirsi la bocca di noccioline con la lattina ancora tra le mani; abbassò comunque la voce mentre si spiegava: "Sai, Wyatt conosce una via d'uscita senza essere scoperto. Lavorava qui come addetto alle pulizie, ecco come sapeva di questo buco nel muro."

"Come addetto alle pulizie? E perché ha la tuta da detenuto adesso?"

Nader sembrava sul punto di dire qualcosa, ma si fermò e guardò Greg con aria meditativa, come se stesse collegando più argomenti. Una strana immobilità sostituì il suo sguardo luminoso, o forse era solo il sonno che lo invadeva. Anche Greg aveva un aspetto altrettanto assonnato e la vista annebbiata; il freddo li aveva indeboliti e quel poco che mangiavano non era abbastanza per riacquisire energia. Nel frattempo tra le coperte di lana si erano riscaldati e rilassati, eppure entrambi volevano continuare la conversazione: Greg voleva ottenere informazioni e Nader voleva chiacchierare.

"Non ho avuto la possibilità di chiederlo a Wyatt" disse Nader. "Ma inizio a pensare che... ecco, ho una teoria, penso che molti di noi non siano veramente detenuti..."

Greg chinò la testa e sbadigliò, la voce che diventava meno chiara. "Certo, ragazzo. Siamo tutti prigionieri della nostra immaginazione collettiva."

"Dico sul serio! Insomma, perché mai un addetto alle pulizie dovrebbe diventare un detenuto? So per certo che *io* non sono stato incarcerato qui ufficialmente. Sai, frequentavo il primo anno di medicina prima di finire qui dentro. Non molto tempo fa è successo che una mia compagna di corso è stata uccisa. Siccome sono stata l'ultima persona ad essere vista con lei, sono diventato il sospettato principale. Sono innocente, ovviamente, se mi credi sulla parola. La notte in cui è stata uccisa, mi ha solo chiesto di darle un passaggio. Non la conoscevo bene, ma era tardi e sembrava nervosa, come se qualcuno la stesse pedinando. Quindi ho accettato. La guardia del campus ci ha visti, e lui è stato l'ultima persona a vederla oltre a me. Quindi era la sua parola contro la mia. Gli investigatori mi stavano addosso come degli avvoltoi. Se non riuscivano a trovare una pista, lo diventavo io. All'inizio pensavo di essere paranoico, ma poi volevo tornare a casa per le vacanze e mi è stato detto che non potevo lasciare il paese. È stato in quel momento che ho iniziato a farmi prendere dal panico... Insomma, si è già sentito parlare di persone incarcerate anche senza condanna. Sarei stato spacciato se fossi rimasto, e altrettanto spacciato se me ne fossi andato. Ho scelto di andarmene comunque. Ho trovato qualcuno che diceva che poteva portarmi di nascosto oltre il confine, e da lì avrei potuto prendere un volo per tornare a casa. Ho pure pagato quel *maledetto*, e in *contanti*! E tutto ciò che ho ottenuto è un trasferimento senza problemi dal pianale di un camion a un letto di ferro."

Alla fine del discorso, Greg rimase seduto in silenzio per un momento, facendo un piccolo movimento contemplativo con la mascella prima di annuire. "Quindi mi stai dicendo che le due cose sono collegate?"

"Non lo so. Non voglio urlare al complotto, ma sono quasi sicuro che qualcuno sia coinvolto nel traffico di esseri umani. E poi, che mi dici di te? Come sei finito qui?"

Greg si guardò intorno assonnato mentre ci rifletteva. "L'ultima cosa che ricordo prima di svegliarmi qui è che stavo vagando in una proprietà abbandonata in una zona di montagna... o almeno, pensavo fosse abbandonata. Il dottor Carver dice che mi hanno trovato fuori, privo di sensi e con questa uniforme grigia. E, siccome condivido più di una vaga somiglianza con un detenuto evaso, pensavano che fossi lui. Carver sa bene che non sono lui ma non è d'aiuto, mi ha tenuto qui solo perché così nessuno di voi avrebbe avuto la brillante idea di cercare di evadere." E lanciando una rapida occhiata al nascondiglio, sbuffò: "Non che gli sia andata meglio..."

"Credi alla storia del detenuto scappato?" chiese Nader.

Greg sospirò di tutta risposta. "Bello mio, non so a cosa credere. Ad essere onesti non ho mai pensato che tutta la storia fosse vera finché non ho sentito quel tuo amico spacciatore di pillole parlarmi come se mi conoscesse. Quindi mi stai dicendo che durante il tuo soggiorno qui non hai mai viso uno con una faccia simile alla mia, tipo un gemello inquietante con la barba?"

Nader alzò le spalle. "Non ho mai osservato bene tutti. Sono qui solo da una settimana o giù di lì..." si interruppe, poi aggiunse: "Dove siamo, a proposito?"

"Duncastor."

"Ah... non so dove sia. Ho sentito Clark che diceva che siamo molto a nord, vicino al confine. Ha detto che mi avrebbe aiutato ad attraversare il confine se mai ne fossimo usciti tutti interi."

Greg ridacchiò: "Non impari mai, vero?"

Ma Nader rimase serio. "Almeno posso fidarmi di Clark. Se non fosse per lui, sarei ancora nella mia cella come tutti gli altri."

Per un momento, Greg pensò di chiedergli cosa avesse intenzione di fare ora che Clark era tornato nella sua cella; ma Nader gli salvò il disturbo addormentandosi, ponendo fine alla conversazione. E decidendo che comunque non erano affari suoi, Greg si sdraiò e poco dopo si addormentò.

CAPITOLO 13

Due figure stavano in piedi tra i pini, incombendo sopra la testa di Greg che giaceva a terra. Erano vestiti in nero e stavano parlando di lui. Non riusciva a muoversi: un ragno gli camminava sugli occhi chiusi e non voleva provocarlo, e così aspettò che si allontanasse da solo. Gli scivolò lungo il viso, si spostò sul petto e sullo stomaco come un serpente, e poi scese lungo il suo fianco e scomparve.

Poi si rese conto che si trovava nella vasca, e un paio di mani gli schiacciavano la bocca e il mento per serrargli le mascelle e costringerlo a ingoiare qualunque cosa avesse in bocca. Le afferrò e cercò di rimuoverle mentre scuoteva la testa, ritirando le labbra e sputando liquido rosso tra i denti, prima che la sua testa scattasse in avanti e si ritrovasse di nuovo seduto sul letto nel rifugio.

L'aria chiusa in quella stanza dalle pareti di pietra era greve di sonno e intrisa di una profonda luce ambrata, che indicava l'inizio o la fine della giornata.

Si strofinò la nuca indolenzita e la mano si coprì di sudore. Dormire con la Pelle addosso fu un errore. Se non era quella la causa del suo malessere, allora gli stava succedendo qualcosa: si sentiva peggio appena svegliato, rispetto a quando si era coricato. Aveva la gola secca, così in punta di piedi si diresse verso la pila di cibo che si trovava vicino ai detenuti addormentati, aprì una lattina di macedonia, ne bevve il succo, poi pescò i cubetti di frutta e li mangiò.

Non appena un bisogno fu soddisfatto, venne sostituito da un altro; l'unica opzione era usare uno dei bagni negli alloggi del personale, se erano ancora liberi. D'altra parte, avrebbe comunque lasciato la relativa sicurezza del rifugio ad un certo punto, ed era meglio farlo subito, piuttosto che attendere.

Si fermò davanti alla porta del rifugio per controllare di avere tutte le sue cose con sé e, mentre frugava nelle tasche, la sua mente viaggiò verso quella stanza, chiedendosi se fosse ancora buia e vuota, se avesse potuto sentire ancora la voce qualora ci fosse ritornato, e se avesse vibrato dentro di lui nello stesso modo inquietante di prima.

Entrambi i coltelli erano al loro posto, ma quando controllò la tasca contenente il registratore portatile, la trovò vuota. Improvvisamente la voce inquietante, quasi meccanica e compressa dai piccoli altoparlanti, iniziò a cantare vicino a lui. Greg si voltò, portando una mano verso l'orecchio sinistro, ma non trovandoci nulla intorno. Poi notò una figura a qualche metro da lui, seduta sul suo letto, circondata da un alone arancione opaco di luce solare.

Si avvicinò alla figura e scoprì che era l'ex addetto alle pulizie, che non solo era in piedi, ma aveva il registratore portatile: stava riproducendo il suono che Greg aveva registrato dal condotto dell'aria. Inclinò la testa da un lato, avvicinandola al dispositivo, e ascoltò con un sorriso malinconico quella voce che cantava e si rompeva in un lamento acuto, gracchiando attraverso i piccoli altoparlanti.

"Più dolce della voce di una madre, vero?" gli chiese Wyatt con un sospiro tremolante, alzando gli occhi bendati verso Greg. Era difficile determinare la sua età: le guance alte e rotonde e il mento stretto erano lisci e glabri, e la voce era delicata e infantile; tuttavia aveva una testa di capelli castani piuttosto diradati, attraverso i quali il cuoio capelluto brillava visibile, e forti lineamenti di un uomo di mezza età.

Greg si accucciò davanti a lui e tese la mano di fronte a lui con un movimento calmo e calibrato. Wyatt gli obbedì, fermò il nastro e appoggiò il dispositivo nella mano sudata di Greg.

"Ma allora ci vedi" disse Greg con calma: il canto era stato interrotto, ma il suo cuore agitato continuava a battere all'impazzata.

"Solo quello che filtra attraverso la garza" rispose Wyatt, battendosi la tempia fasciata con un sorriso malizioso.

"Hai anche l'abitudine di frugare nelle tasche delle persone mentre dormono?" disse Greg, indicando il registratore.

Wyatt alzò i palmi delle mani facendo spallucce, come se non avesse potuto farne a meno. "Non ci sono molte tasche da frugare da queste parti." Il suo sorriso si smorzò quando Greg fece per andarsene e, senza alzarsi, Wyatt gli afferrò la mano con inaspettata precisione.

"Quel canto..." disse. "Dove l'hai sentito?"

"Cavolo... che riflessi" disse Greg, evitando la domanda.

Il sorriso malizioso tornò. "Ho detto che posso ancora percepire le cose, no? Ecco, lascia che te lo mostri."

Wyatt aprì la mano di Greg, gli allungò il dito indice e lo guidò verso un punto al centro della propria fronte fasciata. Il gesto fu così veloce che colse Greg alla sprovvista, e prima che potesse reagire, Wyatt aveva spinto il dito contro un punto morbido sotto la benda, dove la pelle affondava in un foro nel cranio.

Subito Greg vide con estrema chiarezza e nitidezza tutti i pori della benda di garza, così come le rughe sul viso di Wyatt e lo spazio tra i suoi denti, e al posto degli occhi c'erano sfere vuote che sembravano sul punto di sporgere dalle loro sedi con punte affusolate. Durò solo un istante, ma la visione svanì non appena Greg ritirò la mano. Ma rimase visibilmente scosso, fissando l'ex addetto alle pulizie che si crogiolava nella propria ombra con un sorriso di compiacimento.

"Ora che ci conosciamo bene..." iniziò, ma fu interrotto da Greg che lo afferrò per il colletto.

"Un consiglio da un amico" ringhiò, "la prossima volta tieni quelle dita appiccicose per te se non vuoi che te le rompa."

Wyatt, tuttavia, fu deliziato dalla minaccia, prova dello stato nervoso dell'altro uomo.

"Ah, l'hai visto anche tu?" sussurrò stupito, la voce alterata di gioia. "Sei uno di noi allora! Lo sei, non negarlo! Ho sentito quel tessuto che ti ricopre ed è uguale al mio! Ma è solo la parte esterna... Mettiti una mano sulla pancia e dimmi che non senti qualcosa che si muove e che rende il canto ancora più piacevole alle tue orecchie!"

Mentre delirava, sorridendo e arrossendo per l'entusiasmo, Greg lo fissò con una sorta di disgustata pietà, poi lo lasciò nel bel mezzo del suo balbettio eccitato e si alzò per andarsene.

"Aspetta!" gridò Wyatt da dietro di lui, questa volta abbastanza saggio da non sfidare la sorte afferrando le mani o i piedi dell'altro. "Portami con te! Ho bisogno di ascoltare di nuovo quel canto."

"Canto? Assomiglia di più a un grido di aiuto..." Greg fu sul punto di dire, ma si trattenne mentre un pensiero gli veniva in mente.

"Ho sentito che lavoravi qui" disse, rivolgendosi di nuovo a Wyatt, "che sai come muoverti nell'edificio."

"È vero" rispose Wyatt, sedendosi a testa alta.

"C'è un reparto femminile qui?"

Wyatt sembrò un po' sorpreso. "Perché lo chiedi?"

"Quel canto che hai sentito proveniva dal condotto di ventilazione. Mi chiedevo se potesse essere collegato a un altro reparto dell'edificio."

"Dipende dalla stanza" disse Wyatt, passandosi un dito sul labbro inferiore, divertito. "Perché non mi porti là e ti saprò dire..."

A questo punto, Nader si girò nel letto e giacque di fronte a loro con gli occhi socchiusi in uno stupore sonnolento. Ma quando notò la presenza di Wyatt, seduto e che parlava con Greg, si alzò di scatto, gli chiese come stava e in risposta ricevette una pacca rassicurante sulla spalla.

"Non ti preoccupare" disse Greg, dirigendosi verso la porta. "Hai ancora i tuoi amici qui. Beh, la maggior parte di loro."

"Clark è scomparso" aggiunse Nader come chiarimento.

"Veramente?" Wyatt si fermò a riflettere e mosse lentamente la testa come se stesse seguendo un insetto che volava attraverso la stanza. Ma il rumore della porta interruppe il sogno ad occhi aperti e di nuovo chiamò Greg, che ormai se ne era andato.

Gli alloggi del personale erano ancora deserti, nascosti nell'oscurità. Greg trovò la strada per l'alloggio più vicino e si chiuse la porta del bagno alle spalle. Era buio pesto, ma tranquillo e isolato, e l'aria era secca e meno soffocante del rifugio.

Mentre si spogliava, notò che lo stomaco era leggermente disteso, soprattutto la parte destra, e con esitazione premette le dita su di esso alla ricerca di un qualsiasi dolore, persino aspettandosi quasi di sentire un qualche movimento. Non trovò nulla di strano, fece una risata di sollievo silenziosa e si sentì un idiota per essersi fatto impressionare dalle stupidaggini di Wyatt.

Alcuni minuti dopo, si fermò davanti al lavandino impolverato, lasciando distrattamente che l'acqua scorresse e gorgogliasse nel foro dello scarico mentre analizzava la cicatrice sulla mano sotto il bagliore della torcia. Aveva rimosso il nastro chirurgico e la garza per lavarsi le mani e aveva scoperto che il taglio sul palmo si era chiuso e rimarginato bene, lasciando una cicatrice rosa, che toccò pensieroso con le dita. Gli dava fastidio. Certo, guarire così velocemente non era male, considerate le risorse limitate, ma ciononostante ne era infastidito.

L'acqua continuò a scorrere lungo il lavandino, mascherando lo scricchiolio delle assi del pavimento della camera, e Greg rimase all'oscuro che qualcuno fosse dall'altra parte finché non sentì bussare e imprecò tra sé e sé mentre puntava la luce sulla porta.

I suoi vestiti erano appoggiati all'orlo della vasca e tornò furtivamente verso di essi con l'intento a recuperare uno dei coltelli, mantenendo la luce puntata sulla porta, come se il cono luminoso sigillasse la porta contro gli intrusi. Allora gli venne in mente che sarebbe stato più intelligente cercare di barricare la porta come prima cosa, e si immobilizzò con improvvisa indecisione.

"Greg? Sei lì?" chiamò una voce dall'altra parte della porta; sembrava familiare, ma in preda al panico non riusciva a recuperarne il nome.

"Sì, è là dentro" disse un'altra voce, questa meno forte della precedente. "I secondini stanno ancora seguendo il protocollo e si trovano nel reparto convalescenza."

"Siamo noi" disse la prima voce, la voce di Nader, ricordò

ora Greg. La maniglia della porta cominciò a muoversi. "Stai bene?"

Greg chiuse la porta con forza. "Sto bene. Cosa volete?"

"Scusa. Ho sentito il rumore dell'acqua del rubinetto, ma quando non mi hai risposto ho pensato..."

"Lascialo stare" disse Hitch, la sua voce più lontana ma chiara e forzatamente ironica. "Forse voleva solo coprire il rumore mentre faceva quella grossa."

"Comunque, siamo qui fuori quando hai finito" disse Nader.

Quando uscì, Greg li trovò seduti nella stanza buia ad aspettarlo.

"Come mai siete tutti qui?" chiese, guardandoli in viso. "Sono certo che questo non sia l'unico bagno disponibile in zona..."

"Wyatt ti ha seguito qui" disse Nader. "E noi abbiamo seguito lui."

"Gli hai raccontato una storia stramba sul canto delle sirene?" chiese Hitch.

Greg aggrottò le sopracciglia confuso, ma prima che potesse dire qualcosa, Wyatt disse: "La stanza con la voce che canta."

"Ancora con questa storia?" disse Greg esasperato. "Perché non chiedi a Hitch? Sono sicuro che lui sa dov'è."

Hitch, appoggiato al muro con le braccia incrociate, scrollò leggermente le spalle. "Non ho idea di cosa stiate blaterando, voi due."

"Eravamo in quella stanza insieme quando l'abbiamo sentita... quella voce femminile che cantava."

"Oh, credimi, se avessi sentito una voce femminile, non avrei certamente fatto finta di non averla sentita, anzi!" rise Hitch, la cui espressione imbronciata stava cambiando in un sorriso malizioso.

"Pensa che potrebbe venire da uno condotto dell'aria collegato al reparto femminile" aggiunse Wyatt per alimentare ulteriormente l'interesse di Hitch e gli occhi di quest'ultimo si illuminarono alla rivelazione.

"C'è un reparto femminile??" chiese, poi fece schioccare la lingua in segno di ammonimento a Greg. "E tu pensavi di non dircelo, dopo che ti abbiamo dato del cibo e un rifugio..."

"Aspettate un attimo" disse Nader. "E il nostro piano di fuga?"

"Silenzio, ragazzino. I grandi stanno parlando" disse Hitch senza distogliere lo sguardo da Greg, la cui unica reazione fu un sorriso esasperato per la piega ridicola che aveva preso la conversazione.

Wyatt nel frattempo aveva messo la mano sulla spalla di Nader. "Ho come la sensazione che troveremo anche Clark lì."

"Ma cosa dici?" gridò Greg, prima che Nader si voltasse verso di lui e gli dicesse: "Pensavo avessi detto che avevi già guardato dappertutto!"

Greg fece una risata incredula. "Sta inventando tutto, dico sul serio! Sta dicendo quello che volete sentire, ovviamente. Hitch era lì con me e non ha visto nessuno."

Hitch alzò le mani, come per liberarsi da ogni responsabilità. "Ehi, non ero io quello così distratto da qualcosa da arrampicarsi sul per muro per registrare un rumore strano."

"Ma guarda un po', ti è tornata la memoria..." mormorò Greg, lanciandosi verso Hitch, che si ritrasse prima che Nader potesse intervenire.

"Greg... Greg! Ascolta..." disse Nader, spingendolo indietro. "Ritorniamoci. Non sarebbe male dare un'altra occhiata. Non siamo così distanti, è qualche porta più in là, no?"

A prima vista, non c'era nulla di offensivo in quella proposta, eppure a Greg bruciava il fatto che la sua parola non venisse presa sul serio, al contrario della presunta intuizione di Wyatt. Allo stesso tempo, non poteva incolpare il ragazzo per aver ancora una piccola speranza di trovare il suo amico, o di ottenere un biglietto per attraversare il confine. Inoltre, perché stava esitando quando sarebbe bastato un breve viaggio in una stanza vuota per dimostrare di aver ragione?

Pochi minuti dopo si trovarono sulla soglia della stanza, riconoscibile dalla sedia rovesciata e dal letto spinto contro il muro. Ma in quel momento il letto era occupato da un detenuto biondo, che dormiva tranquillo con una mano piegata sul petto.

CAPITOLO 14

Nader si fermò e fece un piccolo movimento per sistemare Clark in una posizione migliore così da impedirgli di scivolargli via dalla schiena. Non riteneva di essere capace di trasportare l'amico, che era piuttosto alto, ma fece uno sforzo coraggioso e vide che se la stava cavando, purché facesse delle piccole soste a intervalli regolari per sistemare l'amico in una posizione più sicura. La testa di Clark era appoggiata sulla sua spalla sinistra e stava canticchiando una melodia vicino all'orecchio di Nader. Era un mormorio, percettibile solo quando l'intero gruppo era in silenzio, ma la vicinanza a quell'incessante brusio un po' nasale divenne sempre più irritante per Nader. Era come se ci fosse un insetto che gli svolazzava intorno senza riuscire a scacciarlo via. La cosa peggiore era che quel mormorio era interrotto da brevi ma udibili sospiri. Scrollò di nuovo le spalle sperando che avrebbe avuto lo stesso effetto di un calcio a un compagno di letto che russava.

Stavano percorrendo un corridoio stretto, seguendo Wyatt, e dato che il percorso era più o meno diritto, Greg tenne la torcia spenta per risparmiare un po' di batteria. Oppure ci vedeva meglio al buio, o perlomeno sembrava in grado di evitare le grandi ragnatele, mentre Nader sussultava ogni volta che ne sfiorava una.

A proposito di Nader, Greg aspettò che lo raggiungesse prima di offrirsi di trasportare Clark sulla schiena e dargli una tregua.

"No, ce la faccio" disse Nader, accelerando il passo.

Camminarono in silenzio, finché Nader non si fermò per riprendere fiato e spostò il peso per far riposare un po' le braccia prima che cedessero sotto il peso.

Di nuovo Greg lo aspettò con una rinnovata offerta di trasportare Clark. Di nuovo, Nader rifiutò.

"Ho detto che ce la faccio" insistette con un udibile sforzo. "Almeno in questo modo so che non lo perderemo accidentalmente."

Il tono del commento fece fermare Greg. "E con questo cosa vorresti dire?"

"Dimmelo tu" disse Nader con le parole tremolanti, senza fiato. "Hai detto che non eri riuscito a trovarlo, ma è stato lì tutto il tempo. Tu l'hai abbandonato..." si fermò per riprendere fiato. "Comunque... ce la faccio."

Greg riprese a camminare ma parlò da sopra la spalla. "Non che m'importi che tu abbia una buona opinione di me, ragazzo, ma lo dirò solo una volta: quella stanza era vuota quando l'abbiamo controllata. E sono passate ore da quel momento. Il tuo amico Wyatt potrebbe esserci andato durante questo intervallo."

Questo sembrò calmare l'animo di Nader, finché non parlò di nuovo. "Allora perché hai detto... che Wyatt stava mentendo?"

"Perché è vero. Ha solo tirato a indovinare."

"Ad ogni modo non avremmo trovato Clark se non ci fossimo..."

Greg sbadigliò sonoramente. "Senti, ragazzo, cosa vuoi da me? Hai ragione tu, hai vinto la discussione, hai vinto anche le discussioni del futuro. Ti va bene? Adesso lascia perdere."

"Ignoralo" disse Hitch, che si trovava davanti a loro. "Ora che Clark è qui, non vuole avere niente a che fare con noi degenerati."

"Degenerati?" chiese Greg, mentre Hitch continuava: "Voglio dire, guardali: un martire e un buonista... Quei due sono stati fatti l'uno per l'altro. Solo che non riesco a sopportare i buonisti come lui, che fingono di prendersi cura degli altri, e poi aspetta di vedere cosa succede quando un delinquente si presenta agitando una pistola, scommetto che il buon samaritano finisce per usare il corpo caldo più vicino come scudo umano. Conosco questo tipo di persone. Ho visto... Perché ci siamo fermati?"

Si fermarono prima di scontrarsi contro Wyatt, che premeva le mani contro una parete di legno, nella quale una porta era delineata da una luce grigia proveniente dell'altra parte del muro. "È un vicolo cieco" disse.

"Comunque, dove siamo?" chiese Greg, soffocando un altro sbadiglio.

Wyatt tracciò alcune linee invisibili sulla porta mentre parlava, come se volesse disegnare una mappa.

"Questo edificio era una villa padronale tempo fa. In questo momento siamo in uno dei passaggi che collegano la sala della servitù al resto dell'edificio. È stato creato per consentire ai servitori di muoversi discretamente per la villa: è nascosto, ma non esattamente segreto. Devono aver barricato questa porta."

"Sanno che siamo qui?" chiese Hitch, poi ringhiò a Nader di far smettere il mormorio incessante di Clark.

"Se avessero sospettato che siamo qui, avrebbero già mandato qualcuno a cercarci" disse Wyatt. "No, è più probabile che stiano mettendo in sicurezza l'area, forse pensano che l'assassino sia qui, il che spiega perché questo posto è deserto."

Greg diede alcune spinte alla porta, e Hitch fece lo stesso, ma anche il loro sforzo combinato si rivelò vano.

"Torniamo indietro" disse Wyatt. "Ci dev'essere una porta che hanno dimenticato di chiudere."

"Potremmo... fare una breve pausa, prima di andare?" disse Nader in tono sofferto prima che gli cedessero le gambe e cadesse in ginocchio.

"Niente pause. Dobbiamo muoverci subito!" disse Hitch, cercando di tirare su Nader per un braccio; il ragazzo rimase ancorato alla sua posizione e quasi cadde a terra mentre scaricava Clark, il quale continuava allegramente a canticchiare lo stesso motivetto esasperante.

"Ho ancora quelle pillole" disse Nader, riprendendo fiato. "Forse potrei svegliarlo come ho fatto con Wyatt."

"Ci vorranno delle ore" protestò Hitch. "La finestra di opportunità che abbiamo è già ristretta di suo. Non voglio perdere altro tempo."

"Allora rimarrò qui io" disse Nader, sedendosi contro il muro accanto a Clark. "Andate avanti voi se volete..."

Ci fu un momento di disagio prima che Hitch parlasse: "Non essere testardo, ragazzo..." Greg aggiunse: "Possiamo portarlo a turno."

"Senti, ragazzo, ti capisco" continuò Hitch. "Hai fatto del tuo meglio, l'hai portato fin qui. Ma devi accettare il fatto che ora o pensi a te o a lui. Se non puoi più trasportarlo, lascialo qui. Nessuno penserà male di te per questo."

"Perché cavolo ti interessa?" disse Nader con una risata secca. "Ti faceva comodo aspettare che Wyatt si svegliasse. Immagino che ti sia più utile di Clark. Beh, indovina un po'? Sono stanco di fare le cose a modo tuo e non ho intenzione di abbandonare il mio amico. Hai già qualcuno che ti può fare da guida: vai e basta."

Dopo un momento di silenzio, Hitch sputò sul pavimento e mormorò: "Vai a quel paese" e se ne andò con gli altri al seguito. Nader ascoltò i loro passi che si allontanavano e chinò la testa e il busto in avanti, afferrandosi le ginocchia e aspettando che il martellamento che sentiva nel petto svanisse. Dopo un po' allungò le gambe e si sedette con un sospiro, a metà tra il rassegnato e il sollevato.

"Siamo solo io e te ora" disse, girandosi verso il punto in cui era seduto Clark, senza vederlo. Prese la cartina piegata che aveva infilato nella manica arrotolata, poi si fermò quando si rese conto che Clark aveva smesso di canticchiare.

"Clark" lo chiamò nell'oscurità. "Clark?"

Nessuna risposta. Aprì in fretta la cartina e le mani, goffe e tremanti dalla fatica, fecero quasi cadere le capsule. Le prese, attento a non rompere il loro delicato guscio. Ma quel temporaneo momento di sollievo svanì presto quando si rese conto che Clark non era più al suo fianco. Tastò alla cieca le pareti vuote, e per un attimo pensò furioso che il gruppo fosse tornato indietro e avesse portato via Clark per fargli uno scherzo.

"Ragazzi, siete sempre i soliti, vero?" urlò, aspettandosi di sentire risatine soffocate.

Invece una luce abbagliante riempì lo stretto corridoio. O almeno così sembrò a Nader, il quale strizzò gli occhi e tese una mano per proteggerli.

"Dov'è Clark?" chiese, rivolgendosi all'individuo che reggeva la torcia e pendeva verso il muro: non pendeva leggermente, la sua testa era appoggiata al muro come se fosse troppo stanco per stare in piedi senza un sostegno. Invece di rispondere, Greg puntò la torcia verso la porta sbarrata, vicino alla quale si trovava Clark, in piedi, dando loro le spalle. Aveva ancora gli occhi chiusi quando Nader lo fece voltare, ma accettò di essere preso per mano e guidate verso il pavimento per farlo sedere.

"Almeno adesso sta zitto" osservò Greg e si fece scappare un altro sbadiglio.

"Grazie al cielo" disse Nader.

Sebbene sembrasse che si fosse allontanato da solo, tutti i tentativi per risvegliare Clark furono vani, né riuscirono a convincerlo ad alzarsi di nuovo dopo che Nader lo aveva fatto stendere per somministrargli la capsula, esattamente come aveva fatto con Wyatt.

Ora era Greg a trasportare Clark sulle spalle mentre tornavano sui loro passi alla ricerca di un percorso alternativo.

"Pensi che riusciremo a raggiungerli?" chiese Nader.

"Non possono essere troppo distanti" rispose Greg, muovendo la torcia in tutte le direzioni alla ricerca di nuovi corridoi.

Proseguirono in silenzio, poi Nader parlò. "Ehi, senti... volevo solo ringraziarti, sai... per essere tornato indietro."

"Sì, beh, magari la prossima volta sarai meno testardo e chiederai aiuto" mormorò Greg. "Non abbiamo fatto tutta questa fatica a trovare Clark perché tu potessi interpretare il martire."

"Lo so... Cioè, hai ragione, glielo devo."

Sebbene avesse gli occhi appesantiti dal sonno, Greg rivolse un'occhiata tagliente a Nader, o almeno provò a farlo, dal momento che il corpo che trasportava gli oscurava la vista. "Non gli devi un bel niente. Tutto ciò che ha fatto è stato prometterti di portarti oltre il confine, e se fossi in te non ci crederei nemmeno troppo."

"Non è solo per quello" rispose Nader. "Sai, non facevo parte del gruppo, almeno non all'inizio. Quando abbiamo saputo della sparatoria, abbiamo dovuto metterci la fila indiana per essere accompagnati in un posto sicuro. Ero quasi in coda e gli altri — Clark, Wyatt e Hitch — erano dietro di me. Il secondino ci contava partendo dalla fine della fila. Dopo che ci è passato accanto, ho visto con la coda dell'occhio i tre che si staccavano dal gruppo e si allontanavano furtivamente. Il secondino stava ancora contando, così mi allontanai anch'io e li vidi sparire dietro un angolo. Ma girato lo stesso angolo, non ho trovato che un corridoio vuoto. Fu allora che sentii un colpetto sulla spalla e, girandomi, trovai Clark che sbirciava da dietro un falso pannello nel muro. Mi fece cenno di stare zitto e di seguirlo. Ovviamente, Hitch è andato su tutte le furie quando mi ha visto, dicendo che tre detenuti scomparsi erano già abbastanza, ma ora che eravamo in quattro, sicuramente ci avrebbero cercato. Ma Clark prese le mie difese e..."

Il racconto si interruppe quando Nader sbatté addosso a Greg, che se ne stava appoggiato al muro. Lo scontro gli fece cadere la torcia dalla mano rilassata.

Nader si chinò per raccoglierla prima di mettere a fuoco il viso dell'altro.

"Come hai..." balbettò, trovando Greg addormentato. "Ehi, svegliati!"

Greg scosse la testa, riemergendo da un sogno in cui stava camminando un campo lungo il fiume sotto un cielo dorato di tardo autunno, portando sulle spalle un cervo appena ucciso, ancora caldo.

"Stavi dormendo" disse Nader.

"Non è vero. Ho solo chiuso gli occhi un momento... Ehi!" protestò quando Nader gli mise una mano sulla fronte. "Hai le mani fredde."

"Penso tu abbia la febbre" disse Nader, puntando la torcia sulla bocca di Greg. "Forza, apri la bocca."

"Perché?"

"Voglio vedere se hai altri sintomi. Forse ti sta per venire qualcosa. Tira fuori la lingua e fai «ah»."

"Togliti dai piedi. Non giocheremo al dottore."

"Dai, Greg. Dobbiamo sapere cosa cercare."

"E va bene. Ma se mi dici che ho un deficit dello Yang o problemi mestruali, ti arriva una sberla."

"Mmm" mormorò Nader, "tutto sembra normale. Le tonsille non sono gonfie."

"Sto bene" insistette Greg. "Ho solo un calo di caffeina. Devo essermi... un minuto" farfugliò prima che gli occhi gli si chiudessero di nuovo.

"Oh no, non pure tu" gemette Nader, scuotendo Greg per le spalle. "Santo cielo, sei come un cavallo che dorme in piedi. Dai, svegliati! Siamo tutti fregati se non ti svegli. Sai bene che riesco a malapena a portare Clark, figurati entrambi."

Continuò a parlare dandogli dei colpetti al viso, finché non si corrucciò in un'espressione severa ed emise un ringhio irritato.

"Qualunque cosa sia, te la sei presa sicuramente, proprio come Wyatt e Clark. Forse io sono immune perché ho preso una capsula prima. Ne ho ancora una." Frugò nella manica per prendere l'ultima capsula. "Ecco, prendila prima che peggiori."

Greg si ritrovò la capsula rossa in mano. Aprì gli occhi e scoprì che in qualche modo era ancora in piedi, con Clark sulle spalle. Poi il sonno lo travolse, desideroso di avvolgerlo in un caldo abbraccio. Le palpebre gli si abbassarono da sole, così come la mano socchiusa che teneva la capsula, finché Nader non gliela strinse, spingendo Greg a prenderne il contenuto.

Irritato, Greg liberò la mano, mormorò una minaccia confusa, poi sollevò la mano e inghiottì la capsula.

In una stanza con piastrelle verdi, il dottor Carver si tolse i guanti chirurgici insanguinati e si prese un momento per guardare il suo paziente, non ancora morto, ma aperto sul tavolo operatorio come un corpo nel bel mezzo di un'autopsia. Quel che rimaneva di un sorriso sognante increspava gli angoli della bocca del paziente, e di tanto in tanto le palpebre si muovevano ancora sotto l'influenza di una visione che stava lentamente sprofondando nell'oblio.

"Ecco" sospirò Carver, "ho fatto tutto il possibile."

Si tolse la mascherina chirurgica, che adesso sembrava superflua, come tutte le altre volte in cui aveva preparato un corpo per lo smaltimento. Ma si sa, le vecchie abitudini sono dure a morire.

Dopo essersi lavato le mani, Carver infilò una cassetta nel mangianastri e canticchiò una vecchia canzone sentimentale, spegnendo le luci prima di lasciare la stanza.

Il nastro continuava a girare, un'unica voce che risaltava durante il ritornello ed echeggiava nella stanza buia e deserta.

Presto si sentì un tonfo e il rumore di qualcosa che si trascinava nei condotti dell'aria. E dall'apertura di uno di questi uscì uno sbuffo di polvere, che si depositò sul paziente.

CAPITOLO 15

Tenendo la bocca chiusa, Greg sfregò la lingua lungo il bordo dei denti, testandone l'affilatura e studiando il sapore familiare della capsula. A qualsiasi cosa servisse, quella capsula aveva come appiccato un fuoco dentro di lui e il cuore gli ardeva piacevolmente nel petto. Anche il peso sulle spalle sembrava meno ingombrante e più semplice da mantenere. Camminava con un'andatura sobria, sebbene le gambe fossero cariche di quella nuova energia, e sentiva che se avesse dovuto mettersi a correre, avrebbe potuto farlo senza troppa fatica, come un astronauta che saltella sulla luna, anche se stava trasportando un uomo privo di sensi sulle spalle. Niente gli sembrava impossibile: nel giro di un'ora avrebbero trovato la via d'uscita e un modo per attraversare il terreno ricoperto di vetro senza farsi male, e infine sarebbero arrivati al suo furgone, che aveva parcheggiato da qualche parte giù per il sentiero di montagna, riparato dalla vista e dal sole sotto i rami bassi di un boschetto verdeggiante.

Le auto sono una sorta di piccola casa, poco più che mezzi di trasporto e uffici temporanei. Eppure lo sbattere della portiera dell'auto è spesso seguito da un sospiro di sollievo, per quanto breve ed impercettibile, di chi vi trova riparo; pochi sospirano dopo aver chiuso la porta di casa, almeno secondo lui. Le case, anche gli appartamenti, erano troppo grandi, con la possibilità che qualcosa si nascondesse in una delle stanze; dietro la tenda della doccia e le porte dell'armadio, o almeno così si diceva spesso. Ma un'auto ha poco spazio per nascondere gli intrusi; e se il quartiere non era sicuro, poteva semplicemente spostarsi in una zona migliore, spesso in uno dei tanti posti che aveva memorizzato in città, centri e paesi diversi, dove poteva parcheggiare senza essere notato e dormire indisturbato. E l'auto, un oggetto ma vivo a modo suo, rombava su strade di cemento e sfiorava i sentieri di ghiaia, e poi lo cullava mentre riposava sul sedile anteriore o dormiva sul retro. A volte si sorprendeva a guardare il suo furgone con un senso di tenerezza e timore reverenziale, come se avesse vinto alla lotteria con quel modello robusto che gli era rimasto a fianco negli ultimi dieci anni e lo aveva accompagnato nella vita, chiedendo solo benzina e qualche lavoro di manutenzione occasionale per andare avanti.

"Hai dei parenti che abitano nelle vicinanze?" chiese Nader di punto in bianco, riportando Greg in quello stretto corridoio.

"Perché? Stai cercando un posto dove dormire?"

"No, chiedo e basta."

Greg si fermò a pensare la domanda. "Sai, ho vissuto per conto mio per così tanto tempo che non mi è mai venuto in mente di cercarli."

"Tutto da solo? Senza amici né famiglia?"

"Ho una cerchia di conoscenze, se è questo che vuoi sapere."

"No, voglio dire... dove vai durante le feste?"

"Dove mi pare."

"E non ti senti solo?"

"Ma chi sei, mia madre? Sono felice della mia vita. Tra vivere da solo e avere dei legami seri, preferisco vivere a modo mio. Mi piace la solitudine: non disturbo nessuno e nessuno disturba me. E poi c'è una differenza enorme tra sentirsi soli ed essere soli: puoi provare la prima anche in una stanza piena di persone, mentre la seconda è uno status quo. E prima impari ad accettarlo, meno è probabile che crollerai completamente quando gli altri decidono di lascarti e andarsene."

Nader esitò. "Ti è successo? Qualcuno ti ha lasciato e se n'è andato?"

Greg fece una risatina per alleggerire la serietà dell'argomento. "Succede a tutti prima o poi, ne sono sicuro."

Trovarono una piccola porta che dava su una tromba con scale di cemento che salivano a chiocciola, scarsamente illuminate da finestre strette attraverso le quali entrava la pioggia, che rendeva scivolosi alcuni gradini. Sembrava molto diversa dalla tromba delle scale che Greg aveva percorso per raggiungere l'atrio.

"Sei certo che questa scala non porti sul tetto o su per di là?" chiese Nader mentre Greg iniziava a salire le scale a passi lenti e pesanti.

"Dovremo salire e vedere da noi" disse Greg prima di afferrare la torcia con i denti per liberare la mano e mantenere l'equilibrio appoggiandola al muro di mattoni. Non andarono molto lontano quando lo sforzo di salire i gradini con Clark sulle spalle divenne incredibilmente difficoltoso, e Nader dovette posizionarsi dietro Greg, un po' per spingerlo su per le scale e un po' per non farlo cadere.

La porta in alto si aprì su un corridoio buio e fatiscente, dove dei teli catramati erano appesi come ragnatele giganti e le pareti erano butterate di muffa sotto la vernice scrostata. Il vento fischiava lungo il corridoio, gonfiando un telo e riempiendo il silenzio con un coro di gemiti rochi e implacabili.

Greg indugiò nella relativa sicurezza della soglia, respirando affannosamente e sentendosi stordito dopo la salita.

"Forse possiamo... accedere alla tromba delle scale principali da qui" disse, come se si fosse fermato per ragionare sul percorso da prendere, in realtà voleva prendersi un momento per far passare il senso di vertigine che lo aveva pervaso.

Lasciarono che la luce della torcia tagliasse l'oscurità davanti a loro, muovendosi con movimenti lenti e ponderati, le dita dei piedi piegate all'indietro prima di ogni passo per ridurre al minimo il contatto con i detriti e il pavimento ricoperto di vetro.

Nader rimase vicino a Greg. "Perlomeno è improbabile che incontreremo un secondino in questo postaccio" mormorò.

Questo non significa che siamo da soli, pensò Greg. Come nella stanza del secondino, era tormentato dalla sensazione che qualcosa li stesse seguendo: un paio di occhi che li osservava nel buio o forse — puntò la torcia al soffitto cedevole — delle telecamere nascoste? Voleva smettere di avere quelle preoccupazioni, e allo stesso tempo aveva paura di scoprire la verità dei fatti.

Sentì un unico singhiozzo, che rimbombò nelle profondità del corridoio, oltre la portata della torcia. Si fermò di colpo e trattenne il respiro, aspettando che il singhiozzo si ripetesse, facendosela quasi sotto quando Nader lo urtò. Quel singhiozzo gli echeggiava ancora nella mente, acuto, fluttuante come un filo di fumo che si intreccia su se stesso e scompare; eppure non si sentì nient'altro, solo silenzio profondo.

"Ehi, Greg..."

"Non ora" sibilò l'altro, riprendendo a camminare lentamente, passi pesanti di esitazione, gli occhi attenti e spalancati, che guizzavano a destra e a sinistra per scorgere ombre che sembravano essere visibili solo quando si guardava altrove. Chiuse la bocca e si sfregò la lingua sui denti, ascoltando il suono sordo e stridente che gli rimbombava nella testa, sforzandosi di rimanere concentrato, di non fare un passo falso e inciampare; era già abbastanza impegnativo con un peso morto sulle spalle, ma ora anche il pavimento, non più stabile come una volta, sembrava si muovesse verso di lui ogni volta che guardava in basso, o si inclinasse dondolando sotto i piedi come il ponte di una nave travolta da una tempesta.

"Senti..." disse Nader. "Possiamo muoverci più velocemente se portiamo entrambi Clark. Io prendo le braccia e tu le gambe..."

"E chi tiene la torcia?" disse Greg, prima di voltare la testa verso un muro dove c'era una figura alta. Ma no, era solo una lunga macchia scura. "E poi..." continuò, "è già difficile vedere dove stiamo andando senza che uno di noi cammini all'indietro nel buio." Il suo stomaco si rivoltò a quell'idea.

"Ma Greg, non hai un bell'aspetto..."

"Neanche tu sei un bel vedere..."

"No, voglio dire, cammini un po' storto."

"Ti faccio camminare storto anch'io se non stai zitto."

Nader fece un sospiro esasperato, poi indicò una delle stanze. "Guarda, mi sembra di vedere un tavolo grande là. Che ne dici di stenderci Clark sopra mentre facciamo una pausa?"

Il tavolo era coperto di scatole di cartone, che spinsero da parte per far spazio a Clark. Una di quelle più piccole cadde ai piedi di Greg e si aprì, facendo fuoriuscire delle cassettine con un rumore di plastica. Nader lo aiutò a togliersi Clark dalle spalle e l'improvvisa leggerezza gli provocò una nuova ondata di vertigini che per poco non lo fece cadere, se non si fosse afferrato al bordo del tavolo.

"C'è qualcosa che non va" ringhiò con apprensione, appoggiando i gomiti contro il tavolo e tenendosi la testa. "È come se fossi intrappolato in una di quelle giostre che girano continuamente."

"Hai ancora con te quella specie di croccantini?" chiese Nader dopo una pausa pensierosa.

"Solo se ti metti buono a cuccia" rispose l'altro con un gemito di dolore.

"Dicevo per te. Forse ti è scesa la pressione, potrebbe essere un effetto collaterale."

"Mi sembrava avessi detto che non c'erano effetti collaterali."

"*Io* non ne ho avuti, e nemmeno Wyatt... credo. Ma c'è sempre una piccola possibilità... Comunque, vedi se riesci a mangiare qualcosa. Vado a cercare una barella o una sedia a rotelle o qualcos'altro per trasportare Clark."

"Aspetta" disse Greg, estraendo uno dei coltelli e offrendolo a Nader. "Prendilo. Non riesco a farmi passare la sensazione che non siamo soli qui." E vedendo il viso di Nader che si oscurava dubbioso, continuò: "Prendilo e basta. Se non riesci a trovare nulla, usalo per tagliare il telo: un pezzo grande, lungo circa due metri. Lo useremo per trascinare Clark."

Nader prese il coltello, poi disse titubante: "Mi farebbe comodo la torcia..."

Dopo un momento di esitazione, Greg allungò la torcia, ma la tenne un po' distante così che Nader non potesse prenderla immediatamente.

"Al minimo segnale di problemi, torna indietro, hai capito? Non costringermi a seguirti."

Nader annuì serio e Greg seguì con lo sguardo la luce che scompariva insieme a Nader, poi si abbassò con cautela e si sedette sul pavimento.

Silenzio e oscurità si posarono su di lui. Non aveva più la sensazione che qualcuno lo stesse osservando, ma questo non lo rassicurò: dopotutto, c'è un abisso tra l'assenza di pericolo e l'incapacità di riconoscerlo. Un piccolo suono gli fece prendere spavento, e solo dopo aver realizzato che era Clark che mormorava nel sonno, Greg si rimproverò per la sua reazione.

Si sistemò di nuovo e la sua mano si posò su una delle cassette che erano sparse sul pavimento, provenienti dalla scatola capovolta. La raccolse e fece scorrere le dita sulla sua superficie, come se in qualche modo potesse decifrarne l'etichetta. Qualunque cosa contenesse, poteva essere una buona distrazione finché Nader non fosse tornato, così dopo aver espulso il suo nastro dal registratore, inserì quello nuovo e premette play.

La cassetta si rivelò essere una registrazione amatoriale di un uomo che narrava una storia con una voce chiara e paterna, che sapeva di fumo e melassa. Greg la lasciò scorrere, mentre con la mano prendeva il sacchetto di carne essiccata per far fronte al suo malessere.

"C'era una volta un bambino, che vagava nella foresta e si perse. Intimorito, si mise a correre in ogni direzione alla ricerca della strada di casa. Presto il bambino si stancò ed ebbe sete, perciò andò a cercare un fiume. Ma non c'era nessun fiume in quella foresta buia e addormentata. Il bambino abbandonato iniziò a piangere quando, all'improvviso, apparve una fata dal viso gentile e gli offrì da bere da una tazza. Il bambino bevve e bevve dalla tazza, non era acqua ma era comunque fredda e rinfrescante, e fece dimenticare la paura al bambino. Quando la tazza fu vuota, il bambino guardò la fata dal viso gentile e sorrise: sorrise di felicità perché niente più lo turbava.

'Come ti chiami?' chiese la fata.

'Non lo so' disse il bambino.

'Da dove vieni?' chiese la fata.

'Non lo so' disse il bambino.

'Hai una madre? Hai un padre?' chiese la fata.

'Non lo so' disse il bambino.

Mano nella mano, la fata e il bambino camminarono nella foresta finché non scomparvero."

Ci fu una breve pausa, ma proprio quando il narratore stava per riprendere la storia, la sua voce fu interrotta da un clic di qualcuno che registrava sull'audio originale.

"Carver ha in mente qualcosa. Oggi ci ha informato di un nuovo metodo: ha detto che vuole permettere ad alcuni detenuti di girovagare per l'edificio in cerca di una via d'uscita, e noi dovremmo chiudere un occhio, a meno che, ovviamente, non siano davvero vicini alla fuga, o vedano che li controlliamo a distanza e in quel caso dobbiamo abbandonare il metodo e inseguirli. In altre parole, vuole rilasciarli nell'edificio come topi in un labirinto, e dovremmo fare la nostra parte e lasciare che abbiano quella falsa speranza di scappare prima di inseguirli. Sembra ancora più folle ora che ne parlo. Ai secondini sembra piacere l'idea di giocare al gatto e al topo con i detenuti. Carver dice che questo metodo funziona come valvola di sfogo: il punto è proprio che abbiano questa falsa speranza di fuga per impedire loro di impazzire come fanno di tanto in tanto. Ma non può essere così negligente, non quando abbiamo avuto dei detenuti che sono scomparsi. Voglio dire, certo, sono stati trovati più tardi, ma lo stato in cui si trovavano... Merda! Devo andare. Stai attento."

Il messaggio registrato terminò e la storia riprese. Greg impiegò qualche secondo per capire ciò che aveva appena sentito, poi decise di riavvolgere il nastro per riascoltare. Era la stessa voce, lo stesso uomo che gli aveva lasciato il messaggio registrato. Eppure Nader aveva attribuito la voce al detenuto senza nome che aveva incontrato negli alloggi del personale, mentre questo diceva di essere stato informato, come se fosse uno dei secondini. O forse lo era stato in passato, si corresse, ricordando la situazione di Wyatt.

Mandò avanti il nastro, riproducendolo a intervalli per verificare se ci fossero altri messaggi registrati. Ma non ce n'erano, quindi espulse la cassetta e ne ascoltò un'altra. Fece quasi cadere il dispositivo quando sentì la sua stessa voce registrata sul nastro, ma era solo una voce identica alla sua.

"... dormire meglio la notte pensando che il governo e i vari dipartimenti rispondano tutti alla stessa persona. Ma questo non è affatto vero. Hai mai sentito parlare di un disturbo chiamato sindrome della mano aliena? Coloro che ce l'hanno assistono a uno strano fenomeno per cui le loro mani si muovono come se avessero una mente propria. Di solito succede quando a una persona vengono separati chirurgicamente i due emisferi del cervello. Si potrebbe dire che succede la stessa cosa per alcuni rami del governo; ma questi rami, o braccia, sono ben nascosti, operano di nascosto e senza lasciare tracce o documenti. So che questa non è proprio una risposta alla tua domanda, ma è tutto ciò che posso dire su questo argomento."

Il messaggio si interruppe, poi ne iniziò un altro.

"Ti conviene prestare più attenzione quando nascondi il registratore. Dopo la mia sessione di «terapia», Carver mi ha accompagnato alla cella e, appena entrato, ho notato il registratore che spuntava da sotto il materasso. Ho dovuto sedermi sul bordo del letto per coprirlo con le gambe. Se Carver avesse sospettato qualcosa, a quest'ora avrebbe già fatto controllare la cella, anche se non posso essere sicuro che non l'abbia visto e fatto finta di nulla. Kemosabe, non risponderò ad altre tue domande finché non sarò certo che siamo al sicuro."

Un altro messaggio.

"Secondo i tuoi calcoli è già passata una settimana. Ma è proprio così? Non saprei proprio dirlo senza qualcosa che mi aiuti a misurare il tempo: un orologio da muro o da polso, persino una meridiana mi andrebbe bene! So come calcolare l'ora senza un orologio, ma ultimamente faccio fatica a concentrarmi per via degli orari in cui dormo... sai, le medicine non mi rendono la vita più semplice: di notte mi giro e mi rigiro come se fossi su un letto di carboni ardenti, anche se ho le mani e i piedi gelati. E quando mi addormento, mi sveglio di soprassalto in preda al panico, come se stessi cadendo in un lungo pozzo. Carver sembra non esserne a conoscenza, il che è rassicurante, ma non ne sono certo... non ne sono certo. Non riesco nemmeno a registrare questo messaggio senza smettere di guardare sotto la porta e tendere l'orecchio per sentire passi in arrivo, anche se solo Dio sa come facciano quegli omoni ad attutire ogni rumore; le loro articolazioni non schioccano e i passi sono silenziosi. Com'è possibile, kemosabe? Come fanno a non fare nemmeno un rumore mentre si muovono? Spiegamelo, per favore. Ma prima devo rispondere io alla tua domanda, vero? Devo dirti quello che ti avevo promesso, finché sono ancora lucido. Sono difficili da uccidere, ma non è la parte peggiore. Mangiano cadaveri, ma non sono ciò a cui danno la caccia; se attaccano, non vogliono uccidere, vogliono solo gli arti. Non hai bisogno degli arti per rimanere in vita, ed è ciò che loro vogliono: sei più utile a loro da vivo, che non da morto. Ed è così che vogliono che tu rimanga. Quindi se il... se il... (non mi viene in mente la parola) se l'ago manca il punto preciso o la neurotossina non funziona, cercheranno invece di romperti un arto prima di trascinarti via... Onestamente non so cosa sia peggio, e immagino che la neurotossina non ti faccia proprio addormentare, ma agisce sulla giunzione neuromuscolare per impedire una reazione e indurre il rilassamento muscolare... vale a dire che sei sveglio ma non ti puoi muovere né fare nulla a riguardo. Comunque, non credo sia peggio di essere trascinato via con tutte le ossa rotte, urlando in agonia, cosa che ho solo sentito da lontano ma mai vissuto in prima persona, grazie al cielo. Cosa volevo dire? So che volevo aggiungere qualcos'altro... sento di averlo sulla punta della lingua ma non riesco a ricordarlo... ho proprio un vuoto nella testa. Meglio se la chiudo qui. Se mi viene in mente qualcosa, te la dirò più tardi."

Il messaggio successivo fu preceduto da un lungo silenzio.

"Che giorno è? L'unica cosa che ricordo è che c'erano cinque testimoni alla cerimonia segreta in cortile. Segreta fino a un certo punto. Ma il canto implacabile mi tormenta ancora come se fosse un incantesimo febbrile di creature della palude. Samson me ne parlò prima di andarsene; sai cosa succede. Niente che qualche goccia in ogni occhio non possa risolvere. Ora sto bene, ma in quel momento avevo perso il controllo."

Il messaggio successivo e finale sembrava essere stato registrato di nascosto; le voci sembravano soffocate e distanti e coperte dal rumore di stoffa che sfregava contro il microfono. Eppure era chiaro che la voce lontana apparteneva a Carter.

"Non c'è... vitare l'intervento... vuoi la... perazione con anestesia? Voglio..."

Seguì il silenzio, e poi: "Molto bene" prima che la registrazione si interrompesse.

CAPITOLO 16

C'era qualcuno in casa. Il ragazzino si svegliò e rimase in ascolto in silenzio finché non sentì lo sbattere attutito e distante della porta d'ingresso. Gettò via la coperta e si fermò vicino all'anta dell'armadio chiusa a chiave, aspettandosi di sentire il suo gemello che saltellava su per le scale.

Sentì invece delle voci borbottanti di uomini che parlavano al piano di sotto.

La luce del giorno entrava nell'armadio da sotto l'anta. L'intera notte era trascorsa senza che nessuno venisse a liberarlo dalla reclusione. E ora c'erano degli estranei in casa.

Debole e affamato, il ragazzino fu quasi sul punto di battere i pugni sulla porta e chiamarli, ma in un momento di chiarezza ricordò ciò che il padre aveva ripetuto più volte a lui e al suo gemello: se un estraneo fosse entrato in casa, non avrebbero dovuto fare alcun rumore che potesse rivelare la loro presenza.

È meglio se svaligiano la casa, piuttosto che rapirvi, spiegò loro il padre.

Questo veniva accompagnato da ripetuti avvertimenti di non parlare con nessuno oltre agli insegnanti quando uno dei due era a scuola. E se i ragazzini avevano dei dubbi su chi il padre diceva loro di evitare, i poster educativi appesi a scuola riempivano le lacune.

Il padre stesso sembrava sempre preoccupato che qualcuno li seguisse ogni volta che uscivano di casa, e il ragazzino lo trovava spesso a guardarsi alle spalle, se non a scrutare la zona e prevenire ogni tipo di pericolo, che non appariva mai. Allo stesso modo, il ragazzino osservava anche l'espressione esasperata della madre ogni volta che il padre non riusciva a fare commissioni o tornava a casa tardi perché, a suo dire, qualcuno lo aveva guardato in modo sospetto, oppure aveva preso una strada diversa cercando di far perdere le proprie tracce a un'auto che lo stava pedinando. I genitori a volte pensano che i figli siano troppo presi dalle loro cose per notare altro, ma quando la tensione è sempre presente in casa, i bambini spesso sviluppano come dei barometri interni e possono capire che aria tira in casa, capendo con l'istinto ciò che non riescono a esprimere a parole. La madre non diceva mai nulla di fronte ai figli, ma il suo sguardo diceva tutto: era stanca di vivere così.

Ma ora — e non era mai successo prima — c'erano davvero due sconosciuti che stavano salendo le scale, la loro voce sempre più vicina, e questo era una conferma dei timori del padre. Il ragazzino era terrorizzato: erano venuti a prenderlo.

Se avessero aperto l'armadio per cercare qualcosa, o per cercare lui, sarebbe stato spacciato.

Si allontanò dall'anta, si nascose dietro i lunghi cappotti invernali appesi nell'armadio e si schiacciò nell'angolo, in punta dei piedi. Chiuse gli occhi e rimase in ascolto, ma non capiva quello che dicevano: in preda al panico, non riusciva a concentrarsi.

Poi il silenzio. Il ragazzino aprì gli occhi e tese l'orecchio per captare ogni spostamento. Forse se n'erano andati? Sbriciò tra i cappotti e vide che la striscia di luce che filtrava da sotto l'anta dell'armadio era stata oscurata da qualcuno che si trovava in piedi dall'altra parte.

Greg barcollò nel corridoio buio pesto e chiamò Nader. Il piano di rimanere in silenzio e nascondersi dalla presenza invisibile che lo stava seguendo andò a monte nel momento in cui, grazie alle calzature improvvisate, il rumore dei suoi passi rivelò dove si trovava.

Le cassette che aveva ascoltato avevano acceso come un fuoco sotto di lui, spingendolo a correre alla ricerca di Nader, ma dovette fermarsi ben presto dopo che ebbe calpestato dei frammenti di vetro o qualcosa di altrettanto piccolo e affilato: qualcosa che avrebbe potuto evitare se solo avesse puntato la torcia a terra per vedere dove poteva camminare in tutta sicurezza. Aveva ancora del nastro chirurgico, e dopo aver rimosso i pezzetti che si erano attaccati alla pianta dei piedi e controllato i vari tagli, considerò di usare il nastro per coprirli, quando gli venne un'altra idea: tornò indietro a prendere una delle scatole di cartone, ne strappò i lembi, li ritagliò e se li legò ai piedi con il nastro chirurgico. La suola di cartone gli proteggeva i piedi mentre il nastro gli forniva attrito. Soddisfatto del risultato, ripeté il procedimento per l'altro piede.

Si stava muovendo con una mano chiusa a pugno intorno al coltello e l'altra aperta a sfiorare le pareti coperte di teli come guida. Non gli piaceva toccare quel telo, non quando c'erano delle presenze tra le pieghe che si voltavano nella sua direzione ogni volta che sentivano il suo tocco.

"Nader" chiamò, e aspettò che l'eco si spegnesse.

Svoltò un angolo e stava per chiamare l'amico di nuovo quando sentì un rumore, un improvviso picchiettare, e si fermò. Sentì ancora i colpi, provenienti da un punto lì vicino. Andò loro incontro e con riluttanza continuò a toccare le pareti finché le mani non trovarono il pannello liscio di una porta. I colpi acuti provenivano da dietro di essa, e ci si appoggiò per ascoltare meglio. Sembravano così vicini al suo orecchio che poteva quasi vedere l'unghia che picchiettava dall'altra parte. In risposta, Greg batté il coltello contro la porta.

Il misterioso picchiettare si fermò all'inaspettata risposta, poi continuò con un ritmo diverso. Greg riconobbe il codice e capì il messaggio.

"Ti sentono" dissero i colpi.

"Chi mi sente?" rispose in codice.

"Loro cattivi" dissero i colpi.

"Sei al sicuro lì dentro?"

"Voglio uscire ma non voglio che loro trovano me."

"Non c'è nessuno qui."

"Loro è qui."

"Hai abbastanza cibo?" picchiettò Greg.

Nessun colpo di risposta. Ciononostante prese il sacchetto di carne essiccata, lo lasciò attaccato alla porta con il nastro e se ne andò.

Poco dopo, si premette i palmi delle mani sulle tempie contro il mal di testa martellante che lo tormentava. Cominciò a sentirsi soffocare e con una smorfia allentò il colletto della Pelle che sembrava stringergli la gola. Sotto le dita, sentì la tuta improvvisamente gonfiarsi e inspessirsi di centimetri, diventando pesante e comprimendogli il corpo nel processo. Premette sul punto dolente al fianco destro e fu come ricevere un calcio al rene. Il dolore schizzò alle stelle. Gli trafisse il fianco, indebolendogli le gambe; con un grido, finì per terra a carponi. La pressione non diminuì, fu come se l'intera tuta si fosse ridotta improvvisamente di alcune taglie. Dovette ignorare il dolore e lottare per estrarre le braccia dalla tuta per raggiungere la cerniera della Pelle. Ma quando cercò di abbassare il cursore, lo trovò bloccato e tornò a tirare il colletto per evitare che lo strangolasse; era strettissimo, quasi attillato, e per quanto ci avesse provato, ogni tentativo si rivelò invano.

Poi la pressione cominciò a diminuire, permettendo al petto di riempirsi di una prima generosa boccata d'aria prima di essere sconvolto dalla tosse. Una volta calmata, cercò nuovamente di afferrare il colletto con le dita e alleviare la sensazione di bruciore alla gola. Tutt'altro che leggera ed elastica, la Pelle era ora coperta di squame rialzate simili alle piastre delle armature, che tuttavia apparivano sotto il tessuto, invece che sopra di esso. E sebbene fosse in grado di respirare abbastanza bene, i suoi movimenti erano ora meno liberi e aveva l'impressione di essere chiuso ermeticamente dentro la muta in un qualche modo. Come e cosa l'avesse attivata erano per lui un mistero. Di nuovo cercò a tastoni la cerniera sulla spalla sinistra e gli occhi, iniettati di sangue, si spalancarono quando si rese conto che non riusciva a trovarla, o meglio la sentì sepolta sotto uno strato di tessuto coriaceo della Pelle.

Prese il coltello ed esitò un istante prima di puntarlo verso la parte posteriore del polso, sperando di infilarlo nella manica e di staccarla, o forse di aprire un passaggio e annullare l'effetto sottovuoto facendo entrare un po' d'aria. Almeno questa era la sua teoria. Ma la manica rimase immobile come se fosse stata incollata, e dopo alcuni momenti di agonia duranti i quali cercava di spingere la lama dentro per staccare la Pelle dalla sua pelle, fu subito chiaro che quel procedimento gli avrebbe fatto più male che bene; imprecò e gettò via il coltello, frustrato.

Dal fianco destro s'irradiava un dolore lieve di cui era consapevole ma a cui non prestava attenzione.

In passato ci furono altri momenti in cui sentiva tutto il peso del mondo sulle sue spalle, ma mai come in quel momento: tutti i vecchi problemi e le preoccupazioni passate non erano nulla se paragonate all'attuale cataratta che l'opprimeva. Si premette il dorso della mano sulla bocca, i cui angoli si tesero come se volesse trattenere qualcosa di aspro. Non c'era nessuno a vederlo, ma represse ugualmente le emozioni. Se fosse crollato ora, avrebbe perso qualcosa. Forse il rispetto per se stesso o una vaga illusione di controllo. E non poteva permetterselo, non poteva proprio permettersi di considerarsi una vittima sfortunata, anche se ciò significava essere responsabile delle proprie decisioni.

Che così fosse, allora: se le circostanze avevano creato un muro dietro di lui, costringendolo a conseguenze inaspettate, non restava altro che andare avanti e cercare di trovare una vita d'uscita. Questo ragionamento non gli era di conforto, ma non lo era nemmeno crogiolarsi nel rimorso e nell'autocommiserazione. Espirò bruscamente, sfogando un po' di frustrazione, e alzò il mento mentre si rimetteva in piedi per farsi forza. Indossava la tuta per metà e, non curandosi di rimettere le braccia nelle maniche, se la legò intorno alla vita e andò a cercare il coltello.

Più tardi, dopo aver svoltato una curva nel corridoio, Greg scorse un debole bagliore bianco che si diffondeva da una delle stanze e tirò un sospiro di sollievo: aveva trovato Nader. Il bagliore però si rivelò provenire solo dalla torcia, abbandonata sul pavimento al centro della stanza.

"Nader?" chiamò Greg, guardandosi intorno prima di chinarsi a prendere la torcia e a illuminare la stanza per esaminarla. Una vecchia scrivania, una sedia rovesciata e un armadietto con pannelli di vetro rotti occupavano un angolo della stanza. Mentre si avvicinava alla scrivania, qualcosa cadde finendogli addosso, facendogli quasi cadere la torcia dalla mano.

Era la grata che copriva il condotto di ventilazione.

Greg puntò la luce sul soffitto, cercando qualsiasi cosa che potesse aver causato il danno. Tutto ciò che vide fu una sottile pioggia di polvere e fuliggine, che luccicavano al bagliore della torcia mentre cadevano dal condotto non protetto.

Chiamò di nuovo Nader, chiedendosi se il ragazzo si fosse arrampicato fino al condotto. Ma un attimo dopo capì di sbagliarsi quando una voce rauca imitò il suo richiamo, seguita da una serie di tonfi sordi e fruscii provenire dall'apertura.

Non aspettò di vedere cosa sarebbe successo, si nascose sotto la scrivania e dopo nemmeno due secondi sentì il suo nuovo rifugio tremare sotto il peso di qualcosa che vi atterrò sopra. Qualunque cosa fosse, portava con sé l'odore nauseabondo di terra umida e carne cruda, e il suo corpo scivolava e sembrava liquefarsi lungo i lati della scrivania.

Greg spense immediatamente la torcia e si schiacciò in un angolo dello spazio ristretto, cercando di avvicinare le ginocchia al petto, sebbene bloccate dallo stato rigido della Pelle.

"Nader?" gracchiò la creatura, sperando di attirare l'autore del richiamo. Rimase fissa sulla scrivania, facendo scivolare le braccia irrequiete sul pavimento e sulla sedia davanti a essa con un rumore graffiante. Uno braccio gli sfiorò il piede fasciato, tornò indietro e lo toccò nuovamente, contorcendosi con curiosità, come se volesse capire meglio cosa aveva trovato. Greg cercò di sconnettersi dal piede, cercando di tenerlo il più immobile possibile mentre afferrava il coltello. Ma quando fu pronto a colpire, l'arto minaccioso aveva perso interesse e se n'era andato.

Sebbene allarmato, lo spazio ridotto in cui si trovava gli dava un senso di rassegnazione fisica che lo rassicurava: come in una stanza piena di cavi elettrici, doveva trovare una soluzione mantenendo la calma e il sangue freddo. Ma quando un'ondata di fetore lo colpì, dovette seppellire la faccia nell'incavo del braccio per reprimere la tosse implacabile; la scrivania scricchiolò mentre la creatura spostava il suo peso da una parte all'altra e iniziò a frugare dentro e sotto il cassetto con colpi decisi, a pochi centimetri dal viso di Greg.

Inclinò la testa all'indietro e trattenne il respiro, tenendo il coltello a portata di mano mentre estraeva il suo registratore portatile: con un dito appoggiato sul pulsante di riproduzione, lo posò lentamente sul pavimento. Nell'istante in cui premette il pulsante, spinse via il dispositivo, facendolo scivolare da sotto la scrivania verso la parte opposta della stanza.

La creatura per poco non rovesciò la scrivania lanciandosi verso il registratore, e Greg conquistò così un po' di margine per uscire da sotto la scrivania.

Fin qui tutto bene, pensò, avvicinandosi furtivamente alla porta. Cioè fino al momento in cui la torcia, infilata parzialmente nella tasca, scivolò fuori e cadde a terra con un colpo secco e un lampo di luce.

Si immobilizzò, ma si rese conto che il volume del dispositivo era stato alzato al massimo, probabilmente coprendo anche il tonfo della torcia. Ma mentre si girava per andarsene, qualcosa lo colpì violentemente ai piedi facendolo inciampare e cadere a terra.

Alzò la testa con un gemito di dolore, così disorientato da credere di essere sdraiato a faccia in giù sul soffitto. L'occhio sinistro gli bruciava per il sangue che lo copriva, sentì qualcosa attorcigliarsi intorno alla gamba e il pavimento scivolargli sotto.

Da qualche parte nella stanza, il registratore portatile stava ancora riproducendo il nastro: "Nessuno è stato qui. È sangue che piange nelle tue orecchie…" ma la creatura aveva perso interesse, preferendo ciò che aveva appena afferrato e che stava trascinando via con sé.

Voleva ripetere la stessa mossa e lanciare qualcosa per distrarre la creatura, ma non aveva nient'altro con sé. Pensò di piantare il coltello nel pavimento, ma era troppo liscio. E quando sentì un altro tentacolo attorcigliarsi attorno all'altra gamba, capì di non avere altre possibilità.

Facendosi forza contro il pavimento, rotolò sulla schiena e iniziò a colpire alla cieca: anche se sentiva la creatura vicina — il fetore era più forte e la nuvola di umidità che emanava gli si appiccicava addosso più del sudore stesso — il coltello non tagliava altro che l'aria.

Una delle gambe gli fu sollevata e Greg la sentì incastrata tra mandibole che stringevano con forza. Le squame della Pelle gli proteggevano la gamba dall'incredibile pressione, ma qualcosa simile a un pezzo di vetro gli trafisse il piede e Greg urlò in agonia.

Piantò le mani sul pavimento e cercò di trascinarsi via, ma la creatura scese su di lui come una valanga e lo inchiodò a terra. Ne trovò il fianco e vi conficcò il coltello, colpendo più e più volte, ma né sangue né altro liquido vitale uscirono dalla pelle spessa; inoltre, i suoi attacchi non sembravano infastidire minimamente la creatura. Quest'ultima cercò di rompergli la gamba piegandola all'indietro all'altezza del ginocchio, e in quello stesso istante, sforzandosi di spingere indietro l'enorme corpo che si era piazzato su di lui, la mano di Greg finì in un'apertura bagnata e spugnosa — un occhio, un buco per respirare oppure un angolo della bocca — o perlomeno sperava fosse uno di questi. Ciononostante vi spinse dentro la mano senza esitazione e tenne duro, rimanendoci aggrappato, anche quando sentiva l'apertura che si stringeva e chiudeva intorno alle dita, anche quando la creatura emise un grido acuto cercando di liberarsi. Greg prese il coltello e affondò la lama nello stesso punto, quasi tagliandosi le dita preso dall'impeto. La creatura urlò di nuovo e si allontanò con una violenza improvvisa, gli strappò il coltello di mano mentre si girava e fuggì via.

CAPITOLO 17

L'anta dell'armadio era socchiusa quando aprì gli occhi alla luce rossa del crepuscolo.

La sua famiglia stava cenando in cucina al piano di sotto.

Scese le scale e andò oltre, non interessato ad unirsi a loro.

Gli estranei erano ancora lì, da qualche parte tra le mura di casa.

Si diresse verso il soggiorno come se avesse impostato una rotta dalla quale non poteva deviare. Trovò un tavolo su cui sedeva una fruttiera piena di pesci, vivi e in cerca d'aria, con pupille dilatate e macchie nere che brillavano sulle squame, che lentamente morivano uno ad uno. Un pesce iniziò a agitarsi violentemente e gli saltò addosso.

Sorpreso, il ragazzino si svegliò nella sua cella buia.

Greg zoppicava dietro il raggio luminoso della torcia, appoggiando prima un piede e poi solo il tallone dell'altro per tenere la ferita sollevata da terra. L'aveva fasciata strappando una parte della sua tuta. A passi alterni arrivavano nuove fitte, ma imperterrito continuava a camminare, tenendo il registratore vicino alla bocca e sussurrando con decisione.

"Hai creduto a quelle storie, Greg? Ci credi ancora?"

"Perché dovrebbe mentirci?"

"Non ho mai detto che ha mentito. Ho chiesto se credevi a quelle storie come ci credeva lui. È diverso."

Premette il pulsante per terminare la registrazione, sebbene non avesse mai premuto quello per registrare.

Diverse idee gli frullavano in testa come tizzoni saltellanti: avrebbe dovuto cercare Nader; sarebbe dovuto tornare da Clark. Aveva la vaga sensazione che stesse facendo una cosa o l'altra, ma non ne era sicuro. Cercò di ritrovare la strada per raggiungere Clark, ma in quei corridoi labirintici si sentiva come una mosca che cercava di uscire da una bottiglia aperta.

"Tutte queste stanze mi sembrano normali" disse al registratore, sentendo il sapore del sangue sulle labbra. Ripose il dispositivo e premette un altro pezzo di tuta sul naso, che aveva iniziato a sanguinare copiosamente qualche tempo dopo lo strano incontro: insieme alla ferita aperta sull'occhio sinistro, metà della sua faccia era ora striata di sangue. Voleva riposare, per fare smettere il sanguinamento e permettere al corpo di riprendersi, ma aveva troppa paura di addormentarsi quando la creatura era ancora libera e in zona. Forse l'ultima volta aveva solo avuto fortuna, ma senza un coltello non era sicuro di poter sopravvivere a un altro incontro. La Pelle gli aveva protetto le gambe, ma se ci fosse stata la sua testa tra quelle mascelle...

Pensarci non fece altro che peggiorare il dolore proveniente dalla ferita. Come compromesso decise di fermarsi e si sedette a terra appoggiando la schiena al muro. Tirò fuori il registratore, questa volta con l'intenzione di ascoltare qualcosa che lo aiutasse a rimanere sveglio mentre si riposava un momento. Sputò un rivolo di sangue che gli gocciolava in bocca mentre cambiava il lato dell'audiocassetta, poi abbassò il volume, tenne il dispositivo vicino all'orecchio e ascoltò. Come in precedenza, i messaggi erano stati registrati dalla stessa voce.

"... non riesco ad immaginare cosa provino. So che uscirò da qui ad un certo punto, ma sento già le conseguenze dell'essere rinchiuso qui dentro. O forse la follia è contagiosa qui. Solo i prigionieri sani non sono ancora regrediti a mangiare capelli o a spalmare sporcizia sui muri. Ma non sono distanti... ululano, calciano e sbattono la testa e i pugni contro le porte, e fanno casino solo per interrompere la routine, e per questo la pagano cara. Quando arrivai io, tutti impazzivano per ogni tipo di intrattenimento. Adesso sono tutti più tranquilli, dopo che sei o sette detenuti sono scomparsi. Penso che tu sappia cosa voglio dirti, kemosabe. Se vogliamo fare questa cosa, dobbiamo dirci tutto. Non nascondermi niente."

"E va bene, kemosabe: la prossima volta vorrei ricevere un avvertimento prima di venire trascinato nella stanza della penitenza e legato alla sedia per una lezione di storia. Mi hai quasi fatto venire un infarto con quella trovata, non avevo idea di cosa mi stesse succedendo finché non ho sentito la tua voce. Se vuoi usare questo metodo, va bene. Ma non diventare imbranato e lasciare in giro le cassette, gli altri le troveranno. Quindi... Carver sta progettando di liberare qualche povero bastardo e lasciarlo girovagare. Ho la sensazione che non lo faccia solo per dare loro false speranze e dissuaderli dal fuggire. E i secondini, come fanno a sapere il momento giusto in cui intervenire? E che fine fanno i detenuti, una volta catturati? Non tenermi in sospeso."

"Quelle fasce arancioni devono avere un significato. Ho visto solo uno o due detenuti con la fascia arancione al braccio, e pure io ho capito che sono innocui. Non c'è stupirsi che Carver permetta alle infermiere di seguirli. Mi chiedo però cosa succederebbe se prendessero una di quelle capsule che ti ho dato... Se hai accesso al reparto convalescenza, voglio che provi a dargliene una. Non esagerare, basta una sola capsula al giorno per ogni detenuto, almeno all'inizio. Non dovrebbe essere somministrata a loro, ma voglio sapere cosa succede... cioè, voglio che mi scrivi un verbale."

"Altri sintomi oltre al sangue dal naso? A che stadio erano? Qualcuno è peggiorato o migliorato? Se non succede nulla, prova ad aumentare la dose se possibile... ma non troppo. Non vogliamo che facciano un'overdose e, cosa più importante, ne ho bisogno anch'io."

"Quante capsule gli hai dato? Sai se ha avuto un passato violento? Prima di ricevere la fascia arancione, intendo. Vedi se riesci a trovare delle informazioni del suo fascicolo. Almeno sei riuscito a fermarlo. Spero che l'infermiera ti abbia ringraziato per averla salvata. Nel frattempo, l'incidente potrebbe rendere Carver sospettoso, quindi interrompi tutto."

"Sono sorpreso dalla tua domanda, dato che l'hai visto tu stesso. Ma se puoi entrare in reparto solo per pochi minuti alla volta, immagino che non sia abbastanza per farti un'idea chiara. Da quello che so, il primo stadio è letargia, a seguire narcolessia o ipersonnia. Ma deduco che tu voglia sapere di più sul secondo stadio. Se gli radono i capelli, è per nasconderne la caduta: i detenuti non ci si opporranno, sono troppo docili per obiettare. Le teste rasate, il progressivo aumento di peso, e quello sguardo meditativo e un piccolo strano sorriso, come se avessero trasceso questo mondo e raggiunto l'illuminazione, almeno così l'ha descritto un medico. È un qualcosa di inquietante, che ho solo visto in foto. Sono tipo i mangiatori di loto, non so se hai presente. Sono in grado di sostenere una breve conversazione, se richiesto, ma non hanno percezione del tempo che passa e i loro ricordi sono tutti mescolati. Sono felici semplicemente di esistere... non sentono il bisogno di far nulla, se non di mangiare e dormire. In altre parole, questo stile di vita diventa il loro essere, Greg. Hai più di trent'anni, e dove sei adesso? Ma tu non sei fatto per affrontare la vita di petto. Non sei altro che placenta che..."

Greg fermò il nastro e premette una mano sul fianco, incapace di ignorare il dolore che gli saliva dal lato e dalla parte bassa della schiena; lo rese irrequieto e lo spinse ad alzarsi in piedi. Si appoggiò al muro per un momento, madido di sudore ma con la speranza di trovare sollievo muovendosi. Di nuovo si rese conto di quanto male gli facesse camminare, ma continuò a muoversi per far scivolare via il dolore dal fianco; farlo scivolare e scemare, questo il segreto, fintanto che continuava a muoversi, fintanto che lo ignorava e zoppicava e permetteva alla gravità di farlo scivolare verso il basso...

Scivolare e scemare, ripeté tra sé e sé, un canto esasperante che gli risuonava nella testa.

In fondo al corridoio c'era una sedia a rotelle ad aspettarlo, e ci crollò sfinito, facendola indietreggiare di qualche metro. Quel breve movimento era stranamente calmante, chiuse gli occhi godendosi il momento. Il dolore al fianco persisteva e provò a cambiare posizione, cercando anche il minimo sollievo. L'unica cosa che poteva fare per gestire il dolore era provare a non sentirlo. Ma il movimento dolce della sedia a rotelle, che rotolava in avanti senza una spinta, era piacevole.

Aprì gli occhi e alzò la testa.

Sebbene non vedesse nulla, capì perché la sedia a rotelle si stava muovendo. Era strano: un'infermiera di mezza età era dietro di lui, spingendo la sedia a rotelle. Non rappresentava una minaccia diretta, la sua presenza gli sembrava piuttosto una vaga promessa di cure mediche; così chiuse gli occhi, rassegnato ad essere spostato ovunque lei volesse.

Poi si ricordò di Nader e Clark, entrambi scomparsi, e volle girarsi verso l'infermiera per parlargliene. Ma qualcosa lo teneva bloccato, e in un istante si rese conto che le mani e le gambe erano legate alla sedia con cinghie di cuoio, e una cinghia più ampia era stata fissata sul petto e sulle braccia. Alzò gli occhi al cielo e oltre, sforzandosi di guardarsi dietro di sé, ma riuscì solo a intravedere le nocche ossute delle mani dell'infermiera.

"Aspetti... non c'è bisogno di fare così" balbettò mentre veniva portato via.

Sentì l'infermiera agganciare la sedia con un tintinnio metallico, poi un lungo e forte «shhh» da dietro di lui, prima che un attrezzo simile a un elmo gli venisse abbassato sulla testa, coprendogli gli occhi. Con degli strattoni, gettò il peso di lato e la sedia tintinnò rimanendo ancorata al pavimento. Poi udì lo scricchiolio meccanico di una grossa leva, seguito da un ronzio crescente che lo sopraffece, finché la testa non gli si surriscaldò come in un fungo atomico.

Calore bianco svanì nell'oscurità. Le pareti del cunicolo gli graffiavano violentemente le spalle. Continuò a muoversi con una serie di movimenti simili a quelli dei vermi, mettendo un avambraccio davanti all'altro per allungarsi, poi sollevando il bacino e affondando le dita dei piedi nel pavimento per spingersi in avanti. La luce sfarfallava alla fine del tunnel, brillando silenziosa da una piccola lampadina come se fosse una stella lontana. Mentre strisciava verso di essa, diventava più grande e luminosa, come se si stesse avvicinando a sua volta. Presto fu abbastanza vicino da toccarla quasi. Ma quando allungò la mano, la luce si spense e, nel suo breve bagliore morente, intravide la propria faccia sorpresa che lo fissava per un momento, prima che il pavimento cedesse e cadesse di sotto.

Si svegliò con un sussulto, gli occhi sbalorditi a scrutare gli angoli della stanza prima di sedersi di scatto.

La torcia, rimasta accesa sul pavimento, attirò la sua attenzione e, guardando in quella direzione, vide Nader disteso a faccia in giù sul pavimento.

"Nader?" chiamò Greg, accucciandosi accanto a lui, desiderando girarlo ma temendo di spostarlo e fargli più male senza conoscere la natura del suo infortunio: mentre controllava il polso di Nader, avvertì l'odore umido di urina, che era già un brutto segno. Poi, dopo un'indagine ansiosa durante la quale chiudeva e apriva le mani esitante, chiamò più volte Nader e gli accarezzò la guancia finché quest'ultimo non sbatté le palpebre ed emise un rantolo leggero e debole.

"Va tutto bene, sono qui" lo rassicurò Greg. "Riesci a muoverti?"

La fronte di Nader si corrugò, tenendo gli occhi chiusi. "Il braccio... non riesco..." mormorò con voce soffocata, seguita da un singhiozzo pieno di dolore. "Per favore, non chiedermi di muovere il braccio."

CAPITOLO 18

"Sono contento che li abbiamo trovati" disse il dottor Carver all'infermiera al suo fianco mentre passeggiavano tra le file di letti vuoti, fermandosi agli ultimi due e guardando da entrambi i lati i pazienti addormentati con pacata soddisfazione. La luce brillante di un mattino tranquillo filtrava attraverso le finestre alte, lo splendore argentato conferiva un tocco sacro alla stanza e alle lenzuola bianche.

Un'altra infermiera, che aveva finito di controllare i parametri vitali di un paziente, fece un passo indietro per lasciare che il medico si avvicinasse alla testiera del letto, sul quale il paziente giaceva con gli occhi chiusi, molto più rilassato e sereno rispetto a prima, quando lui e il suo compagno entrarono barcollando per le doppie porte del reparto abbandonato, finendo tra le mani dei secondini appostati nelle vicinanze. Sanguinava da vari tagli e ferite, e il detenuto più giovane con lui aveva il braccio avvolto in una fasciatura improvvisata, realizzata con brandelli di tuta dell'altro.

Il sedativo somministrato loro prima del trattamento stava ancora facendo effetto, quindi Carver colse l'occasione per infilare un lungo tampone tra le labbra socchiuse del paziente addormentato, facendo attenzione a non indurre un riflesso faringeo mentre lo strofinava sui denti e all'interno della guancia. Estrasse poi il tampone e scrutò da sopra gli occhiali le macchie rosse sul cotone.

Mentre si girava e dirigeva verso il letto del secondo paziente, le palpebre di Greg si contrassero con un lieve dolore e si aprirono in un ambiente luminoso e sfocato.

"No, questo ne è la conferma" sentì, e girò debolmente la testa verso la fonte di quella voce, che gli dava le spalle e si stava chinando su un paziente nel letto di fronte, esaminando qualcosa prima di mostrarlo all'infermiera.

"Guardi. Ci sono tracce anche qui. Dubito servano le analisi. Immagino sia per questo che non l'ha portato via con sé. Questo può essere liberato."

Si voltò verso Greg, che istintivamente chiuse gli occhi, fingendo di dormire.

"Quest'altro, però, dovrà indossare la fascia, una volta ripresosi. Potrebbe aver assunto una dose, è vero, ma l'ho già visitato, e a questo stadio la capsula non fa molta differenza a parte agire come anticoagulante. È stato un rischio, viste le sue ferite, ma la trasfusione l'ha aiutato e ora sta meglio."

Carver fece per toccare il viso di Greg con l'intento di controllargli l'interno delle palpebre. Ma all'ultimo momento decise che era meglio non esagerare e ritrasse la mano.

"A breve sarà allo stesso stadio di Wyatt" disse Carver, riprendendo il monologo mentre lui e l'infermiera si dirigevano verso la porta. "Il che mi ricorda che dovrò trovare un sostituto: si trova a uno stadio avanzato..." La voce si spense e i due scomparvero nel corridoio.

Greg si alzò a sedere, allungando il collo per dare un'occhiata alla porta prima di voltarsi verso il letto di fronte a lui, dove

Nader dormiva con un braccio fasciato e l'altro ammanettato alla sponda del letto. Proprio come lui, Greg aveva un braccio ammanettato alla sponda del letto, mentre l'altro era collegato a una flebo. Ma dimenticò per un attimo questi dettagli quando vide le sue braccia nude, fino a poco prima orribilmente ricoperte di lividi ed ematomi, ora completamente guarite. Le girò con meraviglia, senza parole: aveva quasi abbandonato ogni speranza di poter rivedere la sua pelle intatta.

Probabilmente gli avevano tolto quella maledetta muta mentre era svenuto, sebbene non riuscisse ad immaginare come avessero fatto, soprattutto senza svegliarlo.

Era ancora giorno quando riaprì gli occhi, dopo essere sprofondato inconsapevolmente in un sonno senza sogni. Trovò un'infermiera che gli toglieva il catetere venoso dal braccio e le chiese dove fossero.

L'infermiera gli sorrise gentilmente, raccolse la sacca vuota della flebo, il catetere usato, i cerotti accartocciati e se ne andò senza rispondere.

Un minuto dopo entrò Carver spingendo un tavolino con un vassoio coperto. Si sedette sul bordo del letto di Greg, avvicinando il tavolino, e vedendo Greg alzarsi in posizione seduta mentre osservava il vassoio con interesse, Carver spinse indietro il cibo e disse: "Prima vorrei che rispondesse ad alcune domande, se non le dispiace."

Greg alzò gli occhi al cielo mentre sprofondava di nuovo nel letto e rotolava su un fianco.

"Mai un pranzo gratis con lei, vero?" brontolò da sotto le coperte.

"Ho poche domande, quindi prima mi risponde, prima può mangiare. Innanzitutto, dove ha trovato quelle capsule?"

"Quali capsule?" chiese Greg, sempre voltandogli le spalle.

"Queste" disse Carver, tirando fuori dalla tasta del camice un flacone marrone e facendo cadere alcune capsule rosse sul palmo della mano. Greg le guardò da sopra la spalla, poi lanciò un'occhiata involontaria a Nader, intuendo dal vassoio intatto vicino a lui che probabilmente era ancora addormentato e quindi non era stato ancora interrogato. Greg non sapeva se Carver lo avesse sorpreso a guardare Nader, ma guardò velocemente nella sua direzione e vide che il dottore era impegnato a rimettere le capsule nella bottiglia.

"Se ha intenzione di sparare a caso e indovinare chi ha messo le mani sulla sua scorta segreta, le suggerisco di iniziare con il suo staff" disse Greg, voltandosi di nuovo dall'altra parte.

Carver indietreggiò con il busto e incrociò le braccia scettico. "Ne ho trovato delle tracce nella sua bocca" disse, e non ricevendo alcuna risposta da Greg, si voltò verso un lato della stanza e chiamò: "Infermiera? Può portare il vassoio adesso."

Dopo un momento, Greg si alzò a sedere. "Senta, se mi sta chiedendo chi le sta distribuendo, allora non le so rispondere. So solo che qualcuno mi ha portato negli alloggi del personale mentre ero svenuto, mi ha messo in una vasca da bagno e mi ha lasciato un messaggio su una cassetta. Non l'ho mai visto in faccia."

"E dov'è la cassetta?"

Greg si grattò la nuca, cercando di ricordare. "Penso di averla lasciata in quella zona fatiscente."

"Sì, è stato fortunato che l'abbiamo trovata in quel momento" disse Carver, indicandosi la fronte sopra l'occhio destro, e Greg ripeté meccanicamente il gesto a specchio, toccando la benda che copriva i punti sul sopracciglio sinistro. Abbassò quindi lo sguardo sui suoi piedi coperti e Carver rimosse la coperta per mostrargli il piede bendato.

"Sì, a quanto pare si è tagliato su un grande pezzo di vetro..."

"Non era vetro" disse Greg, guardandolo storto.

"C'erano schegge di vetro nella ferita, quando l'abbiamo pulita" rispose Carver. "Perché dice che non era vetro? Cos'altro potrebbe averla ferita?"

Greg aveva la risposta sulla punta della lingua, ma era frenato dall'espressione di Carver mentre si avvicinava, come se si aspettasse di sentire un aneddoto folle, che avrebbe ascoltato con occhi spalancati e una serie di lenti cenni del capo, prima di chiamare una delle infermiere per chiederle sottovoce di far venire i secondini con una camicia di forza.

"E va bene, erano vetri rotti. Posso mangiare adesso? Comunque non penso che queste siano necessarie." Sollevò la mano ammanettata, facendo sbattere il metallo contro la sponda del letto.

"Misure di sicurezza" disse Carver. "Ci fu uno sfortunato incidente tempo fa, un'infermiera fu aggredita da uno dei detenuti in questo reparto. Da allora abbiamo preso precauzioni per evitare che l'incidente si ripeta."

Greg gli si avvicinò e, con lo stesso tono di un divulgatore che spiega un concetto semplicissimo ma che per qualche motivo era difficile da assimilare per il suo ascoltatore, disse: "Io non sono un detenuto, e non ho intenzione di attaccare nessuno. Lo stesso vale per lui" aggiunse, indicando Nader.

"Sì, un caso curioso, quello" disse Carver, guardando Nader da sopra la spalla. "Il suo braccio è stato bucato in più punti con uno strumento affilato, in un modo particolare, quasi identico a quello di uno dei secondini, quello che hai incontrato negli alloggi del personale."

Gli servirono alcuni secondi prima di capire l'allusione.

"Aspetti un attimo... io non... no!" balbettò Greg, allarmato. "Cioè, va bene, mi prendo la responsabilità per il secondino. Ma Nader... il suo braccio era già maciullato quando l'ho trovato."

"Sicuro?" disse Carver. "Come fa a sapere che non stava avendo un episodio quando è successo?"

"Un episodio? Un episodio di cosa?"

Invece di spiegarsi, Carver allungò una mano verso la tasca interna del camice e ne tirò fuori il registratore nero.

"Il nastro qui dentro. Immagino l'abbia ascoltato tutto."

"Cosa vuol..."

"Mi risponda, per favore."

Greg si fermò un momento prima di rispondere. "Alcune parti, qua e là."

"Le sembrava familiare?"

"Non le ho fatte io, quelle registrazioni."

Carver sorrise in risposta. "Certo che no, sono messaggi del suo sosia. Li lasciava a un ex membro dello staff di nome Holden. Se le chiedo delle capsule, è perché Holden le ha somministrate a mia insaputa ad alcuni pazienti, con l'idea sbagliata che li stesse aiutando. Sfortunatamente molti di loro ne hanno sofferto le conseguenze. Il farmaco contenuto nelle capsule ha proprietà anticoagulanti, ossia rende fluido il sangue, ma può anche indurre episodi psicotici. È successo con alcuni detenuti, due dei quali mostrarono tendenze violente. Ho nominato prima l'incidente in cui un'infermiera è stata aggredita da un detenuto... beh, gli era stata data una di queste capsule. Quindi come può dire con certezza che non è stato lei ad attaccare il suo amico?"

Per un po', Greg fissò la sua mano libera, che riposava in grembo.

"Perché non avevo niente di appuntito con me quando l'ho trovato. Era..."

"Era...?" ripeté Carver, ma Greg si ritirò in un silenzio sconcertato.

Se la sua ferita al piede era stata causata da vetri rotti e quello strano incontro non era altro che un episodio psicotico, allora chi o cosa è scappato con il suo coltello?

"L'intera situazione è un disastro, caro mio, ma forse mi può aiutare a ribaltarla. Vede, abbiamo già catturato il responsabile, ma non vuole ammettere nulla. Credo sia lui l'autore della sparatoria, ma non ne ho le prove. Non riusciamo a trovare né la pistola né altre prove incriminanti."

Greg fissò il dottore con uno sguardo d'intesa. Un attimo prima stava per chiedere perché la polizia non fosse stata ancora coinvolta; ma all'improvviso realizzò che non sarebbe mai successo.

"Vigilanza, dottore? È così che gestisce i problemi qui dentro?"

"Voglio solo informazioni. Questo dovrebbe interessare anche lei, visto che stiamo parlando del suo sosia. Sono certo che ormai ha capito che non era un detenuto qualunque. Il nostro carnefice, Holden, aveva un accordo con lui. E siccome era parte dello staff allora, Holden poteva far entrare o nascondere cose per lui... un'arma, per esempio. E anche questa..."

A quel punto Carver prese un fagotto nero, lo srotolò e mostrò la Pelle a Greg, il quale sussultò vedendola, come se il dottore avesse avuto in mano un ordigno esplosivo.

"Come ha fatto..." iniziò, fissando la cerniera aperta, che collegava diagonalmente la spalla all'anca, i suoi denti di metallo disallineati in un sorriso deformato. La muta era tornata alla sua forma originale, senza alcuna traccia di quelle piccole scaglie brillanti che tempo prima sporgevano attraverso il tessuto e lo ricoprivano come squame; ora sembrava quasi una muta qualsiasi, anche se di un materiale speciale con trama a squame.

"Credo che questa appartenesse al suo sosia" proseguì Carver, apparentemente sordo alla domanda balbettata. "È della sua taglia, dopotutto. Ora abbiamo sedato Holden in un'altra stanza. Abbiamo provato a interrogarlo e, nel frattempo, si è morso la lingua. Credo stesse cercando di rimuoverla a morsi." Si fermò per godersi l'espressione di orrore sul viso di Greg. "Ma se lo prendiamo al momento giusto, quando si sta per svegliare, ancora intontito e confuso, ho la sensazione che vederle lei in quella muta gli farà sciogliere la lingua. Sono certo che ha qualche parolina da dirle..."

"Non voglio metterla" esclamò Greg.

La risposta sorprese Carver. "Ma la indossava prima, quando l'hanno portata qui" disse, avvicinando l'abito per testare la reazione del giovane.

"Mi ha quasi ucciso" mormorò Greg, consapevole di quanto sembrasse ridicolo; tuttavia, si irrigidì quando la tuta gli fu posata sulle ginocchia, come se fosse un serpente velenoso.

"Questa?" chiese Carver, infilando il braccio nella manica per dimostrarne l'innocuità. Greg sembrava pronto a scattare al minimo segnale di pericolo, ma c'era un sottile cambiamento nella sua espressione.

"Dimentica, caro mio, che prima era sotto l'influenza del farmaco. Anche ora le sarà difficile dimenticare ciò in cui credeva allora. Rimane addosso come un incubo vivido. Dovrà solo dimostrare a sé stesso che non era reale."

Greg gli fece un sorriso, sentendosi a disagio. "Più facile a dirsi che a farsi."

"Tutto questo è necessario per rintracciare il suo sosia. Abbiamo solo una possibilità, quindi dobbiamo giocarcela bene. Holden è testardo: più domande gli facevamo e più teneva la bocca chiusa. Se vogliamo informazioni da lui, dovremo persuaderlo a parlare."

"E in cambio io cosa ottengo?"

Carver sembrò preso alla sprovvista dalla domanda. "Non vuole catturarlo? Il suo sosia, voglio dire. Dopotutto, probabilmente è scappato con i suoi oggetti personali: il suo portafoglio, il telefono... sono sicuro che non vede l'ora di riaverli indietro."

"Preferirei tentare la sorte denunciando il furto d'identità e richiedendo l'emissione di nuovi documenti" rispose Greg.

Carver fece un gesto con la mano per respingere l'idea. "Oh, ci vorrà tempo... e soldi. Dubito che possa permetterselo. Ho come l'impressione che sia disoccupato. Non ha mai nominato un lavoro a cui tornare..."

"Non sono affari suoi."

"Intendevo dire che se non ha niente di urgente da fare fuori, perché non resta qui con noi? Posso sistemarla in una stanza più comoda, può rimanere in questo reparto: il cibo è più buono." Scoprì il vassoio del cibo per mostrare un piatto colmo di pancake e uova, salsicce, pomodori e una pirofila piena di macedonia. "I secondini e i detenuti non le daranno fastidio qui, e le infermiere si prenderanno cura di lei."

Greg cercò di articolare una replica intelligente, ma la vista di quell'abbondante colazione gli trattenne la lingua. L'odore da solo bastava a fargli girare la testa, e l'idea di essere ben nutrito, ben riposato e ben curato era troppo interessante per non fermarsi a riflettere, soprattutto quando fuori lo aspettavano solo problemi. Carver aveva ragione: perché aveva fretta di uscire, quando sarebbe stato più semplice aspettare che il ladro venisse catturato con tutte le sue cose, invece di dover denunciare il furto e farsi sostituire tutto?

Ma si sorprese a elencare una scusa dopo l'altra, creando un motivo valido per accettare l'offerta di Carver: era un'offerta comunque troppo facile, troppo conveniente per non essere sospetta.

"Ci pensi su" disse Carver, avvicinando il vassoio mentre si alzava per andarsene. "Devo andare a controllare gli altri adesso, ma tornerò più tardi per avere una risposta."

Non molto tempo dopo che Carver se ne fu andato, due infermiere entrarono per liberare Greg dalle manette, ma lo lasciarono incatenato alla solida base del letto, dandogli però la possibilità di camminarci intorno. Se era un gesto per dimostrare le buone intenzioni del dottore, Greg lo accolse volentieri, visto che non riusciva a stare fermo mentre ragionava. Zoppicava avanti e indietro vicino al letto, le braccia incrociate e le mani infilate sotto le ascelle per scaldarle, mentre la lunga catena tintinnava intorno alle caviglie nude.

In qualche modo l'eccellente colazione che aveva gustato e le infermiere, che sorridevano e civettavano a modo loro mentre sostituivano un paio di catene con un altro, facevano sembrare involontariamente la proposta di Carver più sospetta che allettante. Come una promessa troppo generosa, più era invitate, più crescevano i dubbi; Greg era quasi certo che non avrebbe ottenuto nulla recitando la sua parte e consegnando a Carver ciò che voleva; una volta esaurita la sua utilità, cosa avrebbe impedito al buon dottore di sbatterlo di nuovo in cella?

Greg si sfregò la nuca per la frustrazione. E se fosse stato paranoico? Dopotutto, Carver avrebbe potuto facilmente promettere di lasciarlo andare senza alcuna intenzione di farlo veramente. Ma stavamo parlando di Carver, il manipolatore bifronte che l'aveva trattenuto con una messinscena. Se si rifiutava di coinvolgere autorità da fuori, dev'essere per qualche operazione illecita qui dentro. E a quanto pare, agli occhi del dottore, Greg sapeva o aveva visto troppo; forse non abbastanza per avere un quadro completo della situazione, ma abbastanza per rendere Carver riluttante a rilasciarlo. Il suo obiettivo non era mantenere l'ordine, come aveva sostenuto.

Ma proprio come la prima sera, Greg si ritrovò senza merce di scambio per discutere le proprie condizioni. Ed eccolo qui, incatenato a un letto, dopo che gli è stato chiesto di interrogare un altro detenuto per ottenere informazioni importanti...

Si fermò, alzando la testa con un'improvvisa realizzazione. Informazioni importanti: quella era la sua merce di scambio.

Carver non poteva essere nella stanza mentre parlava con Holden, non se voleva continuare la farsa. Il che significava che qualunque cosa avesse ricavato dal suo colloquio con Holden poteva usarla per negoziare la sua libertà. Ma avrebbe dovuto essere intelligente, se non voleva fare la fine di Holden.

CAPITOLO 19

Carver percorse il corridoio, aspettando Greg, che lo raggiunse un minuto dopo con addosso l'abito nero.

Il dottore lo osservò con un cenno di approvazione — sebbene scalzo, il giovane aveva un aspetto imponente e bellicoso, vestito in quel modo così particolare — e iniziò a ripassare il piano, ribadendo anche i minimi dettagli.

Mentre parlava, Greg aveva lo sguardo assente, fisso su un punto dove il pavimento incontrava il muro. Prima di vestirsi, era andato in bagno e si allarmò quando notò che la sua urina era leggermente tinta di rosso. Greg non sapeva determinare se fosse mescolata a un colorante o al sangue, ma mentre si lavava le mani, cercò di convincersi che era probabilmente il primo caso, e che quello strano colore era dovuto al contenuto rosso della capsula. Anche se fosse stato sangue, il farmaco aveva proprietà anticoagulanti e quindi era risaputo che potesse causare sangue nelle urine. Non era niente di preoccupante... forse.

Emerse dai suoi pensieri sul punto di consultare Carver a riguardo, ma il dottore lo guardava come stesse aspettando una risposta.

"Cosa?" chiese Greg, non avendo colto né la domanda né tutto ciò che l'aveva preceduta.

Carver fece un sospiro esasperato. "Ecco la versione abbreviata. Laggiù..." indicò una porta in fondo al corridoio "c'è la stanza di Holden. Dovrebbe essere sveglio ormai. Quando ci parlerà, voglio che lo assecondi qualsiasi cosa dica. L'idea è di farlo parlare. Non si faccia prendere dalla sua follia. Si ricordi che sta parlando con qualcuno che è impantanato in illusioni e deliri. Dovrebbe essere lucido ora, ma c'è una piccola possibilità che abbia ancora tracce del farmaco nel suo sistema, abbastanza da offuscare il suo giudizio. Avrei preferito aspettare più a lungo, ma non abbiamo molto tempo. Terrò la situazione monitorata in caso..."

"Monitorata?" lo interruppe Greg. "Perché ci vuole monitorare?"

Carver contrasse le labbra con un'alzata di spalle. "È solo una misura di sicurezza. Forse avrà bisogno di allentargli le manette per convincerlo che è il suo complice. Ma le cose potrebbero sfuggirle di mano: Holden potrebbe provare a scappare oppure potrebbe provare del rancore contro il suo sosia e decidere di agire di conseguenza. Ma non se preoccupi: se qualcosa dovesse andar storto, i secondini faranno irruzione per intervenire, ne stia pur certo. Bene allora... vada pure."

Si voltò e se ne andò, lasciando Greg a fissarlo con la sensazione nauseante di aver perso ciò su cui far leva prima ancora di avere la possibilità di afferrarlo.

E comunque, pensò, rilassandosi un attimo, *comunque monitorare non significa necessariamente ascoltare, forse le informazioni che otterrò rimarranno solo mie.*

Sì, certo, magari, disse una voce dentro di sé.

La stanza era buia quando Greg aprì la porta e la luce che entrava dal corridoio rivelò un muro di fronte alla porta, che serviva a dividere la stanza dall'ingresso, dando un senso di privacy riservato alle suite più lussuose.

Individuò la cupola nera di una telecamera di sicurezza montata in un angolo della stanza, immaginò che ce ne fosse un'altra nell'angolo opposto e si chiese se anche Holden le avrebbe notate e si sarebbe rifiutato di parlare.

Mentre chiudeva la porta, Greg sentì la voce di qualcuno da dietro il muro divisorio.

"Spero proprio che non sia un vassoio di sbobba, quello che stai portando dentro" biascicò, dando a Greg un po' di tempo prima di parlare.

"Sono io" disse, e ricordando i messaggi registrati sui nastri, aggiunse "kemosabe".

"Grim?" rispose Holden dopo un momento di esitazione.

Greg si fermò a considerare quella parola prima di dedurre dal tono dell'altro che quello era il nome del suo sosia, o forse un soprannome datogli da Holden, e allora gli venne in mente che Carver non gli aveva mai detto come si chiamava il detenuto fuggito; ma ora che Holden lo aveva informato, non aveva senso soffermarcisi troppo.

"E chi sennò?" disse Greg, spuntando da dietro il muro ed entrando nella parte. Stava ancora abituando la vista al buio, ma riusciva quasi a distinguere il letto dove giaceva Holden. Per Greg, c'era qualcosa di rassicurante nella relativa copertura che gli dava il buio: poteva imitare la parlata di Grim come meglio poteva, ma i piccoli gesti, i modi di fare e le espressioni del viso avrebbero potuto tradirlo, se non fosse stato attento.

"Beh, sembri sorpreso che sia tornato indietro per te" disse Greg, quando sembrava che Holden non avesse intenzione di parlare.

"C'è un interruttore sulla parete alla tua destra" disse Holden. "Accendi la luce."

"Perché? Siamo più al sicuro al buio."

"Fallo e basta" insistette Holden. "Voglio vedere con chi sto parlando.."

Con riluttanza, Greg andò verso la porta, accese la luce e fece per tornare indietro, quando si bloccò di colpo alla vista di Holden: lo aveva già visto prima di allora. Abbagliato dalle luci, Holden strizzava le palpebre arrossate per guardare Greg, mentre quest'ultimo fissava il detenuto con il quale aveva fatto a botte nella sala da pranzo, che ora stava sdraiato, legato al letto da cinque cinghie.

"Come mai sei tornato indietro?" disse Holden. "Pensavo che a quest'ora saresti già stato lontano da qui."

Greg distolse lo sguardo e fece alcuni passi, temporeggiando mentre raccoglieva le idee. Dopotutto, visto che si erano già incontrati prima, sebbene in termini non proprio amichevoli, che tipo di rapporto avrebbero potuto avere ora? Aveva senso continuare la farsa?

"Hai detto che volevi che ti trovassi" rispose Greg, ricordando una parte del messaggio lasciatogli da Holden.

Holden batté le palpebre, cercando di ricordare. "Sul serio?"

"Hai detto che mi avresti restituito la pistola una volta che mi fossi ripreso" disse Greg, sentendosi più sicuro vista l'incertezza di Holden.

"Mi sento un po' intontito in questo momento" disse Holden. "Aiutami con queste." Indicò le cinghie di cuoio con un cenno della testa e Greg trattenne l'impulso di voltarsi e guardare le telecamere di sorveglianza prima di avvicinarsi al letto.

"Allora... dov'è la pistola?" chiese Greg, slacciando una cinghia lentamente.

"Ho dovuto sbarazzarmene. Non volevo che Carver la trovasse..."

"Sbarazzartene? E come? L'hai buttata nella spazzatura o..."

"Ti sbrighi con quella?"

"Ci sto provando!" ribatté Greg. "Sono ben strette."

"Ma non mi dire! Sembra vogliano bloccarmi la circolazione."

"Se riesci a lamentarti, riesci anche a pensare."

"Non riesco a pensare quando sono steso a pancia in su."

"Ecco fatto" disse Greg, facendo scivolare il cinturino attraverso la fibbia.

"Era ora" Holden sorrise, aprendo e chiudendo la mano e scuotendo il braccio. "Ora libera l'altra. Onestamente non pensavo avresti fatto una deviazione per aiutarmi. Mi aspettavo che avresti preso le capsule e fossi scappato via."

"Non senza la mia pistola" rispose Greg, e Holden sbuffò come a voler dire «ovvio che no».

Una volta allentate le cinghie ai polsi, Holden iniziò a slacciare quella che lo stringeva intorno alla vita.

"Beh, dovresti avere le idee più chiare ora, ne son certo" disse Greg, mentre Holden si metteva seduto. La situazione iniziava a metterlo a disagio e dovette ricordarsi che stava solamente seguendo le indicazioni di Carver per ottenere la fiducia di quell'uomo.

"Dammi un minuto" disse Holden, scuotendo una spalla dopo l'altra e stiracchiando il collo. Posò gli occhi su Greg e fu come se lo vedesse per la prima volta. "Che fine ha fatto la tua uniforme?"

La domanda colse alla sprovvista Greg, che guardò in basso verso l'abito nero, pensando che Holden si riferisse alla Pelle, ma poco dopo capì che si riferiva alla tuta grigia.

"Ti sembra importante? Non abbiamo molto tempo..."

"Non abbiamo molto tempo?" Holden lo derise, come se non potesse credere all'audacia di quel commento. "Quando eri tu che insistevi sul fatto di stare attenti a non far saltare la copertura?"

"Sì, beh, mi hai fatto saltare la copertura quando ti è venuto il grilletto facile e hai iniziato a sparare alla gente a destra e a manca."

"Grilletto fa—!" ripeté l'altro prima che le parole venissero soffocate da una risata incredula. "Non dire che ti ho fatto saltare la tua preziosa copertura quando non ho fatto altro che pararti quel culo disgraziato. Se non l'avessi fatto, in questo momento ti troveresti a poche porte di distanza da qui, a sbavare in un bicchiere. Sono stato zitto... Carver non è riuscito a farmi dire niente. E anche se ha dei sospetti, non ti avrebbe mai collegato alla pistola o al piano, almeno fino a quando non sei entrato con quel cavolo di costume strambo solo per dire a me che ti ho fatto saltare la copertura."

"Senti..." disse Greg, cercando di calmare i toni della discussione prima di perderne il controllo, "sto solo dicendo che non ha senso parlare in codice, visto che Carver sta già sospettando qualcosa."

Ma fu come gettare benzina sul fuoco. Per un momento Holden lo fissò intensamente con un mezzo sorriso apoplettico, poi parlò con una calma spaventosa.

"Aspetta... vediamo se ho capito bene: dopo tutto il bisbigliare, e dopo tutti i salti mortali che mi hai fatto fare, mi stai dicendo che non te ne frega niente se Carver sa cosa vogliamo fare?"

"E dai..." Greg sorrise, cercando di rassicurarlo con il modo di fare di un truffatore, "pensi che io sia così sfacciato da non essere addirittura più prudente? Ho corso un rischio, ma era un rischio calcolato. Carver non riuscirà ad evitare quello che si merita." Non aveva la minima idea a che cosa alludesse Holden, ma si rese conto che era necessario ribadire di essere ancora dalla sua parte, dando risposte abbastanza vaghe da consentire a Holden di leggerci qualsiasi cosa volesse sentirsi dire. Le parole ebbero l'effetto desiderato stavolta e, sebbene Holden avesse lo sguardo acceso di rabbia, la teneva contenuta in silenzio.

"Ora dimmi dell'arma..." Greg provò a tornare sull'argomento.

Holden mormorò qualcosa.

"Come, scusa?" disse Greg, notando un luccichio negli occhi di Holden che non gli piaceva.

"Ho detto, a che tipo di arma ti riferisci?"

"La pistola, ovviamente."

"Dovrai essere più preciso."

"Non ho tempo per i giochi per conoscerci meglio."

"Ti ci vorrà solo un secondo se mi saprai dire il modello. Anzi, ancora più semplice: era una rivoltella o una semiautomatica?"

"Semiautomatica" rispose Greg, pensando che una rivoltella sembrava incongruente con lo stile dell'abito che indossava.

"Molto bene. Che calibro?"

Greg ripensò ai corpi nel corridoio, cercando di stimare la dimensione del proiettile dalle ferite.

"Calibro .45" azzardò.

Una risatina rauca risuonò nel petto del detenuto. "Oh, mi avevi quasi fregato, lo ammetto. Allora che ne dici di smettere questo teatrino e dirmi chi sei veramente?"

Le parole piombarono su Greg come una pioggia di aghi, ma il suo viso rimase impassibile.

"Non ho voglia di giocare, kemosabe."

"Kemosabe un corno. Dov'è Grim?"

Suo malgrado, un angolo della bocca di Greg si contrasse in un mezzo sorriso: ormai era stato scoperto, non poteva continuare il bluff per sempre. "Grim non è più con noi."

"Fuggito o morto?"

"Se fossi in te, non mi aspetterei una cartolina."

"E tu saresti...?"

Greg scrollò le spalle. "Solo un imbecille che ne ha preso il posto, diciamo."

"Tranne che lavori per Carver."

"Non lavoro per Carver."

"Come no. Non ho niente da dirti, abbiamo chiuso. Quindi, perché non te ne torni da Carver e gli dici dove può infilarsi la mano adesso che ha finito di usarti come burattino?"

"Glielo puoi dire tu: ci ha ascoltato per tutto il tempo" disse Greg, inclinando la testa per indicare una delle telecamere di sicurezza, che Holden guardò con disprezzo.

"No, a meno che non sappia leggere il labiale, cosa che dubito a questa distanza. Ci sta guardando, certo, ma non ci può sentire. Ecco perché ti ho chiesto di accendere la luce. Pazzesco, vero? C'è un motivo per cui Grim ha scelto di lavorare con me. Sarò solo un custode, ma so fare molto più che pulire i pavimenti, sai. Chi meglio di me conosce questo posto? L'edificio è più poroso di quanto si pensi. La mia specialità era trovare intercapedini e passaggi stretti... e indicarli a Carver. Se non ci fossi stato io, avrebbe avuto ben più di un detenuto scomparso di cui preoccuparsi. Non che gli dicessi sempre tutto, certo, ma bastava per guadagnarsi la sua fiducia. A meno che non fossi chiamato a pulire o a riparare qualcosa, venivo quasi sempre ignorato, il che significa che potevo ricablare alcune cose senza che nessuno lo notasse. Quell'interruttore, ad esempio... interrompe l'audio quando le luci sono accese. E scommetto che quella vecchia volpe è nella stanza di sorveglianza, a giocherellare con i quadranti e a premere pulsanti a caso, cercando di capire perché non riesce a sentirci."

Greg seguì lo sguardo di Holden verso la telecamera. "Quindi quello è abbiamo detto rimane tra me e te?"

"Tra me e te e queste mura" confermò Holden.

Greg non poté fare a meno di abbandonarsi a una piccola risata di sollievo, e battendo le mani disse: "Sei un grande, Holden, lo sai? Mi hai appena fatto un favore enorme senza saperlo."

Holden ignorò il complimento. "Non ne sono proprio sicuro, visto che sarà il tuo culo ad essere trascinato via per un interrogatorio approfondito. Immagino che quel bastardo rachitico vorrà sapere tutto quello che ci siamo detti, visto che non è riuscito ad ascoltare. Però tu non avrai molto da dire, e quindi sospetterà che stai nascondendo qualcosa... allora farà entrare i suoi scagnozzi e dirà loro di applicare uno dei loro metodi fino a farti parlare."

"Chi se ne frega, Holden. Me ne vado" disse Greg, cercando di capire se potesse correre fino all'uscita prima dell'arrivo dei secondini, e ricordandosi all'ultimo momento che non sarebbe andato molto lontano con il piede ferito. Ma non andò molto lontano in ogni caso perché prima che potesse raggiungere la porta, Holden balzò fuori dal letto con un movimento rapido e aggredì Greg, afferrandolo per la gola e inchiodandolo al muro.

Ma Greg gli schiacciò prontamente il palmo della mano in faccia e lo colpì poi alla testa, facendolo barcollare all'indietro. Gli si lanciò alle spalle, bloccandolo in una presa soffocante.

L'altro uomo, più grosso di lui, si chinò e piego in due, cercando di farlo cadere, ma Greg teneva le gambe allacciate intorno alla vita di Holden e rimaneva aggrappato, anche quando Holden sbatté la schiena contro il muro, schiacciandolo. Infine diede una gomitata al fianco di Greg, colpendo il punto che gli doleva. Con un grido forte, Greg perse la presa e fu prontamente sbalzato via.

Si sforzò per rimettersi in piedi, ma ricevette una serie di pugni che lo fecero vacillare per qualche istante, gli occhi fissi su Holden mentre cercava di non cadere. Ma il pavimento sembrava ondeggiare sotto di lui e il pugno che tirò fu facilmente aggirato da Holden, che aggredì nuovamente Greg e lo mise a tappeto.

Quando Greg aprì gli occhi e la vista gli iniziò a schiarirsi, trovò Holden appoggiato con tutto il corpo alla porta. I colpi che venivano dall'altra parte indicavano la presenza dei secondini che cercavano di entrare. E sebbene la porta fosse stata chiusa a chiave, come dimostrava la maniglia, che tremava senza girare mai, Holden trovava comunque necessario barricare la porta con il corpo.

"Ehi!" disse Holden, quando notò Greg aprire gli occhi. "Se ci tieni alla salute, ti conviene portare qua quel letto."

Greg lasciò cadere indietro la testa dolorante e lo ignorò.

"Senti... non che mi importi del tuo benessere" proseguì Holden, "ma una volta che ti avranno messo le mani addosso, non ci impiegheranno molto a farti parlare, e quel poco che sai potrebbe comunque comprometterti."

"Direi che la situazione è oltre ogni compromesso ora" disse Greg con un gemito mentre barcollava per mettersi in piedi, tenendosi il fianco.

"Pensi che abbia fatto apposta, a incastrarmi in un angolo senza via d'uscita così?" disse Holden, e dopo aver riflettuto: "Beh, forse lo farei, ma ho un piano in mente che potrebbe funzionare, se mi aiuterai."

Greg finse di non sentirlo e mantenne un'espressione accigliata e attenta mentre si guardava il dorso della mano, imbrattato di rosso dopo averlo strofinato contro il naso sanguinante.

Nel mentre i colpi alla porta si facevano più forti e più concentrati intorno alla maniglia. Era abbastanza per innervosire Greg. Sapeva che Holden aveva ragione: volevano lui.

Continuò a fissare la porta sempre più a disagio, ormai ben visibile sul suo viso, infatti Holden continuava a ripetere: "Senti, possiamo aiutarci a vicenda." Ma Greg sembrava ancora dubbioso, così aggiunse: "Carver ti ha promesso un trattamento? Una cura per la tua condizione? È per questo che lo stai facendo? Perché te lo devo proprio dire, la cura che ha in mente per te non è quella che speri di ricevere."

La porta cominciò a mostrare segni di cedimento, o almeno così parve a Greg, il quale andò dall'altra parte della stanza e iniziò a trascinare il letto con le sponde di ferro. Si dovette sforzare per infilarlo nel corridoio, ma Holden lasciò la sua postazione per aiutarlo — sperando che la serratura avesse retto nel frattempo — e insieme incastrarono il letto tra la porta e il muro divisorio.

"Quale condizione?" chiese Greg dopo una pausa silenziosa durante la quale rimasero a guardare la barricata.

Holden gli lanciò uno sguardo interrogativo. "Non lo sai? Non senti niente di strano?"

"Intendi il farmaco?"

"Quale farmaco?"

"Quelle capsule rosse" disse Greg. "Carver mi ha detto che le davi ai detenuti... ha detto che sono una specie di anticoagulante. Insomma, guarda qua... sembra un rubinetto che perde." Si toccò il naso sanguinante. "Ne ho presa una ieri e all'inizio ho sentito un'ondata di energia e poi ho iniziato ad avere allucinazioni."

Holden inclinò la testa da un lato, pensando a ciò che gli aveva appena detto Greg. Qualcosa nel suo sguardo non prometteva nulla di buono: se Holden avesse respinto velocemente le affermazioni di Carver, allora avrebbe potuto confermare quello che aveva detto il dottore, ossia che Holden era fuori di testa. Il detenuto invece sembrava stesse valutando la situazione presentatagli con un po' di esitazione, ma anche lucidità, prima di rispondere.

"Quei sintomi... non sono conseguenze del farmaco" disse. "Li hai avuti perché il farmaco sta reagendo a qualcosa che sta incubando dentro di te."

Quelle parole gli evocarono il ricordo di quella cosa che aveva vomitato nel lavandino, un ricordo che ormai assomigliava sempre più a un vivido incubo. Si ritrovò a ridacchiare, o almeno emise un suono stridulo e secco. "Stronzate. Non ho avuto sintomi fino a quando non ho preso il farmaco."

La reazione preoccupò Holden, che con un tono quasi dispiaciuto, gli rispose: "Se fossi stato pulito, il farmaco non avrebbe fatto reazione."

Passarono alcuni istanti di silenzio, durante i quali Holden notò l'assenza di colpi e si rese conto che i secondini dovevano essere andati a prendere un'ascia o qualcos'altro per sfondare la porta.

"Senti, vorrei poterti dire tutto quello che so, ma adesso dobbiamo andarcene" disse Holden. "Spegni la luce e seguimi. E parla a voce bassa."

Una volta spente le luci, Holden condusse Greg nel punto in cui si trovava il letto prima, gli fece cenno di accovacciarsi e di sollevare le assi di legno allentate. Greg seguì l'ordine, lavorando meccanicamente e con la testa assorta nei pensieri.

"Questa condizione..." Greg esitò a voce bassa, "quant'è grave?"

"È degenerativa" disse Holden. "Se c'è una cura, non la troverai qui. A Carver piace tenere i suoi detenuti docili e silenziosi."

"In che senso?"

"Lo vedrai da te. Ce l'hanno tutti gli altri" disse, spostando l'ultima tavola del pavimento. "Entra."

"Dove?"

"Nel cunicolo" disse Holden dando una spinta a Greg verso il buco nero davanti a lui, simile a una bocca gigante aperta in uno sbadiglio.

"Sei mai stato in uno di questi cunicoli?" sibilò Greg. "Brulicano di cose... e non intendo ratti o scarafaggi..."

"Hai altre idee, principessa?"

"Siamo in due. Possiamo picchiarli e scappare."

"Sì, beh... a meno che tu non sia immune agli effetti di mazze e pistole stordenti, ti suggerisco di muoverti" rispose Holden, spingendo Greg verso terra per la nuca.

"Se sei così sicuro" disse Greg a denti stretti, resistendo alla spinta di Holden, "perché non entri tu per primo?"

"Credimi, se potessi mi ci sarei tuffato e sarei strisciato fuori da qui tanto tempo fa."

"Tutto quello che mi hai detto... come faccio a sapere che è vero? Non sono nemmeno sicuro di potermi fidare di te."

La spinta sulla nuca diminuì e Holden si fermò. "Ti fidi di Carver?"

"No, ma... almeno non ha lasciato una scia di cadaveri dietro di sé."

"Non che tu abbia visto" rispose Holden sardonico. "E poi, il fatto che ti sto lasciando andare dovrebbe essere un motivo sufficiente per fidarti di me. Se vuoi una prova, la troverai là fuori: anche solo nell'ufficio di Carver ne troverai a pacchi. Dovrai comunque andare là se vuoi prendere le capsule."

"Perché?"

"Vorrei poterti dire che sono una cura, ma a questo punto non possono fare altro che farti guadagnare un po' di tempo fino a quando non puoi ricevere cure mediche adeguate. Hai detto che l'ultima volta che hai preso una dose è stato ieri, quindi dovrai prenderne un'altra il prima possibile, prima che diventi narcolettico. Ora ascoltami bene: questo cunicolo si collega a un tunnel di manutenzione, che ti condurrà a un ripostiglio. Non ti preoccupare se la fine del tunnel sembra bloccata; un vecchio addetto alle pulizie aveva messo un armadietto a coprire il buco nel muro. Riuscirai a spingerlo via. Quando sarai uscito, trova una scala, scendi di un piano e vai nell'ufficio di Carver. Ci tiene tutti gli oggetti confiscati, sono certo che le capsule non faranno eccezione. Prendine una appena puoi. A questo punto non saprei che effetto potrebbe avere: potrebbe aiutarti, potrebbe farti star male... cavolo, potrebbe addirittura ucciderti se ne assumi troppe e fai un'overdose, non che tu abbia un motivo per farlo. Ma è la soluzione migliore. Ora muoviti prima che ti seppellisca in quel buco."

Holden aspettò che Greg scomparisse nel cunicolo, poi iniziò a risistemare le assi del pavimento.

CAPITOLO 20

Faceva così freddo che il ragazzino poteva vedere il proprio respiro: le nuvolette fluttuavano nella luce arancione pallido che filtrava da sotto l'anta. Un respiro dopo l'altro, osservava quelle onde nebulose scarsamente illuminate mentre era sdraiato sotto la coperta di lana. Per un po', il mondo gli sembrò tutto lì: se stesso e quei respiri morenti.

Era come aveva detto Holden: la fine del cunicolo era bloccata da un armadio, che Greg iniziò a spingere via, fermandosi ad ascoltare ogni volta che qualcosa cadeva da uno scaffale, in caso il rumore avesse attirato l'attenzione di qualcuno. Continuò poi a spingere finché non ebbe abbastanza spazio per tirarsi fuori di lì.

Il ripostiglio di dimensioni ridotte conteneva scope, stracci e prodotti per la pulizia e poco altro di utile, se non una torcia di emergenza e un cacciavite, che Greg prontamente intascò.

Dopo aver controllato il corridoio illuminato, cercando di decidere da che parte sarebbe dovuto andare per raggiungere le scale, Greg scelse di andare a sinistra. Dopo non molta strada, tuttavia, iniziò a sentire i colpi potenti di un'ascia che abbattevano la porta della stanza di Holden, e fece immediatamente dietrofront verso la direzione opposta.

Strinse gli occhi per proteggerli dalle luci fluorescenti, scrutando le pareti bianche in cerca di indicazioni per le scale, quando passò davanti a un'ampia sala comune, fiancheggiata da otto letti, quattro per fila, disposti in modo che le file si fronteggiassero. E in modo altrettanto simmetrico, i detenuti erano sdraiati sui rispettivi letti, con le mani grassocce appoggiate sulla pancia mentre fissavano il vuoto con un sorriso malinconico, come se stessero gustando un qualcosa di delizioso, lontano e forse ultraterreno.

Greg non aveva alcuna intenzione di soffermarsi, ma i piedi lo condussero nella sala e tra i letti, guardando a destra e a sinistra i visi tondi e gli occhi socchiusi rivolti all'insù dei detenuti. Notò poi che indossavano una fascia arancione riflettente al braccio, l'unica macchia di colore acceso e vitale in un mare di maniche grigie e altri elementi bianchi o verde pallido nella stanza.

Da qualche parte in fondo alla stanza, uno dei detenuti stava mormorando tra sé e sé, un ronzio solitario che risuonava nel silenzio assoluto. Proveniva dall'ultimo letto a destra, dove un detenuto (quasi rovinando la simmetria della stanza) giaceva disteso sotto la coperta, con la testa nascosta dietro le tende divisorie.

Quel debole mormorio gli ricordò Clark, e quasi si aspettava di vederlo mentre si avvicinava all'ultimo letto. Rimase sconcertato quando invece vi trovò Hitch, sdraiato e con gli occhi roteati all'indietro, che mostrava due curve bianche come sottili mezzelune sotto le palpebre semichiuse, e sotto di esse le labbra socchiuse in un sorriso identico a quello dei suoi compagni di stanza.

Ciò che vide assorbì completamente Greg finché non percepì la presenza di qualcuno nella stanza, chiara come una mano sulla spalla, e quando si voltò trovò un'infermiera tra le file di letti, che lo fissava con un'espressione leggermente sorpresa.

"Mi potrebbe aiutare, signorina?" si sentì dire prima che lei avesse il tempo di reagire. "Sto cercando il dottor Carver e pensavo che l'avrei trovato qui. Si aspetta che gli riferisca ciò che mi ha detto il detenuto della stanza 302."

Mentre le parlava, mantenne il contatto visivo per comunicarle la sua sincerità. Da dove avesse pescato questa informazione, non sapeva proprio dirlo; eppure parlava come se stesse seguendo un copione già recitato e riuscì persino a sorridere leggermente, come se fosse contento di vederla. Ma dentro di sé dovette trattenersi dal saltarle addosso e bloccarla: se avesse sospettato qualcosa, se si fosse girata e avesse corso ad avvisare qualcuno, lui avrebbe avuto pressoché nessuna possibilità di fermarla, visto che poteva al massimo zoppicare frettolosamente. Ma finché continuava a parlare, finché la teneva impegnata, poteva accorciare le distanze e averla sempre più a portata di mano...

"Mi è stato detto di raggiungerlo nel suo ufficio al piano di sotto, se non l'avessi trovato qui" continuò, sperando che la conoscenza dei dettagli dell'ufficio l'avesse fatto sembrare più affidabile. Sebbene non fosse in grigio come gli altri detenuti, aveva come la sensazione che essere vestito di nero non lo facesse sembrare meno pericoloso; cercando di sembrare innocuo, indicò il piede fasciato e con un sorriso autoironico aggiunse: "Se non la disturbo, mi ci potrebbe accompagnare? Vede, ho perso la stampella e accetterei volentieri un po' di aiuto."

A quel punto era abbastanza vicino da sentire il profumo delicato che indossava, e mentre lei gli osservava il piede, quasi le si scagliò contro, ma al momento cruciale esitò e così perse la sua occasione quando lei alzò gli occhi per guardarlo in faccia.

L'infermiera aveva uno sguardo stordito ma circospetto, come se tutto ciò che accadeva intorno a lei filtrasse attraverso un muro di apatia; in ogni caso, non sembrava né allarmata né sospettosa. Forse era stata informata della collaborazione con Carver, ma non sapeva ancora della sua recente defezione. E proprio nel momento in cui stava iniziando a sentirsi a disagio per quello scrutinio prolungato, lei gli strinse il braccio e gentilmente lo condusse fuori.

Mentre percorrevano il corridoio, Greg fissava in avanti senza vedere veramente, i sensi allertati e concentrati su ogni punto cieco, pronti a captare ogni suono o rumore proveniente da quel posto. I colpi dell'ascia erano sempre meno forti e questo lo rassicurò un po', ma cosa sarebbe successo se avessero incontrato qualcuno? Cos'avrebbe fatto?

Si ricordò che, se avesse avuto bisogno di usarlo, aveva il cacciavite a portata di mano, ma non era una vera e propria arma, a meno che non l'avesse puntato contro un ostaggio... Con questo pensiero in mente, lanciò un'occhiata al suo fianco all'infermiera, ma poi respinse l'idea con la speranza che non si sarebbe arrivati a tanto.

La mano dell'infermiera, quasi nascosta nell'incavo del suo gomito, si spostò sul bicipite in un modo che gli sembrò familiare. Fu un cambiamento leggero, ma lo colse comunque alla sprovvista. Improvvisamente fu consapevole della presenza della mano di lei e del calore vitale che diffondeva, e tutti i suoi sensi, finora utilizzati per captare l'ambiente circostante, erano ora concentrati su di essa.

Distratto da quel momento, non si accorse che si stavano avvicinando alla postazione delle infermiere fino a quando un'infermiera matronale, che sedeva dietro la scrivania, non si alzò quando le passarono accanto.

Greg catturò il suo sguardo per un breve momento prima di distogliere gli occhi dai suoi, come se evitare un contatto lo rendesse in qualche modo meno visibile. La giovane infermiera al suo fianco invece sorrise a quella più anziana e andò oltre, come se stesse accompagnando un paziente qualsiasi a fare una passeggiata riabilitativa.

Ci vollero solo pochi secondi per superarla, eppure Greg si sentiva che non sarebbe finita lì. E infatti, guardandosi velocemente alle spalle, vide l'infermiera più anziana uscire dalla stazione, intimandoli di fermarsi.

L'infermiera al suo fianco soffocò una risatina e sentì che stringeva il braccio intorno al suo iniziando a camminare più velocemente e trascinandolo con sé. Fece uno sforzo per tenere il passo, inciampando spesso, sorpreso dalla forza di quell'infermiera minuta che lo sorreggeva e gli impediva di cadere.

Svoltarono un angolo e si infilarono nella sala comune, attirando l'attenzione breve e languida di alcuni detenuti che stavano oziando lì, ciascuno al proprio posto preferito.

Greg, che stava ancora riprendendo fiato, si voltò verso l'infermiera e fu sul punto dire qualcosa quando lei gli mise le mani sulla bocca per zittirlo, sbirciò nel corridoio e soffocò un'altra risatina, come se i due si fossero appena scambiati delle battute sciocche.

Le tolse le mani. "Signorina, non ho tempo per..." iniziò a dire a voce bassa, ma si interruppe quando notò che il tesserino identificativo appuntato al cardigan mostrava la foto di un'altra infermiera. Prima che avesse il tempo di trarre conclusioni, furono raggiunti dalla voce ansiosa dell'infermiera più anziana che continuava a chiamarli dal corridoio. Pochi secondi dopo la vide ansimante sulla soglia della sala comune, scandagliando la stanza alla ricerca della coppia in fuga.

Greg la osservava di nascosto dietro a un grande divano, che accoglieva una fila di detenuti robusti. L'infermiera si voltò nella sua direzione e lui si ritirò per nascondersi; fu in quel momento che si rese conto che la giovane infermiera (o chiunque fosse) non era più vicino a lui.

L'infermiera più anziana, che sembrava averlo scorto, disse loro di uscire allo scoperto. Quando nessuno dei due rispose, si avvicinò al suo nascondiglio. Greg aspettò che fosse abbastanza vicina e si spostò sul lato opposto, sperando di riuscire a sgattaiolare via mentre lei controllava dietro il divano.

Ma mentre passava davanti ai detenuti seduti, uno di loro si chinò e le afferrò l'orlo della gonna lunga.

"Dimmi che sono un bell'uomo" la implorò, guardandola.

Gli schiaffeggiò la mano, ma lui non mollò la presa e insistette. Irritata, liberò la gonna dalla presa del detenuto e sobbalzò con un grido acuto quando l'infermiera più giovane le apparve improvvisamente alle spalle, sulle quali batté giocosamente le mani.

Dopo essersi ripresa dallo spavento, l'infermiera più anziana iniziò a rimproverare la sua sottoposta, che teneva gli occhi bassi con finto rimorso e la bocca piegata a reprimere un sorriso colpevole. Dovette poi rinunciare alla cuffietta e al cardigan da infermiera che aveva preso in prestito; come gli altri detenuti, anche lei indossava ora una tuta, anche di una tonalità più chiara.

Di nuovo, il detenuto seduto afferrò la gonna dell'infermiera più anziana, chiedendo la sua attenzione. E di nuovo lo respinse mentre accompagnava fuori la paziente. Questa la seguì, ma fece un passo indietro quando raggiunse la porta e, con un movimento morbido, si girò sui talloni per guardare nella direzione generale di Greg, agitando le dita per salutare.

Greg, che la osservava dal suo nascondiglio, ricambiò con un movimento incerto della mano; ma a quel punto si era voltata e se n'era andata. Aspettò un momento, e quando sembrava che nessuno lo stesse cercando, uscì con cautela dal nascondiglio e si diresse verso la porta.

Lo stesso detenuto, sporgendosi in avanti, gli prese la mano e lo implorò: "Dimmi che sono un bell'uomo."

Greg liberò la mano, ma si chinò per avere gli occhi allo stesso livello di quelli del detenuto e disse: "Sei l'uomo più bello che ci sia. E non credere a chi ti dice il contrario."

Detto questo, uscì zoppicando dalla sala comune e andò a cercare le scale.

Nader, con la mano sana e le caviglie legate a una sedia a rotelle, veniva riportato nella sua cella da una delle infermiere, quando con un cigolio soffocato, la sedia a rotelle si fermò all'improvviso.

Si voltò per guardarsi alle spalle e provò un misto di sollievo e panico quando trovò Clark in piedi dietro l'infermiera: le premeva un coltello alla gola e aveva il labbro superiore e la guancia destra imbrattati di sangue.

CAPITOLO 21

Dopo aver preso le scale e raggiunto il piano di sotto, Greg guardò la spirale angolare delle scale sottostanti, aggrappandosi alla ringhiera come per tenersi ancorato a quel posto e controllare l'impulso di continuare la sua discesa, trovare l'uscita più vicina e fuggire via. Niente gli garantiva che quelle scale lo avrebbero condotto all'entrata con le doppie porte, o a un'uscita sul retro; probabilmente quel posto non era più deserto come lo era prima. Tuttavia, cosa gli impediva di tentare la fortuna, a parte il compito datogli da Holden di recarsi nell'ufficio di Carver?

Se era la ricerca di prove, aveva già visto e vissuto abbastanza da sapere che c'era qualcosa che non andava in quel posto e, ironia della sorte, aveva più domande a riguardo che risposte. Ma poi c'era anche la questione delle capsule da trovare che, a detta di Holden, gli avrebbero fatto guadagnare tempo. Ma poi perché guadagnare tempo così, quando poteva scappare? Gli sembrava il modo più veloce, finché non ripensò al tempo che gli ci sarebbe voluto per scendere a piedi lungo il sentiero di montagna o addirittura raggiungere un ospedale prima che la narcolessia lo prendesse facendolo crollare in mezzo al nulla.

Ma d'altro canto, cosa avrebbe potuto fare se le capsule non fossero state efficaci come aveva detto Holden e quella deviazione si fosse rivelata una perdita di tempo?

L'indecisione si impadronì di lui, lasciandolo dondolante sul bordo delle scale. Toccò le tasche della tuta e iniziò a frugarci dentro, incerto su cosa stesse cercando finché, accigliato, non si rese conto che non aveva più il registratore portatile. Non che ci facesse affidamento per prendere una decisione, ma ragionare a voce alta lo avrebbe aiutato a schiarirsi le idee. In più, parlare in un dispositivo era una cosa molto più normale rispetto al parlare da solo, sebbene non ci fosse nessuno in giro a vederlo.

Alla fine emise un sospiro e si allontanò dalla ringhiera, decidendo che in fondo stabilizzare la sua condizione avrebbe dovuto essere la priorità; inoltre c'era sicuramente qualcosa di utile nell'ufficio di Carver, fossero contanti, un mazzo di chiavi o magari un paio di scarpe che avrebbe usato per attraversare il terreno coperto di vetri fuori dall'edificio senza ferirsi ulteriormente i piedi.

L'illuminazione in quel piano era meno forte e aggressiva per gli occhi, e le porte erano incassate nel muro, concedendogli abbastanza spazio per nascondersi ogni volta che un'infermiera o due passavano di lì. Fino a quel momento non incontrò nessuno se non le infermiere e, vista l'atmosfera confortevole data dalle luci soffuse e le pareti tappezzate, immaginò che gli alloggi del personale si trovassero in quella sezione, il che significava che l'ufficio di Carver doveva essere da un'altra parte. Doveva essere così: i pavimenti erano in moquette e non ricordava di aver sentito niente di simile sotto i piedi quando Carver l'aveva condotto nel suo ufficio.

Si affrettò a superare una porta aperta, intravedendo un'area relax illuminata dal sole, dove le infermiere erano sedute su divanetti o ai tavoli con un libro in mano, o con i gomiti appoggiati sul ripiano dell'angolo cottura, chiacchierando davanti a tazze fumanti di caffè o tè.

L'immagine fugace di quell'ambiente tranquillo, insieme al profumo del caffè, gli rimasero impressi anche quando passò a un'altra ala dell'edificio, scorse la porta dell'ufficio di Carver e aprì gli occhi, trovandosi improvvisamente un paio di infermiere che lo osservavano mentre rimaneva a terra con la testa appoggiata al muro e le gambe distese sulla moquette.

Un'infermiera dall'aria stanca con in mano una tazza di caffè lo osservò con fredda curiosità mentre le altre due, accovacciate di fianco a lui, lo spingevano gentilmente a terra quando cercava di alzarsi. Non riusciva a distinguere le loro parole, ma capì dal tono e dai gesti che gli stavano chiedendo di sdraiarsi. Confuso obbedì, non sapendo come fosse finito lì, pensando che doveva essere caduto e aver sbattuto la testa. Poi scorse una delle infermiere che lanciava occhiate ansiose verso un'estremità del corridoio, e si rese conto che qualcuno doveva aver chiamato i secondini affinché lo prendessero.

Cercarono di nuovo di tenerlo fermo, ma le spinse via proprio nel momento in cui l'infermiera dall'aria stanca abbassò la tazza con l'intenzione di versargli addosso il caffè caldo. Si spostò di lato, evitandone la maggior parte, che invece colpì una delle infermiere che si era abbassata per domarlo. Quando le altre due si girarono verso la collega dolorante, che si era allontanata nascondendo il viso ustionato, Greg si alzò barcollando e, per metà correndo e per metà zoppicando, percorse il corridoio asimmetrico.

Trovò rifugio nella piccola stanza che faceva da lavanderia, dietro la cui porta si nascose, ansimando silenziosamente e strizzando gli occhi attraverso la fessura della porta per scorgere eventuali inseguitori.

Quando fu sicuro che nessuno lo aveva seguito, guardò il piede ferito, che stava sanguinando attraverso le bende, sebbene non gli avesse fatto molto male mentre correva. Il dolore, che prima non gli permetteva affatto di appoggiare il piede, ora era poco più di una puntura di un ago quando esercitava pressione su di esso. Rimosse la benda macchiata e trasalì alla vista della ferita spalancata, ancora fresca e sanguinante. Il piede era caldo e pulsante e vi posò sopra le mani fredde per qualche secondo per scaldarle, prima di prendere un lenzuolo di cotone pulito da uno scaffale vicino, che strappò in strisce e usò come fasciatura.

Andandosene, gettò le bende usate in un corridoio intersecante per far perdere le proprie tracce e fingere che fosse andato in quella direzione.

Dopo un po' raggiunse un'area dove il pavimento non era più in moquette: l'inizio di una sezione diversa dell'edificio. Passò davanti a una porta finestra e sbirciò attraverso il vetro ruvido, che non gli permetteva di vedere chiaramente l'interno della stanza, sebbene riuscisse a intravedere il rosso delle pareti. La porta era chiusa a chiave, ma fortunatamente il vetro non era infrangibile e, dopo averlo rotto, Greg inserì il braccio nell'apertura e l'aprì.

Era proprio l'ufficio di Carver, ma era diverso rispetto alla volta precedente: senza il fuoco del caminetto che dava vita alle ombre, l'ufficio era immobile come una tomba, illuminato da una griglia di plafoniere quadrate che emanavano una luce bianca soffusa, che in un primo momento Greg scambiò per lucernari, rimanendo sotto di loro guardando all'insù, sperando di intravedere il cielo.

Iniziò la sua ricerca dalla scrivania, grande e robusta, ma scoprì presto che i cassetti poco profondi contenevano poco più che cancelleria. Successivamente controllò la libreria alla ricerca di nascondigli segreti, prima tirando indietro un volume rilegato in pelle alla volta, poi ribaltando tutta la fila di libri contemporaneamente; considerato che aveva rotto il vetro della porta, toccare i libri con delicatezza gli sembrava senza senso.

Dopo un po' si fermò davanti alla libreria denudata, che non gli aveva rivelato nulla per il suo sforzo, e voltandosi per scavalcare libri disseminati a terra, colse un movimento con la coda dell'occhio e si bloccò. Ma non era altro che la sua immagine riflessa in uno specchio a figura intera, appeso in un angolo della stanza, quasi nascosto. Si avvicinò e fece scivolare la mano tra il muro e la cornice nera dello specchio. Trovò un interruttore a pressione, lo premette e sentì qualcosa che si muoveva con un clic, prima che lo specchio si spostasse verso l'esterno come una porta.

Entrò in una stanza sovraffollata di scatole e mobili. La scarsa luce del sole, che filtrava attraverso le sottili finestre, rendeva in qualche modo la stanza più buia. A prima vista sembrava un ripostiglio, ma più in là trovò uno scrittoio a serrandina, una sedia, un divano con lo schienale basso e un piccolo tavolino. Si chinò per passare sotto una trave di legno, inoltrandosi verso il retro, dove trovò una stanzetta adiacente con una brandina e un bagno.

Greg si guardò alle spalle per assicurarsi che la porta a specchio fosse ancora aperta prima di entrare nella stanza adiacente. Negli angoli vide pile di lattine e bottiglie vuote. In un punto, formiche avevano ricoperto un pasticcino mangiato per metà e lo stavano rompendo in pezzetti, ignorando la frutta marcia che era rotolata via dalla base e sulla quale erano cresciuti ciuffetti di muffa bianca e verde. Nonostante ciò, sulla brandina c'era una coperta ben ripiegata, come se il proprietario si fosse premurato di rifare il letto, prima di andarsene.

Il letto è suo, dedusse Greg, vedendo due completi eleganti, che pendevano dagli attaccapanni sul muro dietro di lui.

Andò a controllare che la porta a specchio fosse ancora aperta, poi tornò nella stanzetta.

"Le capsule" mormorò, ricordandosi del motivo della sua visita. Sotto l'unica lampadina del bagno, frugò nell'armadietto dei medicinali e trovò un semplice flaconcino marrone che spiccava tra i contenitori di marca e le bottigliette etichettate. Mentre apriva il flaconcino marrone per controllarne il contenuto, la lampadina si spense per poi riaccendersi debolmente. Dovette uscire e cercare la scarsa luce del sole per vedere cosa conteneva il flaconcino.

Controllò che la porta a specchio fosse ancora aperta, poi sollevò il flaconcino marrone posizionandolo sotto un sottile raggio di luce e lo scosse per far muovere le capsule rosse, che si erano attaccate al fondo del vetro.

Ne erano rimaste solo una mezza dozzina circa.

Ne fece uscire una e la ingoiò a secco, mettendo il flaconcino in tasca con notevole sollievo.

Uscendo dalla stanzetta con il letto, Greg si fermò davanti allo scrittoio a serrandina, nascosta tra pile di scatole in quel posto simile a una soffitta. La porta a specchio era ancora socchiusa, e poiché non sentiva alcun suono provenire da fuori, si sentì rassicurato e pensò che avrebbe potuto controllare anche questa scrivania visto che era nascosta e, a differenza di quella nell'ufficio, avrebbe potuto contenere potenzialmente più che fogli e penne.

E infatti, una volta rimossa la serrandina, trovò un computer portatile con lo schermo abbassato, ma non completamente, con il sistema operativo ancora attivo.

"Finalmente, un'ancora di salvezza." Greg sorrise tra sé e sé, spingendo indietro lo schermo mentre si sedeva. Ancorarsi a che cosa esattamente non lo sapeva, ma era comunque un collegamento con il mondo esterno. Ma il sorriso gli svanì dal viso non appena vide che il computer non era connesso a Internet e si ricordò che non c'erano ricezione o telefoni funzionanti in quella zona.

"Merda!" sibilò allo scrittoio con un gesto rabbioso. Lo sguardo cupo si posò distrattamente su una finestra del browser aperta, finché non si rese conto che aveva di fronte a sé la bozza di un'email.

«Quanto ai soggetti» diceva, «lasciamo gli uomini liberi di fare ciò che vogliono e cosa succede? In quanto animali sociali, tendono a formare un branco e sentono il bisogno di far parte di qualcosa di più grande. Ecco perché iniziano a unirsi a bande o gruppi. E cosa unisce questi emarginati sociali, questi disagiati? Cosa li spinge a stare insieme? Accettazione. Vogliono ricevere l'approvazione, e sentire le proprie opinioni validate. Se qualcuno li guarda come se avessero del potenziale, conquista il loro cuore... o li tiene per le parti basse, se preferisci. Tornano a essere figli e fratelli dei loro mentori. Il loro leader, quello con un piano e una voce forte, predica la loro rabbia e il malcontento come se fossero la parola di Dio. All'improvviso, si sentono come se appartenessero a qualcosa di più grande. Se hai abbastanza persone che credono alla stessa cosa illusoria, cosa succede? Nascono gli estremisti. Esplode la violenza. E questo perché hanno trovato qualcuno che ha convalidato, se non addirittura aizzato, le loro idee distorte.»

«Sono qui per offrire loro la possibilità di far parte di qualcosa di più grande. Qui possono vivere l'unità oceanica di tutto, l'interconnessione di tutte le cose, l'abbattimento dei confini tra persona e tutto il resto, senza ricorrere alla violenza. Sono qui per offrire loro la pace, un'occasione per riflettere da soli, e se la loro vita dovesse finire qui, almeno l'avranno vissuta in una stasi felice senza infliggere danni agli altri. Sono qui per offrire loro un programma che ispiri profonda riverenza, sacralità, unita a un senso di stupore, di apertura del cuore: amore o pace infiniti, trascendenza del tempo. Il loro passato travagliato svanisce, non li perseguita più, ora sono nella pace del presente.»

L'email finiva lì. L'indirizzo del destinatario e il soggetto erano entrambi mancanti.

C'era un'altra finestra aperta con un'altra bozza: questa era indirizzata al dipartimento di ricerca e sviluppo di una società privata. Conteneva una singola frase, che diceva: «Saranno pronti per il nostro prossimo incontro. Vi assicuro, sono soldi ben spesi.»

Sul desktop c'erano file e cartelle, la maggior parte dei quali erano documenti e rapporti di laboratorio che sfogliò velocemente, leggendo qualche riga comprensibile qua e là, il resto poteva anche essere stato in codice. Tra le cartelle, ce n'era una rinominata «Progetto Lesath», contenente immagini e un video.

Le immagini ammontavano a circa un centinaio di foto, che mostravano pazienti sdraiati a letto privi di sensi. Le foto erano state scattate in sequenza per mostrare l'andamento della loro condizione, e scorrendole velocemente, si poteva vedere un movimento irregolare: i pazienti sembravano contrarsi a ogni minimo spostamento dalla loro posizione. Cominciarono a ingrassare e gonfiarsi. Improvvisamente due si alzarono a sedere, e poi un terzo li seguì, tutti e tre mostravano una significativa perdita di peli sul corpo, comprese le sopracciglia. Il cambiamento fisico era piuttosto sorprendente, ma ancora più inquietante era quell'identico e assente sorriso, che tutti avevano sul volto mentre fissavano la telecamera. E sebbene avesse visto già visto quell'espressione di persona, il fatto che fosse una conseguenza di un cambiamento fisico graduale e che fosse constante rendeva quel sorriso ancora più inquietante.

Il video era il filmato di un paziente, forse uno dei tre delle foto precedenti: la telecamera era posizionata vicino alla sua testa e un timer scorreva in un angolo dello schermo. Il filmato era stato accelerato e vide la testa che cominciava a contorcersi e a tremare da una parte all'altra. Poi, proprio mentre una guancia sembrava gonfiarsi come se ci fosse qualcosa a riempire la bocca del paziente, Greg guardò la porta a specchio e vide che era scomparsa, rimpiazzata da un muro bianco.

Qualcuno gli mise una mano sulla spalla e disse: "Farai meglio a svegliarti, prima che ti dimentichi come si fa."

Greg si guardò intorno prima di balzare fuori dalla brandina, coperto di gelido sudore. Il flaconcino delle capsule gli cadde di mano e rotolò sul pavimento di legno. Con gli occhi spalancati guardò in ogni direzione, cercando freneticamente qualcosa che gli potesse dire quanto tempo era passato. La luce del sole filtrava ancora obliqua attraverso la finestrella quadrata, immutata in intensità e colore.

Guardò il flaconcino e venne colpito da un'altra domanda: aveva preso una dose prima di svenire?

Febbrilmente afferrò il recipiente e lo sollevò controluce finché il vetro marrone opaco non divenne velato. Contò sei capsule. Ma prima c'erano sei o sette capsule? Si sfregò la lingua contro i denti, cercandone il sapore ma non riuscendosi. Anche lo specchio del bagno non mostrava tracce di rosso sulla sua lingua. Però potrebbe essere che la capsula non si fosse rotta mentre la mandava giù, a meno che non fosse parte di un sogno...

Seduto sul bordo della brandina, si acciglò concentrato mentre si picchiettava il flaconcino sul mento ispido. Nessuna macchia, nessun retrogusto e, ricordandosi di quell'ondata di energia che sentì dopo l'ultima dose di Nader, nessuna euforia. Sembrava avere prove a sufficienza. E se invece si fosse sbagliato? E se ne prendesse una adesso e andasse in overdose?

Svitò il tappo del flaconcino, tirò fuori una capsula e la ingoiò. Le prove non lo convinsero, ma tra il rischio di un'overdose e il peggioramento della sua condizione, avrebbe preferito la prima.

CAPITOLO 22

Holden si trovava in piedi dietro il muro divisorio, tenendo in mano un lenzuolo e ascoltando la porta che veniva sfasciata dall'assalto continuo dell'ascia. Il suo piano disperato era di nascondersi con il favore del buio, anticipando il momento in cui i secondini sarebbero riusciti a entrare e tendendo loro un'imboscata, gettando loro addosso il lenzuolo e scappando via nella confusione.

Erano riusciti ad abbattere uno dei pannelli della porta, attraverso il cui foro uno dei secondini allungò una mano e aprì la porta, ma venne bloccata dal letto che le era stato spinto contro. E così, brontolando, il secondino raccolse nuovamente l'ascia per riprendere il suo lavoro, con l'obiettivo di sfondare del tutto la porta.

I colpi dell'ascia cessarono all'improvviso e, tendendo l'orecchio, Holden riuscì quasi a distinguere il tono furibondo di Carver mentre si rivolgeva ai secondini.

La quiete che ne seguì durò abbastanza a lungo da permettere a Holden di avventurarsi nella stanza, allontanandosi dal muro per sbirciare attraverso il buco creato dai secondini. Offriva una visuale piuttosto limitata del corridoio esterno, ma sufficiente a confermargli che i secondini se n'erano effettivamente andati e la strada era libera, per il momento.

Tornò subito nella sua vecchia stanza tra gli alloggi del personale e, fino a quel momento, Holden aveva immaginato di essere rimasto un giorno o massimo due in coma, indotto da Carver. Ma quando aprì la porta della stanza e vide una macchia di muffa nera colonizzare il muro, si chiese sbalordito quanto tempo fosse rimasto incosciente. Quando lavorava per Carver, teneva la sua stanzetta pulita e ordinata, lasciando la porta del bagno aperta per far entrare un po' di luce, vista l'assenza di finestre. Una volta diventato detenuto nessuno vi si era trasferito o se n'era impossessato, ma la stanza gli era sembrata asciutta e relativamente pulita l'ultima volta che era entrato per nascondere Grim, o il suo sosia misterioso.

Ora c'era qualcosa di umido e ripugnante che aleggiava attraverso la porta del bagno, che in quel momento era socchiusa e lasciava intravedere il suo interno e quella sostanza nera opaca spalmata sulle pareti chiare in grandi macchie irregolari.

Il primo istinto di Holden fu di uscire e chiudersi la porta alle spalle. Non si mosse, tuttavia, ricordando a se stesso che era andato lì alla ricerca della pistola e che quella muffa nera, per quanto orribilmente metastatizzata, non avrebbe dovuto distoglierlo dalla sua missione.

Ma mentre si guardava intorno, si trovò in difficoltà a ricordare dove aveva nascosto la pistola nella stanza. La testa non era ancora tornata lucida e non riusciva a richiamare i dettagli della sua ultima visita e, per aiutare la sua memoria rallentata, si sedette al tavolo e cercò di tornare sui suoi passi rivivendo le azioni passate.

Allora, il sosia di Grim giaceva sul materasso sottile senza lenzuola in uno stato catatonico, mentre lui, Holden, stava al tavolo, la testa appoggiata pesantemente sulle mani cercando di ragionare sul da farsi, visto il pasticcio che aveva combinato il giorno prima. L'unico lato positivo di quel disastro era che per il momento gli alloggi del personale erano completamente vuoti, poiché lo staff era stato fatto evacuare insieme ai detenuti nella relativa sicurezza e protezione del reparto di convalescenza. Ma questo significava anche che il suo obiettivo era fuori dalla sua portata. Peggio ancora, il suo unico alleato stava soffrendo per la stessa condizione degli altri detenuti e non aveva la minima idea di come poterlo aiutare. Ebbe un vuoto, poi ricordò i gemiti di dolore e lo stridore dei denti del sosia di Grim, che giaceva raggomitolato sul materasso, tremando violentemente. Holden dovette andare in una stanza vicina a prendere una coperta per riscaldarlo, ma il malato la rifiutò e, irritato, continuava a togliersela di dosso. Alla fine Holden fu così frustrato dall'atteggiamento dell'altro da portarlo in bagno e depositarlo nella vasca, sperando che l'acqua gli regolasse la temperatura corporea e lo svegliasse.

I ricordi di Holden lo portarono in bagno, ma si fermò sulla soglia prima di aprire la porta perché aveva sentito il suono di uno spruzzo d'acqua provenire dall'interno.

C'era qualcuno lì dentro.

Focalizzato nel presente, Holden era quasi certo che il sosia di Grim avrebbe potuto essere ovunque, tranne in quel bagno. Eppure qualcuno stava chiaramente sguazzando nella vasca piena, rovesciando onde di acqua nera lungo i lati e sul pavimento piastrellato. Il fetore peggiorò, impregnando l'aria di umidità e di un odore pungente.

L'istinto di Holden gli implorava di scappare da lì, ma non poteva andarsene senza almeno controllare i cassetti del comò, in caso avesse lasciato la pistola al loro interno.

Lanciò occhiate nervose alle spalle mentre apriva un cassetto alla volta, fermandosi per vedere se i rumori avessero attirato l'attenzione di qualcuno. Dalla porta buia non apparve nulla, qualsiasi rumore prodotto dall'apertura e chiusura dei cassetti veniva coperto dall'acqua che scrosciava dalla vasca e schiaffeggiava il pavimento, insieme ai gemiti metallici del rubinetto e i singhiozzi acuti dell'acciaio che sfregava contro il l'acciaio, o perlomeno quelli erano i rumori che Holden pensava di sentire: ebbe la sensazione che le tubature e gli infissi del bagno non fossero la fonte di quei suoni sinistri, ma non avrebbe saputo dire cosa li potesse aver prodotti.

Smise di frugare all'improvviso, pensando di aver sentito una voce che gridava dal bagno, ma prontamente la ignorò e continuò a cercare. Alla fine, si ricordò del doppio fondo di uno dei cassetti e, rimuovendolo, fu sollevato nello scoprire che la pistola era ancora lì.

Il caricatore era vuoto; anzi no, era rimasto un colpo nella camera, rendendo l'arma quasi inutile. O meglio, aveva già adempiuto al suo scopo: ora poteva essere ancora utilizzata senza sprecare quell'ultima possibilità.

"Chi sei?" disse una voce dal bagno, spezzando il silenzio che era totale, ora che tutti i rumori erano cessati.

Holden si bloccò, poi girò lentamente la testa verso la porta del bagno.

Non vedeva nulla oltre la porta. Eppure non aveva dubbi su ciò che aveva sentito, e si concentrò a studiare con gli occhi lo spazio ristretto tra la porta e lo stipite, cercando di distinguere qualsiasi movimento.

"Chi sei?" chiese la voce, con lo stesso tono e la stessa inflessione di prima, sorprendendo Holden per la sua familiarità sebbene gli sembrasse una voce artificiale, uno stridore che sembrava quasi registrato. Ogni volta che parlava, sentiva un'ondata di fetore disgustoso.

Holden si rivolse verso la porta del bagno, fissandola mentre faceva un passo indietro.

La voce tossì leggermente, e i colpi di tosse si trasformarono in rantoli bagnati che precedettero forti conati di vomito.

"Chi sei?" chiese di nuovo tra i colpi di tosse, mantenendo la stessa inflessione e lucidità, indifferente alla tosse abrasiva. Poi smise, e tornò un silenzio di tomba.

Holden impugnava la maniglia della porta, ma il silenzio lo immobilizzò, paralizzato e confuso. E forse era proprio quella l'intenzione: tenerlo lì, disorientato abbastanza da fargli abbassare la guardia.

Senza pensare, aprì la porta con uno strattone e corse fuori, i piedi martellanti a coprire qualsiasi rumore dietro di lui.

Alle sue spalle, la porta emise uno scricchiolio inquietante e si chiuse.

Nel corridoio luminoso del reparto di convalescenza, Carver stava parlando dei detenuti scomparsi con l'infermiera.

"Dov'è stato visto l'ultima volta? E che mi dice dell'altro? Non si preoccupi, ho già chiesto loro di sorvegliare l'ingresso principale in caso si palesassero..."

La frase fu interrotta quando Carver rilevò un movimento con la coda dell'occhio e, girandosi, trovò un detenuto biondo che teneva un'infermiera di fronte a lui, minacciandola con un coltello. Il detenuto aveva il viso sporco di sangue e immobilizzò l'ostaggio piegandole un braccio dietro la schiena e stringendole il collo, premendo la lama del coltello sulla gola. L'infermiera non sembrava essere ferita, e sebbene cercasse di rimanere calma, il luccichio negli occhi tradiva il suo stato di terrore.

Carver rimase sconvolto nel vederli, al punto tale che notò a malapena un secondo detenuto che camminava a fatica dietro di loro, pallido quasi quanto la prigioniera.

Il detenuto biondo tenne gli occhi puntati su Carver.

"Dobbiamo parlare" disse con voce gutturale.

"Ma certo, figliolo" disse Carver gentilmente, alzando le mani in modo conciliante. "Non c'è bisogno di coinvolgere nessun altro."

Il detenuto fece una risatina. "Tu non comandi più qui. Che ti piaccia o meno, adesso sei tu che devi fare quello che dico io."

"Come vuoi, sono qui per aiutarti." Carver fece un passo in avanti guardando il coltello, che aveva uno strano manico storto. Si rese poi conto che ci trattava di una metà di un paio di forbici.

"Fermo dove sei!" urlò il detenuto, puntandogli il coltello contro. "So cosa vuoi fare, e tu..." la punta della lama si spostò nella direzione dell'infermiera dietro Carver, "tu rimani lì dove posso vederti. Un passo falso e puoi dire addio alla tua collega, e poi sarà il tuo turno! Girati, faccia al muro! Mani sulla testa! Anzi, meglio ancora, mettiti in ginocchio... e tieni le mani alzate. Ora sdraiati a faccia in giù sul pavimento. Nader!"

Il secondo sobbalzò quando sentì il proprio nome, e in quel momento Carver riconobbe il giovane dai capelli scuri e il braccio ferito.

"Sì?" Nader rispose a disagio.

"Guardami le spalle. E ricordati, devi essere miei occhi quando non posso girarmi."

"Ci sono solo infermiere e pazienti qui, figliolo" disse Carver. "Nessuno vuole..."

"Non sono il tuo cazzo di figlio!" lo interruppe con veemenza il detenuto, stringendo la presa sull'infermiera con rabbia, facendola alzare in punta di piedi. Emise un suono sommesso mentre le si fermava il respiro. Nader, dando le spalle al suo compagno, voltò la testa e gli mormorò qualcosa:

Carver non colse il messaggio, ma fu sollevato nel vedere il detenuto biondo rilassare un po' la presa sull'infermiera.

"Hai detto che mi vuoi parlare" disse Carver, rivolgendosi al detenuto il cui nome ancora non riusciva a ricordare. "Di cosa vuoi parlare?"

"Non voglio parlare. Voglio andarmene. Voglio andarmene da questo manicomio abbandonato. Voglio andarmene e tu ci accompagnerai alla porta principale immediatamente."

"Stai sanguinando, caro mio. Non preferiresti che prima ti visitassi?"

"Stammi alla larga! Tu e il tuo maledetto staff." Il respiro del detenuto si fece rapido e irregolare, culminando in una risata ansimante.

"Lo sai cosa sta facendo il tuo personale?" chiese con un orribile sorriso sulle labbra, e il tono della domanda distrasse Nader dal suo ruolo di guardia e si voltò verso l'amico, che proseguì: "Lo sai, vero? Quello che stanno facendo?"

La voce gli si abbassò, rotta e secca, e fece una pausa per riprenderne il controllo prima di parlare di nuovo con voce più roca. "Non mi interessa se ho un occhio che mi penzola dal cranio. Tu ci accompagnerai al piano di sotto, o di sopra, o da un'altra parte... ci porterai verso la prima porta che da sull'esterno. Se vedo una mossa sbagliata o qualcuno che ci anticipa, te lo assicuro... avrai il suo sangue sulla coscienza, e poi toccherà a te."

CAPITOLO 23

Holden iniziò dalla stanzetta appena fuori dalla sala da pranzo. Sapeva che i secondini di solito rimanevano lì per una partita a carte, dopo che i detenuti avevano fatto colazione e venivano riportati nelle loro celle. E infatti trovò Toby, Roman e George, ma non Samson. Sebbene fosse quasi sempre inseparabile da Toby e Roman, a Samson non interessava giocare a carte ed era risaputo che, mentre gli altri facevano la loro abituale partita, lui cercasse un altro tipo di intrattenimento. Sebbene la sua assenza fosse in qualche modo un sollievo per Holden, non sapere dove fosse il secondino più grande e grosso del gruppo non lo faceva star tranquillo.

I giocatori non lo notarono immediatamente, presi a mescolare le carte e a commentare le mani che erano state distribuite. Poi Toby lanciò un'occhiata alla porta, trovò Holden che puntava la pistola contro di loro e si mosse lentamente con le braccia in alto. Gli altri due alzarono lo sguardo e subito seguirono il suo esempio. George, che si stava dondolando sulle gambe posteriori della sedia appoggiato allo schienale, quasi cadde all'indietro; Roman, con gli occhi sporgenti che quasi gli fuoriuscirono dalle orbite, continuava a toccare il bordo del tavolo nervosamente, forse valutando se fosse il caso di girarlo su un lato e usarlo come scudo.

"A terra!" ringhiò Holden. "Subito! Tutti voi, sdraiatevi con la faccia a terra. Mani sopra la testa, subito!"

Obbedirono agli ordini e Holden, rendendosi conto che non avrebbe potuto tenerli in quella posizione a lungo senza essere attaccato, ordinò a Toby di alzarsi, togliersi la cintura, svuotare le tasche e appoggiare tutto sul tavolo, e poi tornare a sdraiarsi a faccia in giù. Ordinò poi a Roman di fare lo stesso, ma gli disse anche di legare le mani di Toby con alcune fascette e le gambe con la cintura di pelle. Una volta fatto questo, Roman fu costretto a sdraiarsi a terra di nuovo mentre Holden controllava che fascette e cintura fossero ben stretti intorno agli arti di Toby. Soddisfatto di quanto ottenuto, ripeté il procedimento ordinando a George di svuotarsi le tasche e poi fare a Roman quello che era stato fatto a Toby; poi si occupò personalmente di legare George.

Dagli oggetti che i secondini avevano messo sui tavoli, tra i quali c'erano alcune carte da gioco, Holden prese un mazzo di chiavi, alcune fascette per cavi e una pistola stordente, che i secondini avevano precedentemente usato su di lui. Sapeva che le divise del personale erano fatte di un tessuto resistente, nel caso in cui uno dei detenuti fosse riuscito a impossessarsi di una pistola stordente e avesse cercato di usarla su di loro. Questo voleva anche dire che sapeva dove avrebbe dovuto colpire.

Mentre indietreggiava, gli venne in mente che avrebbe potuto portare i secondini in una delle celle e rinchiuderli lì, piuttosto che lasciarli legati nella sala comune, dove qualcuno li avrebbe sicuramente trovati e liberati. Ma ormai l'impulso aveva avuto la meglio e trascinarli uno alla volta sarebbe stata una perdita di tempo. Avrebbe dovuto solo rilasciare gli altri detenuti più in fretta.

Poco dopo aprì la fila di porte delle celle e velocemente ordinò agli occupanti di seguirlo. Con un certo stupore notò che una cella era già aperta, e ne capì presto il motivo. Al suo interno si trovava Samson con le spalle alla porta, torreggiando su un detenuto che si era rannicchiato in un angolo con le braccia alzate a proteggere la faccia contusa e insanguinata.

Scene simili si verificavano spesso quando Carver era altrove o impegnato a fare le visite nel reparto di convalescenza. Ne era a conoscenza, ma a parte qualche tirata d'orecchie, non si era impegnato particolarmente a sradicare il problema. E perché avrebbe dovuto? Samson si era sempre dimostrato troppo leale e importante per essere licenziato. Inoltre cercare di sistemare la situazione sarebbe stato inutile, visto che tutto quello che i detenuti avevano passato — dentro o fuori la struttura — sarebbe stato dimenticato non appena si fossero svegliati nel reparto di convalescenza.

Senza esitazione, Holden colpì la nuca di Samson con la pistola stordente e lo mise in ginocchio. Tenne il gigante in quella posizione con il muso della pistola a filo contro la sua testa rasata. Il detenuto tremante rimase rannicchiato, troppo sconvolto per capire le parole di Holden che cercava di convincerlo a scappare via. Holden dovette chiamare uno dei detenuti liberati per farsi aiutare: due di loro accorsero nella cella e aiutarono l'uomo terrorizzato ad alzarsi in piedi.

Uscendo, il detenuto ferito si fermò ad osservare Samson; alla vista di quel gigante, ora in ginocchio e sottomesso, qualcosa si svegliò in lui e con un urlo disperato iniziò a picchiarlo. Forse i pugni martellanti erano troppo deboli per avere un qualsiasi effetto, o forse Samson aveva convenuto che non era saggio reagire con una pistola puntata alla testa; ad ogni modo il secondino rimase indifferente e i due detenuti dovettero trascinare via il compagno, che cercava ancora di allungare le gambe nella speranza di dare un ultimo calcio a Samson.

Holden ordinò a Samson di sdraiarsi a faccia in giù, e poi perplesso cercò di capire come poterlo legare: aveva solo alcune fascette per cavi, ma erano ridicolmente inefficaci su di Samson.

Ma all'improvviso un trambusto proveniente da fuori attirò la sua attenzione. Tenendo la pistola puntata contro Samson, Holden indietreggiò fino al corridoio e vide i detenuti brulicare intorno a Toby, Roman e George, che in qualche modo erano riusciti a liberarsi ma non abbastanza veloci da avere il controllo della situazione: i detenuti erano almeno il doppio e, sebbene non fossero forti quanto i secondini, compensavano la differenza con rabbia e rancore. Era difficile capire cosa veniva fatto a chi, ma uno dei secondini era chiaramente piegato in due con la mano su un orecchio, con il sangue che gocciolava lungo l'uniforme bianca. Un altro era raggomitolato sul pavimento, cercava di proteggersi la testa e parare i colpi più forti; un terzo sembrava aver avuto la meglio su un detenuto, ma fu presto attaccato dagli altri, che gli saltarono addosso.

La scena catturò l'attenzione di Holden per alcuni istanti prima che si girasse con la pistola alzata, appena in tempo per fermare Samson. In piedi, riempiva la porta della cella e aveva ridotto la distanza da Holden, sul volto un sogghigno euforico come se stesse pregustando il momento in cui l'avrebbe acciuffato, come se stessero giocando a *Un, due, tre, stella!*: quel sogghigno gelò il sangue di Holden.

"Indietro... un passo indietro!" Holden abbaiò con la ferocia di una creatura messa alle strette. Samson fece un passo indietro, continuando a sorridere mostrando i denti squadrati. Anche dopo averlo chiuso nella cella a doppia mandata, Holden non riuscì a scrollarsi di dosso la strana sensazione che ciò non fosse abbastanza a trattenerlo.

Rivolse le preoccupazioni verso la folla inferocita e dovette intervenire fisicamente per gestire la situazione, tirando indietro un detenuto e spingendo da parte un altro, il tutto mentre gridava: "Basta! Non vi ho liberato per uccidere il personale!" E vedendo che lo stavano ascoltando, proseguì: "Risparmiate le energie. Li tratterrò io. Adesso andate tutti in quel corridoio e cercate la tromba delle scale. Vi porterà in atrio. E se la porta principale dovesse essere chiusa a chiave..." estrasse una chiave dal mazzo e la lanciò al detenuto che sembrava il più lucido del gruppo.

Questo la afferrò al volo, poi tutti guardarono di nuovo Holden, in attesa che desse loro altri ordini, ma lui si limitò a guardare le loro facce incerte e a gridare: "Forza, andatevene!"

§

Appena usciti dall'ascensore, Clark chiese a tutti di fermarsi.

Carver e Nader si voltarono per guardarlo, il primo calmo, il secondo incerto.

"Nader" disse Clark, stringendo la presa sull'infermiera. "Vai avanti e vedi se c'è qualcuno nell'atrio." E rivolgendo uno sguardo tagliente a Carver, aggiunse: "Va con lui e assicurati che torni indietro. Non serve che ripeta cosa succederà se le cose dovessero andare diversamente."

I due si diressero verso l'atrio e, quando tornarono, Nader riferì che c'erano due secondini a sorvegliare l'ingresso.

"Sbarazzati di loro" disse Clark a Carver.

Sebbene Carver avesse sperato che i secondini appostati vicino all'ingresso avessero mostrato un po' di astuzia rimanendo nascosti, realizzò che in fin dei conti non importava: anche se quei due fossero riusciti a fuggire dall'edificio, non sarebbero stati in grado di andare molto distante visto che il terreno fuori era disseminato di vetri; avrebbero avuto un vantaggio, niente di più, ma a piedi scalzi si sarebbero presto feriti, fermati e arresi, implorando di essere riportati dentro. L'idea stuzzicava la sete di vendetta di Carver: desiderava ardentemente che quei due soffrissero per quello che stavano facendo a quella povera infermiera. Gli venne in mente in quel momento che avrebbero potuto decidere di portarla con sé.

"Li congederò dopo che l'avrai lasciata andare" disse Carver.

"Non sei nella condizione di negoziare, vecchio bacucco."

Carver inclinò la testa all'indietro con aria di sfida. "Puoi minacciare di farle del male, ma non lo farai... non finché sarà il tuo vantaggio. Quindi io dico... invece di arrivare a una situazione di stallo, facciamo un *do ut des*, in altre parole uno scambio. La rivoglio indietro, viva, al sicuro e illesa, e per lei sono disposto a offrirti la tua libertà."

L'infermiera, come ravvivata dalla promessa del suo rilascio, alzò lo sguardo implorante verso Carver, mentre Clark continuava a fissarli incredulo. La situazione era la stessa di pochi secondi prima, eppure con poche parole efficaci e imprevedibili, Carver sembrava aver preso il coltello dalla parte del manico.

"I secondini non sono così distanti, sai" proseguì Carver per rafforzare l'illusione di avere il controllo della situazione. "Potrei chiamarli e semplicemente dire loro di prenderti, il che ti metterebbe in una brutta situazione. Potresti farle del male nel mentre, ma ti arresterebbero, e per te sarebbe la fine. Ma preferirei che non si arrivasse a tanto. Quindi, ti sto dando una possibilità: lasciala andare e mi sbarazzerò dei secondini."

Clark mostrò i denti leggermente storti in un sogghigno. "Ti piacerebbe, vero? Potresti chiamarli non appena l'avrò lasciata andare. Sai cosa ti dico? Lo farò solo quando sarò fuori, e ben distante dall'edificio."

"E pensi che io te lo permetterò?"

"Puoi venire con noi, se proprio vuoi tenerla d'occhio."

Carver rise dell'audacia di quel suggerimento. "Così che tu possa condurci in un posto isolato e farci fuori entrambi?"

"Non farmi venire delle idee, vecchiaccio."

"Adesso basta, tutti e due!" intervenne Nader. Nessuno dei due lo guardò, ma proseguì comunque, rivolgendosi prima a Carver: "E se ti sbarazzassi dei secondini e poi ci accompagnassi all'ingresso? Tu e Clark potreste aspettarmi mentre controllo che i secondini se ne siano andati per davvero."

Quindi, abbassando la voce, spiegò a Clark: "Possiamo ottenere un buon vantaggio finché nessuno è nelle vicinanze. Più rimaniamo qui a discutere, peggio sarà per noi."

Con sua sorpresa, nessuno dei due trovò nulla da ridire nel suo suggerimento, e così entrambi acconsentirono.

Mentre Carver si dirigeva a congedare i secondini, pensò di ordinare loro di nascondersi da qualche parte, ma all'ultimo momento decise di non farlo. I vetri rotti e le trappole sarebbero stati sufficienti a impedire a quei due di andare lontano.

Non molto tempo dopo gli altri detenuti raggiunsero l'ingresso, dove Clark continuava a minacciare l'infermiera mentre Carver apriva le porte di vetro. Le spalancò e, nelle loro tute sottili, due detenuti si irrigidirono contro lo schiaffo dell'aria gelida. Fuori una nebbia fitta inghiottiva gli alberi lontani, e i detenuti si rallegrarono di quel metodo di occultamento naturale in cui potevano dileguarsi.

Carver guardò nervosamente la nebbia ma non disse nulla, aspettava vicino alle porte aperte con Clark mentre Nader controllava l'atrio e le stanze vicine per assicurarsi che i secondini se ne fossero davvero andati. Una brezza gelida gli agitava il lungo camice bianco. Se lo tolse, voleva essere pronto ad appoggiarlo sulle spalle dell'infermiera non appena liberata, e cercò di rassicurarla con uno sguardo.

Clark sbuffò impaziente. "È in ritardo. Perché è in ritardo?"

Carver, troppo assorto nei suoi pensieri per ascoltare il commento, non disse nulla. Il suo silenzio turbava Clark, vi leggeva qualche intento insidioso, come se stesse trattenendo il respiro e aspettando che una trappola si attivasse su una preda inconsapevole.

Dalla sua posizione, Clark guardò nel corridoio collegato all'atrio e, in lontananza, riuscì a distinguere due figure in bianco. Gli occhi azzurri gli brillarono, la realizzazione venne seguita da rabbia; e con una forza improvvisa che fece gridare l'infermiera, la trascinò con sé attraverso la porta mentre usciva dall'edificio.

Carver fece un passo per fermarli, ma si bloccò quando Clark premette la punta affilata sulla gola dell'infermiera.

"Ci hai incastrato!"

"No, non è vero! Io..." balbettò Carver, lanciando sguardi confusi dietro di sé per vedere cosa avrebbe potuto agitare così il detenuto.

"Hai cinque secondi per andare a fermarli" gridò Clark da oltre la soglia, indietreggiando e trascinando con sé l'infermiera mentre contava. "Uno! Due..."

Qualcosa sfrecciò nell'aria. Clark ne percepì il movimento, ma non capì da dove veniva il tonfo bagnato che sentì, fino a quando uno spruzzo di sangue non gli colpì il viso. L'infermiera, che fino a un momento prima opponeva resistenza e si teneva distante da lui, gli si accasciò contro: un peso morto tra le braccia, che lo sorprese e lo fece cadere a terra. Qualcosa sembrò fargli perdere la forza nelle gambe, come se fosse senza ossa, e cadde in ginocchio, ancora stringendo il corpo inerte. Vedeva offuscato e rosso: un occhio era stato colpito da uno schizzo.

Un altro colpo silenzioso gli passò accanto, sfiorandogli il naso. Lasciò andare l'infermiera e cominciò a strisciare su mani e ginocchia verso l'unico rifugio davanti a lui: le doppie porte spalancate.

All'improvviso, tutt'intorno a lui, detenuti iniziarono a fuggire, una foresta di corpi vestiti di grigio che usciva dall'edificio, correndo, inciampando e persino saltando su di lui mentre si trascinava semicieco nella direzione opposta, correndo verso la serranda di sicurezza, che si stava abbassando a proteggere l'ingresso.

Riuscì a raggiungere le porte e ad entrare prima che la serranda di sicurezza toccasse terra, sigillando completamente l'ingresso principale.

CAPITOLO 24

"Allora, cos'hai fatto oggi?" chiese il ragazzino incerto, guardando in basso verso la torcia che teneva tra le mani.

"Niente di che" risposte l'altro scrollando le spalle, i suoi occhi ugualmente puntati verso una torcia identica.

"Sei passato dal negozio di ciambelle?"

"Sì, ma avevano finito quelle alla marmellata."

"Oh. Peccato."

"Già" disse l'altro.

Trascorso un po' di tempo, il ragazzino alzò lo sguardo e fissò il proprio riflesso, finché la sua mente non oltrepassò il confine della logica, dove il familiare diventa estraneo, e il suo riflesso fu separato da lui, diventando una persona a se stante. Gli fece un accenno di sorriso mentre se ne stava seduto in silenzio, ruotando la torcia, cercando di pensare a cosa dire.

Greg fissò il corridoio, una mano alzata a sfiorare le pareti tappezzate di carta, avvolto completamente nell'oscurità tranne quando la luce illuminava brevemente il suo profilo diffidente. I corridoi erano silenziosi e vuoti: bui, tranne le finestre che fungevano da fari e brillavano debolmente di bianco con la luce del giorno intrisa di nebbia. Una di queste segnava la fine del corridoio e la presenza di una curva. Sotto i piedi scalzi, le assi di legno freddo emettevano di tanto in tanto un debole scricchiolio. Fuori turbinava una nebbia lattiginosa. Dentro, Greg riteneva il rumore del pavimento l'unica prova che confermasse la sua presenza fisica, ancorata in quel luogo e in quel momento.

Svoltato un angolo, trovò uno straccio con un motivo floreale che giaceva sul pavimento di legno lucido. Una delicata fragranza aleggiava nell'aria, ma si dissolse al minimo movimento quando si chinò e raccolse il pezzo di stoffa, esponendolo alla luce grigia che proveniva dalla finestra dietro di lui. Riconobbe quel brutto disegno di fiori arancioni, marroni e gialli, così simili a cavoli. E sebbene vedesse chiaramente ciò che stava toccando, nessuno dei due sensi poteva spiegare come fosse possibile che un pezzo di stoffa della sua casa d'infanzia, e più precisamente delle tende della cucina, fosse finito in quel posto.

Emanava un profumo di pulito. Lo tenne più vicino al naso e inspirò con sospetto, ma trovando uno strano conforto in quell'odore: sapone da bucato, lenzuola stese ad asciugare, la brezza che soffia ed entra da una finestra aperta, portando con sé il profumo di erba tagliata da poco e dei meleti... una torta di mele ricoperta di zucchero alla cannella...

Più lo inspirava, più quel profumo sembrava richiamare momenti felici del suo passato, nascosti tra le pieghe e le fessure della mente, quasi cancellando i ricordi tormentati dello stesso periodo. Come un balsamo per i suoi nervi ormai logori, qualcosa di quel profumo lo calmava; eppure cercò di resistergli strizzando gli occhi, incerto se accettare quella sensazione ingannevole.

No. La cucina della sua infanzia aveva sempre avuto quell'odore di fumo di sigaretta, di cibo salato, unto e stracotto, di caffè rovesciato e bruciato. La torta di mele non era fatta in casa ma comprata al supermercato: una ricompensa per essere stato bravo, o un modo per alleviare il senso di colpa dei suoi genitori.

Rivide sua madre, spingeva una fetta di torta verso di lui e si appoggiava allo schienale della sedia espirando il fumo di una sigaretta, lanciando sguardi ansiosi verso le tende della cucina sopra il lavello, il viso tirato e preoccupato. Mormorava qualcosa sul voler cambiare quelle tende, come faceva ogni volta che voleva distrarsi da una situazione stressante o da qualche problema irrisolvibile, prima di spegnere la sigaretta fumata per metà su un piattino. In fin dei conti le tende erano l'ultima delle sue preoccupazioni. Era perseguitata da problemi più grandi e le tende furono dimenticate ancora una volta, finché non ebbe un momento per sedersi al tavolo e notarle di nuovo.

Greg voleva che lei guardasse nella sua direzione e si allungò sul tavolo per prenderle la mano libera...

La mano che reggeva il pezzo di stoffa crollò all'improvviso quando Greg alzò lo sguardo e trovò Grim in piedi nel corridoio grigio, con un gomito appoggiato al tavolo di fronte a uno specchio decorato, che lo guardava con disinvolto interesse. I capelli gli arrivavano alle spalle e, nella penombra, solo il bianco dei suoi occhi era vagamente visibile: si strinsero quando gli sorrise. La fascia arancione sul braccio dava una sfumatura ramata alla manica grigia.

Greg lo guardò con celato disprezzo, cercando di studiare quel visto nell'oscurità, cercando le somiglianze e pensando: *e così secondo gli altri io assomiglio a questo tizio.*

Ma prima che potesse distinguerne i lineamenti, Grim si raddrizzò dalla posizione inclinata. Con un movimento sincrono, anche Greg si alzò in piedi e i due furono l'uno di fronte all'altro.

Grim si voltò per nascondersi nell'oscurità e Greg lo seguì.

"Non ti biasimo" disse Greg, rivolgendosi alla nuca di Grim. "Considerate le circostanze, avrei fatto la stessa cosa."

Grim camminava in silenzio.

"Sacrificarsi è un concetto nobile, fino a quando non si cede sotto la pressione giusta. C'è bisogno di una sorta di ossessione affinché funzioni, devi essere convinto completamente di una cosa. Noi non abbiamo mai provato quel tipo di amore incondizionato, non dai nostri genitori. Sono sicuro che erano brave persone e, in circostanze migliori, avrebbero potuto insegnarmi l'illusione della stabilità e del sacrificio. Ma abbiamo vissuto nella paura costante. Abbiamo dovuto nascondere chi eravamo. Noi due abbiamo fatto a turno, uno fuori e uno no, condividendo una vita, un nome diviso in due come una mela. Fare a cambio e ripetere. Pensavo di essermi lasciato tutto alle spalle. E invece eccoci qui, a fare ancora lo stesso gioco complicato."

L'uomo che camminava davanti a lui non rispose.

Greg considerò l'idea di fermarsi di colpo e lasciare che Grim continuasse a camminare senza di lui, solo per vedere se si fosse fermato e girato. Tuttavia, più percorrevano quel corridoio cavernoso, meno vedeva la figura davanti a lui, e divenne per lui quasi impensabile di fermarsi in quel momento e perderlo di vista. Oltretutto iniziò a far fatica a tenergli il passo: per un qualche motivo, la Pelle aveva ricominciato a stringere.

Sentì il cambiamento a partire dalle estremità: le braccia gli si irrigidirono e le gambe gli diventarono pesanti, mentre scaglia dopo scaglia un'armatura si formava sotto la Pelle, facendolo muovere come se stesse guadando nell'acqua alta.

"Ma non pensare..." s'interruppe, digrignando i denti mentre le squame della Pelle si chiudevano su entrambi i fianchi, premendo con forza su quello infiammato. Sudore gli apparve sulla fronte mentre appoggiava una mano sul punto dolorante, barcollando. "Non pensare che io lasci perdere. Mi riprenderò ciò che è mio, dovessi anche strappartelo dai denti."

Grim si dissolse tra le ombre, lasciando Greg nel corridoio buio e senza finestre ad ansimare e digrignare i denti appoggiato al muro, con una mano ostinatamente pressata contro il dolore in un futile tentativo di mitigarlo. Prese la torcia e l'accese, ritagliando un piccolo cerchio illuminato nell'oscurità intensa che lo circondava.

Il dolore persisteva, ma temendo di cadere si costrinse a mettere un piede davanti all'altro. Il raggio di luce oscillava davanti a lui, mostrandogli le solite pareti tappezzate con disegni confusi.

Sotto la mano, il fianco dolorante palpitava e si gonfiava come una pulsazione e, per placarlo, sentiva le dita che si dividevano, biforcavano e ramificavano: una mano con dieci dita che facevano pressione. Lo sapeva senza guardare: le sentiva aderire e duplicarsi, nuove dita che spuntavano come rami dalle vecchie, finché tutta la mano non si riempì di boccioli di dita, e ad ogni nuovo germoglio sentiva la sua energia crescere e il dolore diventare poco più di un formicolio.

Ma lo sforzo fu considerevole e sentì lo stomaco vuoto e debole. Realizzò che era estremamente affamato, i suoi occhi con un bagliore dorato ruotarono all'indietro, le labbra socchiuse in un sogghigno sottile come un pitone che spalanca le fauci, pronto a ingoiare un cervo intero.

Qualcosa lo stava seguendo. Poteva sentirla dietro di sé, il raschiare di una cosa che sfregava contro i muri tappezzati o il soffitto. Era più alta di lui, così alta che se completamente eretta, la sommità della testa sfregava contro il soffitto.

Continuò a camminare, determinato a non voltarsi. Farlo significava prendere atto di quella presenza, e prenderne atto significava invitarla a uno scontro, al quale probabilmente non sarebbe riuscito a sopravvivere.

Poi qualcosa corse davanti a lui, passando attraverso la luce della torcia. In un istante, intravide degli arti grigi e sfocati e sentì una risata elettrizzare il silenzio, prima di spegnersi. Dovette lasciare andare il fianco per afferrare il cacciavite, tenendolo con la lama puntata verso il basso come un punteruolo da ghiaccio mentre scrutava l'area intorno a lui, muovendo la torcia e creando linee ed archi frenetici, lungo le pareti e sul pavimento.

La ricerca non diede frutti, non trovando nulla nelle immediate vicinanze. Ma il sollievo provato era turbato dal dubbio; se avesse smesso di guardarsi intorno, quella cosa si sarebbe avvicinata di soppiatto, ma doveva necessariamente rallentare, anche solo per calmare il continuo dolore lancinante che era tornato e che peggiorava a ogni movimento.

Sentì il sapore del sangue sul labbro superiore, lo asciugò distrattamente e tirò su con il naso. Facendo ciò colse un accenno di un fetore ormai familiare, e poco dopo le braccia della creatura gli circondarono la testa, quasi coprendogli gli occhi.

Ma prima che potesse stringergli la presa intorno al cranio, le gambe di Greg gli cedettero, facendolo cadere a terra come se fosse svenuto. Fu una risposta istintiva che gli fu d'aiuto: se avesse sussultato, la reazione sarebbe stata riconosciuta dalla creatura, che l'avrebbe afferrato con più forza e intrappolato in un istante; ma la caduta improvvisa e il suo peso morto gli permisero di scivolare alla presa, lasciando uno spazio vuoto tra le braccia della creatura.

Mentre cercava di rialzarsi, venne colpito sulla parte superiore della schiena, facendolo sbattere a terra a faccia in giù. Il colpo aveva una pressione precisa e sembrava fosse stato fatto da una lancia appuntita o forse... un pungiglione.

L'armatura della Pelle lo protesse dal colpo, come pure da quello che seguì, che arrivò con maggiore forza, determinato a sfondare la protezione se non addirittura rompergli la schiena. Greg si spinse indietro contro il pungiglione, usando gomiti e piedi per reagire e sentendo la punta trascinarsi lentamente lungo la schiena, scivolando sulle vertebre squamate dell'armatura.

Ma riuscì a guadagnare pochissimo terreno prima che altri arti simili a tentacoli gli afferrassero le gambe e iniziassero a tirarlo indietro. E sapendo cosa aspettarsi, Greg girò il torso per affrontare la creatura, con il cacciavite pronto a colpire, ma una grande mano ossuta gli strinse il viso e lo inchiodò a terra.

Alzò di nuovo il cacciavite per pugnalare quella mano, ma sentì che la bendatura improvvisata gli veniva rimossa dal piede ferito: la creatura iniziò a toccargli la ferita e subito lo raggiunse un dolore lancinante. Il corpo gli si irrigidì in un arco mentre cercava di rimettersi a sedere senza successo. Incapace di liberare le gambe tirando calci, piegò i piedi e sentì il sangue caldo che colava dalla ferita e lungo le piante.

La creatura si fermò e l'urlo soffocato di Greg si placò in un respiro affannoso. Le mani erano ancora serrate intorno alle lunghe dita che gli bloccavano la testa. Aprì gli occhi e scoprì che con uno di essi era in grado di guardare attraverso gli spazi tra le dita. Sebbene avesse la vista annebbiata, il bagliore della torcia illuminava una macchia bianca astratta che si avvicinava a lui, simile a una testa umana. Spalancò gli occhi quando riuscì a mettere a fuoco la sagoma confusa, e vide che era davvero una testa umana, perfettamente simmetrica, che incombeva su di lui, enorme ed impressionante.

La parte superiore della testa era calva, liscia e simile a un teschio; ma pochi centimetri più in basso, dalla fronte e dai lati della testa, crescevano capelli castani, increspati e arruffati, che cadevano lunghi e pesanti come tende davanti agli occhi, ma si separavano al centro per esporre un piccolo naso grigiastro e labbra scure e sporche. La testa si avvicinò ancora e sembrò scrutarlo con interesse senza mostrare gli occhi, finché Greg non conficcò il cacciavite in un lato della testa con una tale violenza da affondarlo completamente nella creatura.

Solo allora Greg riuscì a staccare da sé le dita allentate della creatura, abbastanza da liberarsi e rotolare via dalla sua presa, scalciando via i tentacoli avvolti debolmente intorno ai polpacci, prima di alzarsi barcollando.

CAPITOLO 25

Si celano guai dietro porte chiuse, pensò Holden mentre si trovava vicino alla porta chiusa del laboratorio, frugando tra le chiavi di un mazzo. Quando era custode, non gli fu mai permesso di entrare e tenere pulito il laboratorio, sebbene passasse lo straccio nei corridoi intorno ad esso, il che significava che c'era qualcosa di importante nascosto lì dentro.

Aprì la porta su una stanza piccola e immacolata, arredata modestamente: lungo una parete c'era un lavello d'acciaio e scaffali con alcune bottigliette, lungo un'altra c'erano armadi e un lungo tavolo sul quale si trovava un microscopio e un supporto con un piccolo bruciatore a butano.

L'attrezzatura era così limitata che Holden sospettava che Carver l'avesse pagata di tasca propria, ed era quasi deluso di non avervi trovato qualcosa di straordinario. Poi gli cadde lo sguardo su una pila di fascicoli su una piccola scrivania, si sedette sulla sedia scricchiolante dell'ufficio e iniziò a leggere il primo.

Da qualche parte nella stanza c'era un orologio che ticchettava rompendo il silenzio, accompagnato dal leggero crepitio della carta, mentre Holden sfogliava avanti e indietro le pagine, e dal cigolio artritico della sedia ogni volta che si appoggiava allo schienale, grattandosi la testa con il retro della pistola, borbottando qualche parola e poche righe mentre leggeva ad alta voce.

Sapeva che i detenuti erano malati terminali, ma aveva sperato di trovare qualcosa nei fascicoli che potesse far luce sulle loro condizioni, per capire se fossero davvero incurabili superato un certo stadio. I fascicoli si rivelarono tuttavia inutili: tutto ciò che riuscì a estrapolare fu poco più di quello che già sapeva e aveva osservato. Nessuna sorpresa, visto che Carver non era mai stato interessato a curarli.

Holden rimise il fascicolo nella pila quando colse con la coda dell'occhio un movimento all'interno di un armadietto con le ante di vetro, poco distante da lui. Il vetro era marrone scuro e, sbirciando dentro, Holden vide che gli scaffali erano pieni di vasetti contenenti dei campioni.

Aprì un'anta e prese uno dei numerosi vasetti per esaminarlo. Come un intruglio fatto in casa, ogni vasetto aveva una semplice etichetta bianca contrassegnata da uno scarabocchio illeggibile, ed era stato riempito con un liquido torbido, nel quale fluttuava un qualcosa di pallido e curvato su se stesso in una delicata nuvola fibrosa.

Con cautela, svitò il vasetto sopra il lavandino e vi rovesciò il contenuto, rilasciando un terribile fetore di uova crude; si portò una mano sul naso e sulla bocca per non sentirlo e iniziò a osservare il campione.

L'esemplare era vivissimo: palpitava, espandendosi e ritirandosi, come se stesse ansimando in cerca d'aria. Cominciò ad agitarsi violentemente, lanciandosi con cieco fervore contro le pareti d'acciaio del lavandino, a volte scivolando, a volte appiccicandosi, i suoi filamenti simili a capelli si irradiavano in tutte le direzioni. E sebbene il lavandino fosse piuttosto profondo, l'esemplare riuscì a raggiungerne il bordo, ma subito Holden lo colpì con il fondo spesso del vasetto, martellandolo più volte. Con lo stesso vasetto, lo raschiò via del bordo spingendolo di nuovo verso il centro del lavandino, dove giaceva immobile, stordito oppure morto, o forse fingeva di essere morto come fanno gli scarafaggi.

Bagnarlo con alcol denaturato lo fece riprendere e ricominciarono le contrazioni frenetiche: Holden, riluttante a distogliere lo sguardo da esso, si mise a cercare un accendino, una scatola di fiammiferi o una qualsiasi cosa che potesse usare per dare fuoco a quella cosa.

Incespicando attraverso la porta di una piccola stanza laterale, Greg si voltò e la richiuse sbattendo, appoggiandosi ad essa per tenersi in equilibrio, le mani che si aggrappavano ai lati dello stipite e la testa penzolante tra di esse mentre riprendeva fiato. Rallentato dal suo piede, tutto ciò che poteva fare era zoppicare frettolosamente, non osando voltarsi indietro per vedere se la creatura lo stesse seguendo.

La parete alla sua destra era occupata da una grande finestra, che in condizioni normali gli avrebbe permesso di vedere il corridoio, ma la stanza era illuminata da una luce di emergenza e il vetro della finestra ne rifletteva il forte bagliore, riducendogli la visibilità e allo stesso tempo esponendo la sua posizione.

Si chinò, sedendosi con la schiena contro la porta, tendendo l'orecchio per captare qualsiasi suono o movimento proveniente dall'altra parte. Abbassò lo sguardo sul piede, sulle macchie tra le dita, esitando ad esaminarlo ulteriormente, sebbene pulsasse di dolore. Mordendosi le labbra, tremò e provò a girare il piede, aspettandosi uno spettacolo cruento. Trovò invece la ferita rimarginata e sigillata con una sostanza chiara che si era già asciugata e incrostata. Provò a grattarne i bordi, cercando di staccarla, ma gli si appiccicò alla pelle come una crosta che non era pronta per essere rimossa.

Sopra di lui ronzava la luce di emergenza e le pareti sembravano vibrare in sintonia con essa. Ma niente poteva fargli scordare ciò che c'era dietro, dall'altra parte, nel corridoio: la creatura silenziosa che si appoggiava delicatamente contro la porta, premendo con il suo peso come se fosse sul punto di entrare con la forza e sfondare la barriera, con un braccio steso a toccare le finestre, come se stesse considerando la possibilità di sfondare il vetro.

La maniglia si mosse e, sebbene non ricordasse di aver chiuso la porta a chiave, per una volta fu sollevato che lo fosse. Anche se si fosse appoggiato per barricare la porta, la sua forza non sarebbe stata abbastanza per resistere alla creatura. Eppure, in qualche modo, non fu così: la creatura rimase fuori, aggrappata alle pareti e alla finestra, con le braccia lungo il vetro, emettendo cigolii scivolosi, aspettando e riflettendo. Era paziente perché sapeva che l'aveva intrappolato e che non sarebbe andato da nessuna parte.

E poi sparì, come se si fosse sciolta, evaporando, trasformandosi in una nuvola di fumo nell'atmosfera. Eppure doveva essere da qualche parte, magari non dietro la porta ma di sicuro ancora nelle vicinanze. La creatura iniziò a cantare, e i capelli gli si rizzarono sulla testa, come se delle dita li avessero scossi.

Il canto era diverso, era delicato e gentile, privo di lamenti o strilli, e la voce era ricca e calda ma non emetteva parole distinguibili, sebbene fosse poco importante: non tutte le parole trasmettono un messaggio, e non tutti i messaggi possono essere comunicati attraverso le parole. Quella melodia gli sfiorò la fronte stanca, come una carezza ruvida e piacevole dalla testa ai piedi, e fece sparire il dolore e i pensieri inquieti. Diceva: «Vieni, lascia che ti prenda, non allontanarti ma vieni qui, abbandonati a me.»

Lasciò che la voce lo avvolgesse, non c'era modo di evitarla: tapparsi le orecchie si rivelò futile. O forse era lui a non voler smettere di ascoltarla. Familiare e intima, lo convinse ad alzarsi in piedi, aprire la porta e uscire. Non ebbe paura, quando l'inerzia trattenne i suoi arti stanchi, pesanti e senza energia. Più di ogni altra cosa, desiderava affondare e sprofondare; era così esausto che in quel momento morire e dormire gli sembravano simili, poiché entrambe le cose mantenevano la dolce promessa dell'oblio. Chiuse gli occhi, aspettando il sonno che non sarebbe venuto, mentre il canto diventava sempre più un grido acuto, che gli fremeva attraverso scuotendogli i nervi come un crudele stimolante. Strato dopo strato, granello dopo granello, archiviava e cancellava tutti suoi i pensieri logici e coerenti. Diceva: «Vieni, lascia che ti allevi la fatica dal corpo, lascia che ti prosciughi la stanchezza dalle ossa.»

Preferirei rimanere qui, rise sottovoce, dissimulando quel senso di costrizione che cresceva ogni minuto che passava. Presto avrebbe avuto la meglio su di lui; presto non sarebbe stato in grado di trattenere un passo falso; si accorse di aver già provato ad afferrare la maniglia della porta per aprirla; la sua mente si stava già allontanando, e dovette scuotere la testa per ritrovare un po' di lucidità. Con occhi confusi vagava per la stanza spoglia, cercando qualcosa ma non sapendo esattamente cosa.

Poi, ricordando le capsule, andò a pescare nel taschino sul petto il flaconcino, ma ritrasse subito la mano quando una scheggia di vetro lo punse.

"No, no, no..." mormorò, ogni sillaba in rapida successione

mentre premeva la mano sulla tasca. Sentì uno scricchiolio fragile e pezzi frastagliati che spuntavano attraverso il tessuto. Lo shock lo risvegliò e iniziò a discernere una seconda voce nel corridoio, profonda e maschile, che seguiva il canto della creatura.

Greg trasalì, cambiando posizione e strisciando lungo il muro verso la finestra, dove si alzò lentamente e sbirciò attraverso il vetro, proteggendosi gli occhi dalla luce di emergenza con le mani.

All'inizio il corridoio sembrava deserto. Poi qualcuno si avvicinò dal lato sinistro con passi lenti e deliberati, passando vicino alla finestra. Greg riconobbe Clark dal suo profilo.

La luce della stanza si riversò nel corridoio non appena Greg aprì la porta, si sporse per afferrare Clark ma lo mancò. La creatura non sembrava essere nei paraggi, sebbene la sua voce si sentisse forte e chiara. Greg cercò di allungarsi, ma Clark rimase fuori dalla sua portata.

In quella debole luce brillava un oggetto di metallo: scivolò dalla mano di Clark e cadde a terra mentre egli proseguiva per la sua strada, mettendo un piede davanti all'altro, con le braccia leggermente alzate, i palmi delle mani rivolti verso l'alto, il viso sollevato e gli occhi roteati verso il cielo, fissati con adorazione sullo squarcio nel soffitto da cui proveniva il canto, imitandolo come risposta con la sua voce da baritono.

Qualcosa cadde dallo squarcio, atterrando aperta come un ragno sul viso di Clark, che era rivolto verso l'alto, coprendogli occhi e fronte. Dal modo in cui il canto gli morì in gola, era chiaro che ne fu sorpreso: la sua voce venne soffocata dal tocco improvviso di una mano disumana che ora gli teneva la testa, lunghe dita la circondavano, fendendo i ciuffi di capelli e stringendosi intorno al cranio. In quell'istante, con la testa piegata all'indietro e le braccia sollevate, Clark sembrava quasi affascinato da quel contatto.

Poi il braccio, che era attaccato alla mano simile a un ragno e che sembrava essersi calato dal soffitto come un arto invertebrato, improvvisamente si tese e attirò Clark verso di sé, strappandolo dal pavimento a una velocità vertiginosa, non lasciando alcuna traccia della sua presenza, se non una piccola macchia di sangue intorno allo squarcio sul soffitto.

CAPITOLO 26

Purtroppo o per fortuna, il rilevatore del laboratorio non reagì al fumo che si alzava dai resti carbonizzati nel lavandino. Se fosse difettoso o se avesse le batterie scariche, Holden avrebbe potuto saperlo solo se gli fosse stato permesso di entrare nel laboratorio. Ovviamente, avrebbe anche notato quei vasetti misteriosi allineati sugli scaffali dell'armadietto. Probabilmente Carver aveva ignorato problemi frivoli come la sicurezza antincendio, oppure aveva deciso di affrontarli incrociando le dita e sperando per il meglio.

Mentre usciva dal laboratorio con occhi spalancati e un pennacchio di fumo, si chiese che cosa stesse combinando il vecchio balordo in quel momento. Non fece in tempo a fare una manciata di passi che qualcuno gli sbatté contro la schiena; pensando fosse Carver, Holden si voltò puntando la pistola verso l'aggressore.

Una paziente indietreggiò con sguardo sorpreso.

"Oh, Millie", sospirò Holden con sollievo misto a senso di colpa mentre abbassava prontamente l'arma. "Tesoro, devi smetterla di finire addosso alle persone in questo modo" continuò, pensando che la ragazza gli stesse facendo uno scherzo. Quando faceva parte dello staff, Holden era una delle sue vittime preferite a cui tendere un'imboscata. L'altra era una vecchia infermiera a cui era stato affidato l'incarico di prendersi cura di lei.

"Come... niente cappellino da infermiera oggi?" la stuzzicò imbarazzato, cercando di sdrammatizzare, anche se Millie sembrava ancora un po' scossa, lanciando sguardi diffidenti alla pistola abbassata. Se avesse potuto, Holden si sarebbe preso a calci per averla puntata su di lei.

"Va tutto bene" disse, alzando entrambe le mani in modo innocente. "La porto con me solo per protezione. Ma sono felice di averti trovato. Dobbiamo andarcene da qui."

Con sua sorpresa, gli afferrò la mano libera, conducendolo in un corridoio con finestre, illuminato da neon fluorescenti e luce solare azzurra, ora che la nebbia si era diradata.

Rimasero in piedi in corridoio, a fissare un'infermiera che giaceva a pochi metri da loro distesa su un fianco, con piccoli occhi vitrei e immobili dietro a occhiali sbilenchi, capelli e berrettino sprofondati in una pozza di sangue.

Comprendendo meglio l'espressione di Millie, Holden le disse: "Non sono stato io."

Lei non disse nulla, spostava solo lo sguardo da lui al corpo nel corridoio con silenziosa tristezza.

Ugualmente preoccupato, Holden fissò il corpo dell'infermiera, chiedendosi chi le avesse sparato. Non riusciva a calcolare quanto tempo era passato da quando Grim era scomparso, ma dedusse che doveva essere rientrato ad un certo punto, il che significava che ormai... erano già qui?

Holden fece un passo in avanti per guardare il corpo da vicino, ma fu ostacolato da Millie, che lo teneva per il gomito e scuoteva la testa.

"Va tutto bene" disse. "Voglio solo dare un'occhiata."

Lei mormorò qualcosa sottovoce, e gli ci volle un momento per assorbire la parola.

"Vetro?" ripeté, scrutando il pavimento intorno al corpo, finché non notò un luccichio di schegge quasi impercettibile, poi alzò gli occhi verso le finestre dove vide fori di proiettile nei vetri trasparenti.

"C'è nessuno?" disse Nader, la cui voce echeggiò fioca nel corridoio buio e deserto. Era quasi certo che Clark fosse sceso da quella parte e lo chiamò di nuovo. Improvvisamente qualcuno lo afferrò da dietro e il suo guaito sorpreso morì soffocato dalla mano che gli copriva la bocca.

"Silenzio! Vuoi che ci senta?"

C'era uno strano odore, simile al cloro, che Nader non riusciva a identificare, ma riconobbe l'uomo dalla voce. Abbassò la mano e si voltò per assicurarsi che fosse Greg.

"Dove cavolo eri finito?!" Nader quasi rise, facendo un passo indietro. "Sei sparito. Pensavo che fossi..."

Si interruppe quando notò il viso di Greg sotto la luce fioca, più emaciato che mai, sporco di sangue e teso, con i lineamenti più duri e scavati e profonde occhiaie scure sotto gli occhi.

Nel frattempo Greg manteneva lo sguardo fisso verso il fondo del corridoio, come se si aspettasse che qualcosa ne sarebbe emerso. Asciugandosi il naso con il dorso della mano, brandì inavvertitamente un coltello, che Nader riconobbe dal manico ovale come lo stesso che Clark aveva con sé.

"Andiamo" lo esortò Greg sottovoce mentre prendeva Nader per una spalla, "dobbiamo andarcene subito."

"Aspetta un attimo" disse Nader, staccandosi dalla mano di Greg. "Penso di aver visto Clark venire quaggiù..."

Greg distolse lo sguardo dal corridoio profondo per guardare Nader con leggera sorpresa, come se avesse realizzato la sua presenza solo in quel momento. Guardò di nuovo l'estremità buia del corridoio ed esitò un momento prima di rispondergli.

"Non c'è più."

Nader lo fissò in silenzio, confuso, le sopracciglia nere aggrottate. "Non c'è più... cosa vuol dire?" balbettò, pensando che Greg si riferisse allo stato mentale compromesso di Clark, stravolto da qualche incidente che l'avrebbe reso incoerente e coperto di sangue, accasciato contro la porta chiusa dell'atrio.

Nader si era allontanato dall'atrio solo per un breve periodo per controllare la zona intorno, e sebbene avesse sentito del trambusto, quando tornò di corsa trovò l'entrata già chiusa e deserta. Clark era l'unico rimasto, a fissare con aria assente il pavimento mentre si metteva a quattro zampe, il coltello ancora stretto in mano. Niente sembrava avere un senso e, per quanto ci provasse, Nader non riuscì a far rinsavire Clark, né a togliergli il coltello schizzato di sangue dalle mani serrate. Quando Nader si voltò per cercare di azionare il pannello di controllo vicino per aprire la saracinesca abbassata sulla porta, Clark si era alzato di sua spontanea volontà e si era allontanato.

Il ricordo assorbì l'attenzione di Nader, fino a quando si rese conto che Greg gli stava dicendo qualcosa, di cui colse solo la parte finale: "... non sono riuscito a raggiungerlo in tempo. Mi dispiace."

Non chiedeva scusa per un'incomprensione o un errore da correggere, ma faceva una dichiarazione piena di rimorso per qualcosa di irreparabile.

"Non capisco..." La voce di Nader si spense. Lanciando un'occhiata al coltello continuò: "Si è ucciso?"

Greg sembrava a corto di parole, poi girò improvvisamente la testa verso l'estremità buia del corridoio, come se avesse sentito qualcosa. Nader però non sentì nulla e pensò che c'era un qualcosa di folle nella reazione allarmata dell'altro.

"Ad ogni modo, non possiamo stare qui" disse Greg, prendendo di nuovo Nader per la spalla per spingerlo in una direzione; quest'ultimo era troppo sconvolto per scrollarselo nuovamente di dosso.

Per un po', lo shock sembrò avergli smorzato i sensi; e quando fu di nuovo consapevole di ciò che lo circondava, Nader si ritrovò in infermeria di fronte a due letti, tende divisorie verdi e una finestrella distante, così coperta da rami verdi di abete da quasi oscurare la stanza.

L'atmosfera era calma e pura, e l'aspetto accogliente della stanza era quasi rassicurante. Persino il rumore smorzato proveniente dall'armadietto, davanti al quale Greg si accovacciò per frugare tra le cose al suo interno, contribuiva a mantenere quel senso di calma. Senza dubbio Greg aveva in mente un obiettivo o una direzione da prendere e probabilmente si era fermato qui per raccogliere gli oggetti che gli servivano.

Nader si sedette sul bordo del letto più vicino e osservò l'altro mentre scovava un oggetto dopo l'altro e li sistemava sopra l'armadietto: rotoli di bende, tamponi di garza, una bacinella reniforme, una bottiglia di soluzione salina e una di alcol isopropilico.

"Che stai facendo?" chiese mentre Greg puliva un coltello e lo metteva nella bacinella reniforme piena di alcol.

"Vorrei avessimo gli strumenti adeguati" mormorò Greg tra sé e sé, come se non avesse sentito la domanda. Ma poi rispose: "Lo sto sterilizzando. Ho bisogno che tu faccia una piccola operazione su di me."

Pensando fosse una risposta sarcastica, e non particolarmente divertente, Nader lo guardò con un'espressione stanca; i suoi occhi si spalancarono quando capì che l'altro uomo diceva sul serio.

"Come dici?"

"Ho bisogno che mi operi" ripeté Greg. "Sembra una follia, lo so, ma ci ho pensato su parecchio e a quanto pare è la mia unica possibilità. Ho questa sensazione che non riesco a togliermi di dosso... che se chiudo gli occhi in questo momento, potrebbe essere la mia fine. Quelle capsule non stanno più facendo effetto, e comunque non ne ho più. Ricordi le capsule rosse? Me ne avevi fatta prendere una. Avevi ragione, mi hanno aiutato."

"Ma cosa c'entra con..." Nader esitò, temendo di chiedere. "Cosa intendi dire con «operare»?"

"Non è complicato. Guarda..." Greg premette due dita sul lato destro del basso addome. "Voglio che tu infili il coltello qui. Solo un piccolo taglio come se stessi incidendo un foruncolo, ma più in profondità."

"Ma cosa dici, come incidere un foruncolo!" Nader esplose in un misto di orrore e confusione. "C'è la tua appendice lì!"

"Ecco, vedi? Te ne intendi di anatomia. Saprai dove tagliare... o cosa evitare di tagliare. Fidati, sarai bravissimo. E non ti preoccupare delle complicazioni come infezioni o un po' di sangue... sterilizzeremo tutto al meglio e poi copriremo il taglio con la garza. Riuscirei comunque ad arrivare fino a dove ho parcheggiato il mio mezzo, e da lì uno di noi potrebbe guidare fino a un ospedale oppure a una cabina telefonica e chiamare l'ambulanza."

Nader non riuscì a trattenere una risata nervosa. "Quello è l'ultimo dei tuoi problemi! Insomma, guarda qua: questo non è un bisturi, ma un trinciapollo!"

"So che non è il massimo, ma non abbiamo niente di meglio. Per favore. Ti prego, fai questa cosa per me. Lo farei da solo se potessi, ma temo di svenire o star male."

"Greg, ascoltami bene. Possiamo trovare qualcuno che ci aiuti. Andiamocene da qui."

"E poi cosa facciamo?" disse Greg, sempre più impaziente. "Non riuscirò a fare un centinaio di metri fuori dall'edificio, per non parlare del sentiero di montagna. E poi cosa facciamo? Mi trascinerai per il resto della strada con quel braccio ferito?" Ma vedendo che non si lasciava convincere, Greg strinse le spalle del ragazzo e aggiunse con un tono più gentile: "Senti, vuoi andare a casa, vero? Ti posso aiutare. Se tu farai questo per me, io ti porterò di nascosto oltre il confine."

Nader teneva gli occhi fissi sul muro, ma dal suo silenzio traspariva interesse.

"È quello che volevi, vero?" continuò Greg con un sorrisetto compiaciuto, sapeva di aver trovato la giusta moneta di scambio contro gli scrupoli del ragazzo. "Nel mio furgone ci sono dei punti nascosti, dove i poliziotti di frontiera non penserebbero mai di guardare, a meno che non vogliano veramente metterlo sottosopra, cosa che probabilmente non faranno. E anche se lo facessero, potrei distrarli rivelando la presenza del doppio fondo del pianale del furgone, e si accontenteranno di questo ritrovamento."

"Non è per questo..." cominciò a dire Nader, poi si fermò per schiarirsi la voce. Non solo aveva gli occhi lucidi, ma anche la voce sembrava sul punto di rompersi, anche se una parte di lui sperava che Greg, vedendolo così, provasse compassione e ritirasse la sua richiesta. "Voglio aiutarti, ma non in questo modo. Se usciamo di qua, troveremo una soluzione migliore."

"Una soluzione migliore..." lo imitò Greg, facendo poi una risatina secca. Aveva gli occhi socchiusi e parlava sempre più lentamente, fino a strascicare le parole. Lasciò Nader, sentendosi incredibilmente stanco, e si sedette sul bordo dell'altro letto. "Pensaci su" aggiunse. "Aspetterò qui. Ma non metterci troppo. Non andrai molto distante da solo. Ma in due? Potremmo aiutarci a vicenda."

Il silenzio durò diversi minuti mentre Nader teneva lo sguardo basso, come se mantenere un contatto visivo lo legasse inavvertitamente a un accordo indesiderato. Era vagamente consapevole che Greg si era appoggiato all'altro letto, come un paziente in attesa del suo turno dal medico. Lui, d'altra parte, rimase immobile, con il timore di infrangere il silenzio, mentre cercava di pensare a una soluzione alternativa e rivalutando sia il suggerimento di Greg sia i propri timori.

Immaginò quanto fosse complicato incidere con quel coltello come richiesto (e per giunta con una sola mano buona!) quando anche solo recidere il punto sbagliato poteva farlo morire dissanguato. Ma se non fosse successo? Non tutte le ferite sono mortali. Ma con un coltello del genere, era come se avesse chiesto di essere eviscerato. E la sua appendice... perché proprio l'appendice? Cosa c'entrava con la sua condizione? Forse nulla, forse stava delirando. Forse era un altro stadio della malattia. Sì, doveva essere così. Dopotutto Clark aveva la stessa condizione e sembrava stesse peggio, persino psicotico, prima che...

Nader lanciò un'occhiata incerta verso Greg e lo trovò seduto con le braccia incrociate e la testa china a sonnecchiare. Ma il sollievo durò poco, la testa di Greg affondò in avanti ed egli si svegliò di scatto. Nader abbassò lo sguardo, fingendo di riflettere ancora sulla questione, rimanendo immobile come una statua e sperando di contagiare il suo compagno con la stessa calma. Qualche minuto dopo, Nader fu raggiunto dal rumore leggero di Greg che russava, lo guardò e vide che aveva ricominciato a sonnecchiare. Dopo essersi fermato per assicurarsi che non si sarebbe svegliato a breve, Nader si alzò dal letto e sgattaiolò fuori dalla stanza.

CAPITOLO 27

Non erano preparati per un'emergenza come quella.

Dopo il disastro in atrio, che si concluse con la morte di un'infermiera e la fuga di un certo numero di detenuti (se avessero fatto una fine simile o abbracciato la libertà che tanto speravano, Carver non avrebbe potuto ancora dirlo) si aspettava di trovare qualcosa che gli spiegasse il motivo di quella catastrofe. O meglio, il responsabile.

Si precipitò verso le celle di detenzione e, una volta arrivato, Carver vide che tutte le porte erano aperte e le stanze vuote. Tutte, tranne due: Samson era rinchiuso in una, mentre Toby, Roman e George condividevano l'altra.

La breve sorpresa di Carver diventò subito rabbia livida mentre cercava in tasca la chiave universale. Samson ne era uscito relativamente illeso, ma gli altri tre erano arrossati e pieni di ematomi, avevano subito varie ferite dopo non essere riusciti a controllare il gruppo furioso di detenuti in fuga.

Per Carver, perdere quell'infermiera fu abbastanza doloroso, ma considerato anche il disastro che ne seguì, si sentiva come un pastore che al mattino trova il proprio cane di fiducia addormentato, mentre durante la notte un lupo era riuscito ad intrufolarsi nella fattoria indisturbato, massacrare una pecora e far correre l'intero gregge rimanente giù per un'alta rupe. L'analogia non era perfettamente allineata alla situazione come avrebbe voluto, ma visto il suo stato d'animo e in assenza di un capro espiatorio, la precisione e la correttezza non avevano molta importanza. Dopotutto, erano diventati pigri e adagiati, finché qualcuno non ha imparato la loro routine, sfruttandone le debolezze.

Già, non erano proprio preparati per un'emergenza come quella.

In un silenzio apoplettico il dottore osservò i secondini che zoppicavano fuori dalle celle, ma il suo lato pratico lo convinse a interrogarli in un altro momento — sempre se ci fosse stato un altro momento — e con un sospiro rassegnato fece cenno a Samson di seguirlo mentre si dirigeva verso il reparto di convalescenza per parlare con le infermiere che si stavano occupando dei secondini feriti.

Raggiunto il reparto, trovò le infermiere affollate intorno alla porta della sala comune. Toccando una spalla vestita di grigio dopo l'altra, Carver riuscì a farsi strada tra di loro, finché vide cosa aveva attirato la loro attenzione.

I detenuti con le fasce arancioni, che di solito si trovavano seduti nella sala comune a quell'ora, giacevano morti uno sopra l'altro in una pila di corpi vicino alle finestre frantumate, attraverso le quali passava una fresca brezza che faceva sbattere il bordo delle tapparelle arrotolate.

In mezzo ai corpi in grigio c'erano anche quelli di due infermiere, ed ecco che le scene che precedettero quel terribile spettacolo si materializzarono nella mente di Carver, a cominciare dai detenuti che, uno alla volta, lasciarono le loro postazioni e si spostarono come uno sciame di meduse verso le finestre, attirati da qualcosa di intangibile ma irresistibile;

furono poi raggiunti dalle due infermiere, venute a controllare cosa aveva attirato i detenuti alle finestre, prima che qualcuno aprisse il fuoco sull'intero gruppo.

Holden non era stato ritrovato, così come il suo nuovo complice; in circostanze normali Carver avrebbe detto che uno dei due era il responsabile, se non entrambi. Ma avendo assistito alla terribile scena in ingresso, Carver sapeva che l'aggressore veniva da fuori... e probabilmente non era una persona sola.

Ad ogni modo, nessuno ebbe la prontezza di avvicinarsi alle finestre della sala comune e tirare la corda per abbassare le tapparelle per controllare se ci fossero sopravvissuti. O forse nessuno ne aveva il coraggio. Dopotutto, non erano preparati per un'emergenza come quella.

Greg si svegliò e si guardò intorno, sconcertato per un attimo da ciò che lo circondava, finché non vide il coltello immerso in un liquido nella bacinella, vicino a bottiglie di alcol, soluzione salina e pacchetti di bende e garze.

"Nader?" chiamò, guardandosi intorno nella stanza.

Il tepore del pisolino si dissolse non appena Greg si rese conto di quanto avesse rischiato di finire nello stesso sonno irreversibile che aveva avuto la meglio su altri detenuti. Nader avrebbe dovuto impedirgli di addormentarsi, a meno che il ragazzo non avesse colto l'occasione per evitare di essere costretto a fare qualcosa che non voleva e fosse andato via non appena si fosse appisolato.

L'idea gli sembrò ridicola: Nader avrebbe potuto esitare, ma sicuramente non se ne sarebbe andato senza svegliarlo. Anche se fosse uscito solo un attimo per andare in bagno, di sicuro non lo avrebbe lasciato così, addormentato e incustodito...

"Nader!" Greg lo chiamò di nuovo, non convinto che il ragazzo lo avrebbe abbandonato in quel modo.

Nessuna risposta. Nader se n'era andato, era chiaro.

Che vada al quel paese, pensò Greg, alzandosi con l'intenzione di prendere in mano la situazione. Pensare di poter fare affidamento sugli altri per uscire da quel casino fu un errore. Si comportavano da amici, ma preferiscono andarsene piuttosto che aiutarlo.

Solo che questa volta, almeno questa volta, pensava che le cose sarebbero andate diversamente. In uno scoppio di rabbia, Greg lanciò la bottiglia più vicina dall'altra parte della stanza.

Rimosse il coltello dalla bacinella, si distese sul letto, aprì la cerniera della tuta e spostò il tessuto per esporre lo stesso punto che aveva indicato a Nader. Le braccia erano ancora nella tuta, così come il resto del corpo, e vedere la pancia esposta in quel modo attraverso un'apertura verticale gli evocò l'immagine inquietante di essere sezionato. In altre circostanze avrebbe potuto apprezzare l'associazione con morboso piacere; ma ora comprometteva la sua risolutezza già incerta e, con una smorfia d'irritazione, allontanò il pensiero dalla mente.

Iniziò premendo la mano lungo il fianco destro, controllando se fossero presenti strani noduli o cisti. La distensione era lieve ma, a causa al dolore che divampava ogni volta che premeva le dita, non riusciva a trovare il punto preciso. Ma se fosse riuscito a trovarlo e a trattenerlo pizzicandolo, sarebbe stata un'operazione semplice: tutto ciò che doveva fare era individuarlo e inciderlo. Guardò la garza sterile e la soluzione salina per ricordarsi che erano a portata di mano quando che ne avrebbe avuto bisogno.

A pochi centimetri dal centro, dove c'era una vecchia cicatrice da appendicectomia guarita da tempo, notò un piccolo movimento, come il pulsare del battito cardiaco.

Eccolo! Si muoveva, felice e libero, nutrendosi di lui, immobilizzandolo, facendolo dormire e sorridere come uno scemo... ma lui aveva preso le capsule, che gli avevano schiarito la mente e fatto rinsavire.

Sebbene con mente lucida e ferma determinazione, il coltello affilato e bagnato di alcol rimase in bilico sulla pelle, facendola rientrare leggermente e niente di più.

In fin dei conti forse non era una buona idea.

Chiuse gli occhi e fece un paio di respiri profondi. Doveva scegliere, o l'operazione o addormentarsi e svegliarsi come gli altri. E senza aprire gli occhi, sollevò il coltello di qualche centimetro e lo abbassò su di sé con forza.

Gettò la testa indietro, ma in qualche modo riuscì a trattenere un grido. I piedi affondarono nel materasso e le gambe si inarcarono. Una pioggia di sudore lo ricoprì. Poi tornò a respirare con difficoltà e, con un occhio socchiuso, guardò verso il basso.

La punta del coltello era affondata di pochi centimetri e, forse non era andato abbastanza in profondità o forse aveva mancato il punto, ad ogni modo sentiva ancora lo stesso piccolo movimento sotto l'altra mano.

Ma stava bene, stava bene... non tossiva sangue né altro (una cosa che non aveva considerato fino a quel momento, e la realizzazione lo fece inorridire), ebbe solo un po' di vertigini causate dalla nausea, che stava comunque passando, ma nient'altro. La stanza era diventata un po' più buia, forse fuori era nuvoloso. Aveva i piedi freddi, allungò le gambe e le fece scivolare sotto la coperta piegata ai piedi del letto. Il sangue sgocciolava bollente sulle dita intorpidite. Ma si sentiva bene. Avrebbe potuto provarci ci nuovo. Aveva solo bisogno di sdraiarsi e respirare per un momento. Tra un minuto sarebbe finito tutto. Se solo quella cosa maledetta avesse smesso di scivolare via...

Scendendo le scale con Millie dietro di sé, Holden fu sorpreso di trovare un giovane detenuto che camminava per il corridoio, intenzionato apparentemente ad andare in una direzione, per poi cambiare idea e tornare indietro. Facendo questo, si trovò di fronte a Holden, che lo riconobbe come lo stesso ragazzo che aveva incontrato negli alloggi del personale un po' di tempo prima. Allora stava cercando il suo amico, e sembrava tanto perso e abbandonato quanto lo era in quel momento.

"Stai ancora cercando il tuo amico che si è perso?" chiese Holden, per iniziare il discorso.

Il ragazzo aveva un aspetto sconcertato, ma sembrava averlo riconosciuto.

"Se ne sono andati tutti" disse, come se fosse questo ad averlo sconvolto.

"Lo faresti anche tu, se sapessi cosa sta per succedere" disse Holden, superando il ragazzo insieme a Millie. "Ci sono delle persone cattive là fuori che cercano di sparare a qualsiasi cosa si muova. Se vuoi venire con noi, non dirò di no."

"Aspetta" disse il ragazzo, raggiungendo di corsa Holden per trattenerlo. "Il mio amico ha bisogno di aiuto."

"E sarebbe lo stesso amico che stavi cercando?" chiese Holden, continuando a camminare e costringendo il ragazzo a fare lo stesso, ma all'indietro.

"Cosa? No, è un'altra persona. Ha la malattia del sonno, quella per cui mi hai dato quelle pillole."

"Vorrei poterti aiutare, ma non ne ho più."

"Non mi servono pillole. Ho bisogno di qualcuno che lo sposti."

Holden sorrise. "Forse non mi hai sentito, ragazzo. Ci sono persone appostate qui fuori, che non vogliono che nessuno di noi esca vivo da qui. E ti posso quasi assicurare che a un certo punto decideranno di entrare per finire il lavoro. Per quanto mi piacerebbe aiutare ogni povero stronzo in difficoltà, la priorità è portare in salvo la mia amica Millie. E non posso farlo se devo trascinare un peso morto."

"Greg non è pesante. Anche con quella strana muta che indossa, non può pesare più di..."

"Una strana muta?" fece eco Holden.

"Sì, una specie di tuta da subacqueo, imbottita."

Holden rallentò i passi fino a fermarsi, mentre rifletteva. "Dove hai detto che si trova?"

"In infermeria" rispose il ragazzo, e percependo dell'interesse continuò a supplicarlo: "Per favore, devi aiutarlo. Avrebbe fatto la stessa cosa per me, se fossi stato al suo posto..."

"E va bene, e va bene" disse Holden, agitando una mano per liquidarlo, "non lo stiamo mica nominando per un premio al valore. Ma come prima cosa, devo accompagnare Millie al tunnel di evacuazione. Sai dov'è? No, certo che no. Vieni, ci stiamo dirigendo lì."

Carver era nel piccolo laboratorio, seduto con la testa tra le mani sotto una nuvola di fumo persistente, ai suoi piedi erano sparpagliati una serie di vasetti vuoti e in frantumi.

Nessuno dei detenuti con le fasce arancioni era sopravvissuto alla sparatoria, ma per fortuna erano ridondanti, visto che lui aveva dei campioni nascosti nel laboratorio. O almeno così pensava, finché non entrò nel laboratorio e ne trovò i resti nel lavandino.

Cinque minuti prima stava organizzando un piano meticoloso per prelevare gli esemplari, scappare e rimanere nascosto mentre cercava un altro luogo isolato dove stabilirsi. Ora non aveva più niente. Non riusciva nemmeno a raccogliere le forze necessarie per alzarsi dalla sedia.

Un'infermiera si avvicinò di corsa e si fermò sulla soglia del laboratorio. Senza alzare la testa, sapeva che aveva qualcosa da riferirgli e stava aspettando che la notasse. Nessuno del suo staff lo aveva mai visto così: si assicurava sempre di apparire a capo di ogni situazione, in controllo e, con un po' di alchimia, anche capace di trasformare difficoltà in opportunità. Non gli importava come l'infermiera lo vedesse in quel momento, ma l'ansia che quest'ultima provava era palpabile e sempre più difficile da ignorare.

"Cosa c'è?" ringhiò, lasciando che le mani scorressero sul viso mentre alzava la testa. Era una delle infermiere incaricate di prendersi cura dei secondini feriti, e a quel punto si aspettava che fosse andata lì per comunicargli di un altro deceduto, o qualche complicazione con i feriti.

Ma si sbagliava.

"Cosa c'è?" chiese di nuovo, alzandosi lentamente in piedi mentre l'infermiera gli riferiva ciò che avevano trovato in infermeria.

CAPITOLO 28

"Eccoci arrivati" annunciò Holden, fermandosi a pochi passi dall'inizio del tunnel.

Gli occhi di Nader vagarono dubbiosi sui muri rozzi di pietra, ma non disse nulla.

"Non è il classico tunnel a due corsie che uno si aspetta" disse Holden, notando lo sguardo dell'altro, "ma è sicuro, è nascosto e ci porterà dove dobbiamo andare senza attirare attenzioni indesiderate."

Nader alzò una mano sulla difensiva, scrollando le spalle. "Non ho detto niente. Cavolo, sono pure felice che non stiamo strisciando attraverso le fognature per uscire."

"Non ti emozionare troppo" disse Holden. "Comunque, voi due aspettatemi qui mentre vado a recuperare il tuo amico. Millie..." le posò una mano ferma ma rassicurante sulla spalla. "Stai con lui. Non è grosso come un armadio, ma si prenderà cura di te. Sono certo tu faresti lo stesso. Quanto a te..." strinse l'altra mano sulla spalla di Nader. "Se le succede qualcosa, ti concio per le feste."

Nader fece un timido cenno del capo, massaggiandosi la nuca come se sentisse già le percosse promesse.

"Okay, ora ascoltatemi bene" continuò Holden. "È possibile che anche altri membri dello staff si presentino qui, quindi tenete la testa bassa se potete, ma non preoccupatevi troppo di un paio di disertori. A questo punto sono come topi che cercano di salvarsi, non seguono più gli ordini." Si fermò un momento per pensare, prima di aggiungere: "Anzi, se li vedete correre, fatelo anche voi: scappate. Non aspettatemi e non abbiate ripensamenti. Scappate e basta."

Attraverso l'oscurità vellutata, cominciarono a filtrare voci.

"... preparare una trasfusione di sangue. Non possiamo permetterci di perderlo. Abbiamo lo stesso tipo? Bene, usiamo quello allora."

Greg sentì l'incavo del braccio che veniva tamponato e aprì gli occhi in tempo per vedere mani guantate che inserivano un ago proprio in quel punto. Sentiva freddo e voleva mettersi a sedere, ma un'infermiera lo spinse gentilmente indietro prima di voltarsi per informare un chirurgo in camice e maschera del suo risveglio. Il chirurgo sospirò e, con un'occhiata di sfuggita a Greg, mormorò qualcosa a cui l'infermiera rispose annuendo prima di andarsene.

Pensava che fosse stato ricoverato in un ospedale altrove e che stesse ricevendo cure mediche, così Greg abbassò le palpebre e quasi sprofondò nuovamente in uno stato di incoscienza, finché il viso del chirurgo, seminascosto e sopra di lui, gli sorrise all'improvviso. Gli occhi si strinsero dietro gli occhiali senza montatura in un modo familiare.

Greg cercò di scappare dal letto ma venne trattenuto da Carver il quale, facendo fatica a tenerlo disteso, chiese aiuto.

Entrarono i secondini: Toby gli afferrò le braccia, mentre Roman cercò di trattenergli le gambe ma ricevette un calcio in faccia, che lo fece barcollare all'indietro, piegato in avanti e con le mani a coprire il naso. Samson prese il suo posto, gli afferrò le gambe per le caviglie e lo inchiodò al tavolo.

"Samson, tienigli salde le gambe" ordinò Carver, muovendosi intorno a loro per rimettersi in posizione. "Tienilo fermo! Roman, dall'altra parte. Tienilo fermo col tuo peso!"

Lo trattennero mentre Carver iniziava l'operazione, rimuovendo il coltello conficcato nell'addome di Greg e bloccando l'emorragia. Poi arrivò la parte più complicata, in cui Carver dovette prendere il bisturi e continuare l'operazione.

"Shhh, adesso va tutto bene. Sto solo finendo quello che ha iniziato" lo tranquillizzò. "Stia fermo ora. Lo so, lo so, fa male da morire, lo so. Allora, c'è un brav'uomo..."

Continuò a parlare, senza badare alle urla mescolate a parolacce, fino a quando la rabbia di Greg si spense nel momento in cui Carver spinse la mano dentro l'incisione. Fu poi necessario il doppio della forza per trattenerlo. Indipendentemente dal fatto che avesse gli occhi aperti o chiusi, che urlasse o meno, Greg non comprendeva nulla della situazione, sentiva solo un incessante tormento, amplificato dalla sensazione di strumenti invisibili che gli tagliavano e sondavano le viscere, e per questo si piegava e contorceva contro le mani che lo trattenevano.

"Ce l'ho, ce l'ho!" annunciò Carver all'improvviso. Poco dopo Greg provò una sensazione disgustosa di qualcosa che veniva tirato fuori dalle sue interiora. Il sollievo di Greg fu visibile nei lineamenti del suo viso, che si rilassò e calmò così tanto da sembrare un subacqueo che riaffiora per la prima boccata d'aria dopo essere rimasto sott'acqua per un lungo periodo: viso rivolto verso l'alto, occhi socchiusi e labbra socchiuse affamate d'aria fresca.

Con la vista offuscata, intravide qualcosa che Carver teneva in controluce: viscido e sporco di sangue, aveva le dimensioni e la forma di un rene, e sembrava stesse cercando di divincolarsi dalla presa del dottore.

Greg sentì che la pressione restrittiva si stava attenuando, man mano che i secondini si raccoglievano intorno al dottore per occuparsi di quella cosa. Cercò di mettersi a sedere e poi, sentendo una fitta acuta accompagnata dalla pressione delle viscere che spingevano contro la ferita aperta, crollò sulla schiena con un gemito. Esausto, riuscì solo a vedere vagamente delle schiene che uscivano dalla stanza, accalcandosi intorno a quella cosa che era stata estratta dal suo corpo, lasciandolo solo a riprendersi dallo shock di quell'operazione invasiva con respiri profondi.

Quando riaprì gli occhi, Greg trovò Carver che aspirava del liquido da una piccola fiala con una siringa.

Ancora una volta, Greg cercò di alzarsi, guardandosi intorno con occhi infossati mentre si aggrappava ai bordi del letto per mettersi seduto. Ma la stanza cominciò a inclinarsi e a dondolare, e mentre cercava di trovare un equilibrio, Carver gli tamponò una piccola zona sulla coscia e vi infilò l'ago. Subito un'ondata di calore sciropposo gli riempì le vene, sciogliendo la rigidità nelle membra e con essa la sua volontà di lasciare quel letto.

"Va meglio, vero?" disse Carver, sorridendo soddisfatto mentre Greg tornava a stendersi. "Che ci creda o no, non è un oppioide: nessun test antidroga lo rivelerà, non ne diventerà nemmeno dipendente. Ma questa è solo una delle sue caratteristiche. Accelera il processo di guarigione del corpo. La mia teoria è che la larva lo usi per mantenere il corpo ospitante vivo e felice, riducendo al minimo i danni anche quando lo perfora e lo mastica. Ho appena iniziato a scoprire tutto il suo potenziale. Non le dispiace se chiacchiero mentre la ricucisco, vero?" chiese, giustificando gli strattoni che Greg sentiva vicino all'incisione. "Grazie a lei, posso ancora continuare il mio lavoro. Quindi consideri questo come un piccolo gesto di gratitudine. Le vecchie abitudini sono dure a morire e non posso fare a meno di rispettare il giuramento. O forse mi sono semplicemente affezionato a lei, caro mio." Alzò le spalle. "Scelga la versione che più preferisce."

Poco dopo fece un nodo e tagliò il filo di seta.

"Preghi di trovare le forze per strisciare via da qui prima che la squadra di sgombero la trovi" disse, posando gli strumenti e togliendosi i guanti chirurgici. "Anche se dubito riuscirà a strisciare lontano. E a giudicare dal loro modus operandi, preferirebbero spararle subito piuttosto che tenerla in vita per interrogarla. Che spreco, non pensa? Ma se mi farà guadagnare un po' di tempo e li terrà lontano da me, tanto meglio" concluse, gettandosi i guanti sopra la spalla.

Uscì quasi dalla stanza, ma l'abitudine lo spinse a fermarsi quando vide il registratore portatile.

Riflettendo sul fatto che il suono registrato sarebbe servito ad attirare l'attenzione degli intrusi, dopo una rapida ispezione del soffitto per assicurarsi che non ci fossero condotti dell'aria, Carver schiacciò il pulsante di riproduzione e se ne andò, mentre una vecchia canzone gorgheggiava con sentimento sul ronzio di un coro e strumenti ad arco.

Gli occhi di Greg vagarono per la stanza e si fermarono sul coltello che Carver gli aveva estratto dal corpo, che si trovava ora su un tavolino a rotelle alla sua destra. Tese il braccio e la punta delle dita ne sfiorò il bordo, ma non fece altro che far allontanare il tavolino. Provò a prenderlo di nuovo, ma il tavolino rimase ostinato fuori dalla sua portata, ed era un vero e proprio sforzo cercare di raggiungerlo, quando era più facile abbandonarsi a quella deliziosa debolezza.

La canzone raggiunse una parte tranquilla in cui la musica diventava delicata, mentre il coro continuava a canticchiare; cullò Greg con sé come una barca in mare aperto e cominciò ad addormentarsi; poi la sensazione si dissipò in echi lontani, come se la stanza intera fosse stata improvvisamente sommersa, e si ritrovò sdraiato con la testa girata svogliatamente da un lato, a guardare la stanza illuminata dal sole, i cui colori e linee diventavano liquidi e sanguinavano l'uno nell'altro.

La stanza tremò, colpita da una scossa improvvisa. Stordito, Greg alzò lo sguardo e vide i pannelli del soffitto incurvarsi sotto un grande peso, deformandoli e creando spazi vuoti vicino agli angoli. Si sentiva distante, sepolto in una calma assoluta, anche se il soffitto sembrava volergli crollare addosso minaccioso. Ciononostante fece uno sforzo ringhiando e si sollevò sui gomiti. Le gambe non gli rispondevano e, guardandosi intorno in cerca di qualcosa che lo potesse sostenere, vide il tavolino a rotelle alla sua destra e si allungò per afferrarlo.

Un'altra scossa violenta fece tremare la stanza. Il tavolino a rotelle tremò a sua volta e rotolò verso di lui. Uno dei pannelli del soffitto si staccò e precipitò vicino al braccio steso di Greg proprio mentre afferrava il bordo del tavolino, avvicinandolo a sé.

Una terza scossa fece cadere altri pannelli o pezzi di essi. Dallo squarcio nel soffitto apparvero le braccia della creatura e si aprirono su di Greg come un terrificante bocciolo in fioritura.

Proprio mentre stava per afferrare il coltello, le braccia della creatura scattarono su di lui.

Il mondo divenne buio.

CAPITOLO 29

In quell'edificio aveva sempre regnato il silenzio, ma non quel silenzio particolare tipico del vuoto. Persino la quiete che veniva imposta, così fastidiosa e simile alla vita in un monastero, veniva disturbata da rumori casuali proveniente da comuni attività giornaliere. Holder era felice di evitare inutili incontri, ma dopo un po' iniziò a chiedersi dove fossero finiti tutti quanti. Dov'era il pandemonio che solitamente precede un'evacuazione imprevista? Dov'erano le infermiere che abbandonavano i pazienti, i secondini che spintonavano via tutti mentre correvano come pazzi verso l'uscita più vicina? Certo, ne erano rimasti in vita pochi, e più della metà di loro era rinchiusa nelle celle. Ma di sicuro avevano ormai fatto abbastanza confusione da attirare l'attenzione di qualcuno. Erano loro quelle urla che aveva sentito riverberare leggermente quando era salito dal sotterraneo all'edificio principale? Quando si era fermato per ascoltarle, non le sentì. Forse era solo la sua mente, che riempiva gli spazi vuoti.

Il corpo dell'infermiera giaceva ancora indisturbato nello stesso punto. Cercò di non guardarla, ma il contrasto tra i ciuffi di capelli sciolti svolazzanti e il corpo immobile attirò la sua attenzione mentre le passava accanto. Era così preso da quell'immagine che poco dopo gli venne in mente che aveva attraversato il corridoio senza abbassarsi e strisciare sotto le finestre per evitare che gli sparassero. Guardò le grandi lastre di vetro, ma non notò nessun foro recente né altri segni di una sparatoria.

Silenzio fuori e silenzio dentro. I cecchini erano ancora appostati fuori o erano già entrati? Chi o cosa stavano cercando? Cominciò a chiedersi se lo avrebbero risparmiato se si fosse fatto avanti e si fosse identificato come l'infiltrato che aveva collaborato con uno degli agenti. Ciò che il piccolo Grim gli aveva detto di loro era l'equivalente di uno sguardo fugace, nient'altro che accenni e allusioni; e sebbene Holden sapesse un po' del loro passato, motivazioni, codice di condotta e intenzioni, il fatto che Grim li chiamasse sorridendo «la sua cricca» non li rendeva affatto meno minacciosi e loschi.

La prima volta che approcciò Holden, Grim gli aveva detto, senza entrare nei dettagli, di aver seguito una pista e di aver bisogno di aiuto per infiltrarsi nell'edificio. Suppose che Grim fosse un giornalista che lavorava sotto copertura, e non uno di quelli che venivano pagati profumatamente per i propri servizi, perciò Holden decise di aiutarlo; se quel disgraziato fosse riuscito a pubblicare qualche pezzo e a smascherare Carver e il suo losco progetto, tanto meglio. Farlo entrare di nascosto fu semplice: i detenuti non venivano portati dentro con un'auto della polizia, un autobus della prigione o qualsiasi altro mezzo ufficiale delle autorità locali o dei penitenziali. Venivano portati dentro con un camion qualunque, e quella sera semplicemente aveva trasportato un corpo in più.

Grim aveva affidato a Holden i suoi effetti personali, non sospettando né preoccupandosi se Holden avesse dato un'occhiata all'interno del borsone, che non conteneva abiti civili, ma una tuta dall'aspetto interessante, una pistola e un flaconcino di pillole rosse. Holden ne fu incuriosito, ma fintanto che li aveva con sé (e quindi potendo averne accesso in ogni momento) non era particolarmente preoccupato.

Piuttosto, era più preoccupato per gli strani eventi accaduti ben prima dell'arrivo di Grim: i detenuti, che erano scomparsi, furono ritrovati feriti, privi di sensi o in coma. Furono portati nel reparto di convalescenza, dove si svegliarono, ma non si ripresero mai del tutto. C'era qualcosa che non convinceva Holden: proprio lui, che si considerava uno stronzo insensibile ed egocentrico, capace di passare le giornate a ignorare tutto quello che Samson e la sua squadra facevano passare ai detenuti. Non contava troppo sul fatto che Carver si comportasse da dottore serio, o che facesse uno sforzo per curare quei bastardi sfortunati, che oltretutto iniziavano a mostrare pure segni di demenza precoce; ma ingannare i detenuti sani e accompagnarli verso lo stesso destino, cosa che Carver aveva orchestrato ma mai ammesso, fu troppo per Holden.

Lo stesso Grim sembrava sapere di più sulla faccenda di quanto lasciasse intendere. Quella fu in parte la sua rovina: sapeva mantenere un segreto, ma sapeva anche che non sarebbe riuscito a resistere alla tentazione di manipolare qualcuno. Aveva chiesto a Holden di rubargli ogni giorno quelle pillole rosse, era persino scomparso per un po' con altri detenuti, ma ne uscì relativamente illeso. Dopo che Holden sospettò che lui sapesse qualcosa e minacciò di interrompere la fornitura della sua dose giornaliera, Grim si ritrovò a dover contrattare nuovamente, arrivando al punto di promettere di concludere la collaborazione. Affermò che era comunque più o meno il suo obiettivo finale. Che stesse dicendo la verità o mentendo per ottenere ciò che voleva, Holden non ebbe alternativa se non di accettare. Voleva far fallire quel posto a tutti i costi: non solo liberare i detenuti, ma chiuderlo per sempre. E a tal scopo era disposto ad accettare ogni aiuto che gli veniva offerto, sebbene venisse dal diavolo in persona.

Non ebbero mai l'occasione per discutere di come Grim avrebbe adempiuto alla sua parte dell'accordo, ma Holden non aveva mai immaginato che sarebbe finita con una sparatoria di massa. O stavano eliminando le vittime a caso, o volevano eliminare tutti quelli che erano collegati a quel posto; con ogni probabilità, anche lui avrebbe fatto la stessa fine.

Quando raggiunse l'infermeria, Holden trovò entrambi i letti vuoti, quello più distante aveva il lenzuolo appallottolato e gettato in un angolo. Lo stese e vide una grossa macchia di sangue, né fresca né del tutto marrone. Il ragazzo non aveva detto che il suo amico era ferito, il che sembrava un dettaglio troppo importante da omettere.

Holden gettò il lenzuolo a terra con un sospiro esasperato: se il sangue non era di Grim, stava perdendo tempo; c'era ancora un intero edificio da controllare, e i nemici si stavano avvicinando.

In quel momento, qualcosa si schiantò lontano e fece tremare spaventosamente il pavimento. Holden guardò allarmato il soffitto: era così fissato con la cricca di Grim che all'inizio pensò fossero loro a farsi strada nell'edificio con la forza. Ma che senso aveva cercare di entrare dall'alto, quando era più facile fare irruzione dall'entrata dell'edificio indifeso?

Lasciò l'infermeria per verificare la causa del trambusto, ma sentì un secondo schianto ancor più forte, come se qualcuno avesse fatto cadere un pianoforte a coda o qualcosa di altrettanto pesante al piano di sopra. Si fermò ad ascoltare, quasi aspettandosi di sentire il rumore di stivali sopra di lui. Non sentì niente del genere, ma continuò comunque ad aggirarsi guardingo lungo i corridoi e su per le scale, cercando di pensare a fonti di quel rumore meno spaventose: poteva essere Carver che faceva capricci per quella serie di disastri, rovesciando tavoli e armadietti; o forse era lo sciocco che stava cercando, rinchiuso da qualche parte che cercava di evadere.

Salì al piano di sopra, che sembrava deserto tanto quanto quello di sotto. Holden si fermò ugualmente prima di girare ogni angolo, cercando di captare passi mentre si faceva strada nel silenzio inquietante. Persino la pistola, che teneva in mano per difesa personale, lo rassicurava sempre meno man mano che si muoveva.

Infine raggiunse il lungo corridoio situato sopra l'infermeria. Il rumore doveva provenire da lì, eppure il pavimento era liscio, intatto e immacolato, privo di qualsiasi segno di distruzione che potesse giustificare il rumore di prima.

Alla parte opposta c'erano doppie porte con finestre rotonde, che davano su una vecchia sala operatoria. Da quelle porte usciva un suono debole ma acuto, che Holden scambiò all'inizio per una voce di una donna, che piangeva o si lamentava. Ma più andava avanti, più assomigliava a uno sospiro stridulo di violini.

A Holden non era mai piaciuta quella stanza. Fissò le due finestre rotonde, che da lontano sembravano occhi che ricambiavano lo sguardo.

Nella posizione precedente, gli era stato assegnato di mantenerla pulita e in ordine, sebbene non ne capisse l'utilità, visto che Carver aveva allestito un'altra stanza operatoria al piano di sotto. «Scarsa ventilazione» fu il motivo per cui questa stanza era stata abbandonata, ma gli sembrava abbastanza arieggiata e pure luminosa quando c'era bel tempo, anche senza luci accese.

Durante le pulizie, Holden si assicurò di pulire con cura tutte le superfici bianche e di passare lo straccio in ogni angolo color menta, come se la stanza dovesse essere usata nella mezz'ora successiva. Ma lo faceva per sfidare ostinatamente una certa sensazione, non che riuscì mai a scrollarsi di dosso: la sensazione che se si fosse voltato velocemente, avrebbe intravisto qualcosa che si precipitava fuori dalla porta. Non era superstizioso, né completamente scettico: la vita era troppo vasta, troppo profonda, troppo piena di punti ciechi per rimanere fermi su un'unica posizione.

C'era qualcosa in quella stanza che lo stava osservando... o forse era oltre la stanza. La sensazione che provava era inconsistente e, cosa peggiore, avrebbe potuto abituarcisi se fosse rimasta. Una volta, aveva fatto partire un'audiocassetta nel registratore solo per riempire la stanza di suoni e sovrastare quella terribile solitudine. Per poco non gli venne un colpo quando, pochi minuti dopo, il nastro si fermò improvvisamente con un forte clic. Ma era solo Carver, che lo rimproverò per aver disturbato il silenzio, anche se la stanza era lontana e quasi isolata dalle zone più popolate.

Insieme alla musica soffusa, nell'aria c'era anche un leggero fetore, che gli ricordava il bagno imbrattato di nero nel suo vecchio alloggio.

Questo posto meriterebbe di essere distrutto da un incendio, pensò Holden, prendendo un respiro profondo prima di aprire le doppie porte e ritirandosi quasi immediatamente.

Al centro della stanza, appesa sopra una barella rovesciata, c'era una grande massa organica scura, che sembrava uscire da uno squarcio sul soffitto. Holden la fissava cercando un segno di vita, respiri o contrazioni volontarie, mentre usava una delle porte come scudo, pronto a scattare in caso di pericolo. La pistola che portava con sé sembrava ridicola, se avesse dovuto usarla contro quella cosa: sarebbe stato come avere una cerbottana. Ma finché era immobile, poteva esaminarla, sebbene per quanto ci provasse non riusciva a distinguere la testa, una bocca o gli occhi o qualcosa con una funzione simile. Una parte di essa era ancora nascosta nel soffitto, mentre la massa sferica a lui visibile era costituita da una sacca di membrana, larga quasi due metri, il cui aspetto gli ricordava la gola sporgente di un'anguilla pellicano o di un qualsiasi predatore a forma di serpente che aveva consumato una preda molto più grande di lui e ora aveva la pelle distesa per contenerla.

Dietro la pancia gonfia c'erano lunghe braccia annodate, intrecciate a formare una specie di cono, contorto e affusolato. C'erano altre appendici vaganti, circa una dozzina, di diverse dimensioni e lunghezza, alcune erano lunghi tentacoli e altre semplici monconi. Alcune braccia vaganti erano ancora aggrappate al bordo della grande apertura nel soffitto, come se la creatura avesse cercato di risalirvi senza successo. Sembrava che la sua mole sgraziata la tenesse incastrata in quella posizione scomoda, incapace sia di muoversi sia di vomitare il fardello che la bloccava.

La canzone era terminata e, pochi secondi dopo, il nastro si fermò emettendo un forte clic. La creatura sembrava non sentire i suoni. Oppure, vista l'assenza di movimento e di respiro, forse era morta.

Qualcosa di nero e maligno come petrolio greggio gocciolava dal soffitto e scorreva in rivoli lungo le pareti piene di vene della sacca di membrana, così tesa e sottile da diventare quasi traslucida.

Holden fece qualche passo nella stanza, raccolse un piccolo detrito del soffitto e lo lanciò alla creatura. Rimbalzò sulla massa nera e cadde a terra senza conseguenze.

Si guardò intorno e trovò un bisturi sotto un vassoio capovolto, e con esso iniziò a perforare la membrana. Non accadde nulla, perciò Holden iniziò a tagliarla, lanciando di tanto in tanto uno sguardo preoccupato alle appendici avvizzite che, con la coda dell'occhio, sembrava vedere tornare in vita; ma era solo il suo tagliare e, occasionalmente, segare con forza che faceva oscillare l'intera massa e dava l'impressione che si stesse muovendo. La membrana si rivelò non essere così fragile come sembrava, richiedendo diverse incisioni attraverso numerosi strati, finché infine non fu in grado di romperla.

Attraverso lo squarcio apparve il corpo di un uomo, che si distese e cadde, ma non del tutto: dalla vita in giù rimase intrappolato all'interno della membrana, mentre la metà superiore era sospesa in aria, con la testa rovesciata all'indietro e le braccia distese lungo il corpo. Un liquido nero gli colava lungo le dita piegate; dalla mano inerte scivolò qualcosa, che colpì il pavimento con un rumore mortale.

CAPITOLO 30

La testa del ragazzino gli cadde in avanti finché il mento non toccò la clavicola. Qualcuno con una presa sicura lo sorreggeva con un braccio dietro le spalle e uno sotto le ginocchia: era abbastanza leggero da poter essere trasportato in quel modo. Gli interni color marrone scuro della vecchia casa si mescolavano l'uno all'altra ai suoi occhi confusi che vedevano sfocato. L'uomo che lo stava trasportando odorava vagamente di sigaretta e di acqua di colonia: un odore paterno, rassicurante, soprattutto se paragonato all'odore di degrado che riempiva la casa.

C'era un'ambulanza ad aspettarlo, e presto fu sdraiato su una barella. Nell'ambulanza fu travolto da una forte luce bianca, così tenne gli occhi chiusi, captando alcuni frammenti di frasi intorno a sé.

"... non l'avremmo trovato se uno dei vicini non avesse detto che avevano un figlio..."

"Sì, ho sentito. Qualcuno non aveva detto che ne avevano due?"

“Intendi la vecchia Cass? Lei... tende a confondersi. Non presterei troppa attenzione a quello che dice...”

“Beh, non è che i genitori avessero proprio le rotelle a posto...”

“Porta un po’ di rispetto per...” rimproverò l’altro, interrompendosi prima di dire la parola più importante. “Comunque, questo povero ragazzino deve essersi nascosto da loro quando fecero irruzione, senza più riuscire a liberarsi...”

L’altro fece un piccolo fischio. “Per tutto questo tempo? Ora capisco perché sembra sia uscito da una cella d’isolamento...”

“Come sei gentile...”

“Aspetta un attimo... Loro? Quindi non era né una rapina né un serial killer?”

“Parla piano!” sibilò l’altro, guardando il ragazzino con preoccupazione. “Non conosco tutti i dettagli. Ma quanto pare, la gente è tornata a casa dal lavoro a fine giornata e...” si fermò per schiarirsi la voce. “Beh, non si aspettavano di avere compagnia...”

Poco dopo raggiunsero l’ospedale, e il ragazzino fu portato fuori all’aria fresca e alla luce dell’alba. Il cielo violaceo lo guardava mentre lo sollevavano, e lui pensò che fosse sul punto di cadere ma verso l’altro, di precipitare passando tra gli uccelli che volteggiavano e scomparire nella stratosfera.

La testa di Greg gli cadde all’indietro. Qualcuno con una presa sicura lo sorreggeva per la parte superiore della schiena e le gambe: era troppo ferito per essere trasportato in un altro modo. Le luci del soffitto ondeggiavano e si mescolavano l’una all’altra davanti ai suoi occhi semiaperti che vedevano sfocato.

Il tempo si espandeva ogni volta che sbatteva le palpebre e, una volta aperti completamente gli occhi, il soffitto del sotterraneo fu sostituito dai rami verdi e intrecciati di abete rosso.

Venne posato a terra e poi appoggiato a un muretto fatto di massi, che si trovava in cima a un terreno in pendenza, anch'esso roccioso. L'aria era fredda e pungente, e sebbene all'inizio questo l'aiutasse a rimanere sveglio, con nient'altro addosso che una coperta di lana iniziò presto a tremare, aggrappandosi ai bordi della coperta per proteggersi ulteriormente dal freddo.

"Tieni." Holden gli lanciò un'uniforme appallottolata. "So che quei pigiami grigi sono l'ultima cosa che vorresti vedere, ma non sono riuscito a trovare altro... e sono meglio di niente."

Greg accettò la tuta con un cenno del capo, anche se rimase rannicchiato sotto la coperta, riluttante a muoversi per paura di dissipare quel poco calore che era riuscito a creare.

Holden scrutò il bosco soffocato dalla nebbia che li circondava.

"Senti..." disse, accovacciato vicino a lui, quasi in un sussurro, "vado a vedere se Millie e il ragazzo ce l'hanno fatta ad uscire. Dovresti cavartela qui, ma non siamo ancora al sicuro. Quindi non fare rumore e non farti notare."

Greg rispose con un altro cenno: la gola era troppo infiammata per parlare. Ma quando si accorse che l'altro non se ne andava, guardò Holden e notò sul suo viso uno sguardo scettico e preoccupato.

"Me..." gracchiò Greg, fermandosi per schiarirsi la voce dal liquido che sentiva in gola. "Me la caverò."

Holden sembrava ancora titubante, ma dopo un momento si alzò in piedi e risalì la collina.

Chi sono Millie e il ragazzo? si chiese Greg.

Ragionare era un concetto distante da lui, solo un'eco all'orizzonte. La sua preoccupazione principale in quel momento era fermare i colpi di tosse, che stavano diventando più frequenti e che sapeva lo avrebbero messo nei guai, ma gli spasmi erano incontrollabili. Cadde su un lato e, sorretto sulle mani, vomitò una sostanza nera. Poi crollò sui gomiti mentre con una mano teneva premuto il punto dove era stato operato prima. I punti di sutura tiravano come uncini a ogni colpo di tosse e, oltre al dolore, temeva che si riaprisse la ferita. Per fortuna non c'era molto nel suo stomaco e poco dopo la tosse si calmò. Digrignò i denti mentre si spingeva dal suolo con gomiti e mani e si rimise a sedere.

Toccò di nuovo l'incisione, o meglio la larga garza fissata con il nastro adesivo allo stomaco che la copriva; per quando la memoria fosse offuscata, non ricordava che Carver si fosse preso la briga di fasciarlo. Se avesse prestato un po' di attenzione, avrebbe notato che la garza era pulita, mentre la maggior parte del suo corpo era imbrattata di nero. Ma infreddolito e senza energia, si coprì con la coperta, inclinò la testa contro il muro e chiuse gli occhi.

In lontananza un falco emise un grido penetrante. Così sembrava, all'inizio: il verso di un falco è solitamente roco, mentre questo assomigliava di più a un lungo fischio.

Greg lo sentì di nuovo e aprì gli occhi, meravigliato dal suono. Poi, da sopra di lui, sentì lo scricchiolio di qualcosa che raschiava la cima del muretto di massi, e il cuore gli si gelò quando sentì uno fischio acuto in risposta: lungo, forte e senza dubbio emesso da un essere umano.

Rimase seduto pietrificato, senza sapere il perché, mentre i passi sopra di lui si allontanavo dal muretto, e poi scomparvero in lontananza.

Tutto era silenzioso. Greg provò a mettere la tuta, la tenne sulle gambe per un po' di tempo mentre tendeva l'orecchio a eventuali suoni circostanti. Non sentendo nulla, la srotolò e, con cura e ordinatamente infilò una gamba nella tuta.

La sinistra era più facile da infilare rispetto alla destra: per quest'ultima dovette impiegare più tempo per il dolore, a cui rispondeva con sussulti e grugniti. Con le gambe coperte, e ancora completo silenzio intorno a lui, si appoggiò al muro e si alzò per tirare su la tuta e infilare le braccia nelle maniche, rischiando di cadere a causa delle vertigini che provò quando dovette lasciare il suo supporto per un breve periodo.

Infine si sedette e avvolse la coperta sulle spalle, chiedendosi se avrebbe dovuto rimanere dove si trovava o avventurarsi nella fitta nebbia, dove la visibilità era scarsa. Ma poi alla sua destra sentì dei passi di corsa, che precedettero l'arrivo di una figura vestita di nero che gli passò di fianco, sfrecciando giù per la collina. Il terreno era nascosto nella foschia e, come un fantasma, i piedi dell'individuo sembravano non toccare mai terra. Ma il rumore e il profilo erano inconfondibili: quell'uomo portava un fucile con sé.

Greg indietreggiò aderendo di più al muretto. Oltre ai massi, non c'era nient'altro a nasconderlo. Alzò la coperta sopra la testa, come se fosse un cappuccio, sperando che il suo colore simile al fango lo aiutasse a mimetizzarsi con l'ambiente circostante. Nonostante ciò, non era ben camuffato: la gamba destra gli faceva troppo male e quindi era distesa, mentre la sinistra era piegata al ginocchio, con il piede sinistro infilato sotto la coscia destra.

Di tanto in tanto gli arrivavano suoni lontani, lo strano schiocco di un ramo spezzato, lo scricchiolio della ghiaia, eppure continuava a non succedere nulla. Cominciò a chiedersi quanto tempo fosse passato e per quanto tempo ancora sarebbe dovuto rimanere lì, e se Holden sarebbe mai tornato. I brividi riapparvero, questa volta causati dalla febbre. La ferita gli mandava dolori lancinanti su per il fianco. Si rendeva conto che era un brutto segno e che necessitava di cure mediche, ma per scendere la collina da solo avrebbe impiegato almeno mezza giornata con il suo passo. Inoltre, non poteva sperare di correre più velocemente degli uomini con i fucili, se lo avessero individuato. Sospettò che fossero parte di quella che Carver aveva chiamato «squadra di sgombero», e se il dottore aveva detto la verità, avrebbe fatto bene a evitarli. Se anche avesse avuto una minima possibilità di riuscire a confondersi con gli alberi e scomparire nella nebbia, probabilmente c'erano altri uomini armati a controllare l'area più in basso, e non poteva sperare di seminarli in quello stato.

Era così assorto nel valutare le sue opzioni che non si accorse dei passi che si stavano avvicinando, finché non vide Carver precipitarsi a nascondersi dietro al muretto.

Il dottore rimase lì fermo, troppo preso a riprendere fiato e a guardare oltre la curva del muretto per notare Greg seduto a poco più di mezzo metro alla sua sinistra, che lo fissava sorpreso.

Fra le mani Carver teneva un vaso contenente circa un litro di un liquido pallido e torbido... e qualcos'altro, che non si vedeva chiaramente in quanto nascosto dai guanti. Si sporse per controllare se era stato seguito da qualcuno, e fu sul punto di correre via di nuovo, quando qualcosa gli afferrò la caviglia, facendogli perdere l'equilibrio. Il vaso gli sfuggì di mano e si frantumò su una roccia vicina.

Carver emise un grido soffocato e cercò di raggiungerlo, ma una delle caviglie rimase intrappolata. Lanciò un'occhiata dietro di sé e gli occhi sbalorditi quasi gli uscirono dalle orbite quando vide Greg, disteso su un lato, il viso pallido striato di nero, aggrappato alla gamba come un demone deciso a trascinarlo con sé tra le fiamme degli inferi.

Greg aveva agito d'impulso, senza la minima idea di cosa fare con Carver, ora che l'aveva fermato. Sapeva solo che non doveva essergli permesso di scappare, per questo teneva la presa stretta su di lui, sperando che Holden arrivasse da un momento all'altro.

Ma Carver aveva ancora una gamba libera, e con essa scalciò all'indietro, rotolando pure sulla schiena per poter prendere la mira. I calci non fecero altro che far arrabbiare Greg, aggrappato ostinatamente a Carver, anche quando quest'ultimo gli piantò un tallone sulla fronte cercando di scacciarlo via, e poi spingendolo in basso con tutta la forza che aveva.

In qualche modo Greg riuscì ad afferrare il piede per bloccare altri calci, ma così facendo aveva solo una mano intorno alla caviglia di Carver, che da un momento all'altro avrebbe potuto liberarsi. Ma il medico rinunciò e smise di scalciare, più deciso a raggiungere il suo prezioso campione, verso il quale strisciò trascinandosi dietro Greg, aggrappato a una caviglia e un piede, e il cui fianco ferito sfregava contro la ghiaia.

Stringendo i denti per respingere l'impulso di urlare dal dolore, Greg si chiede dove cavolo fosse finito Holden; poi, stanco di chiederselo, lasciò andare il piede di Carver e infilò pollice e indice della mano libera in bocca ed emise un lungo e sonoro fischio.

Fischiò di nuovo e perse la presa sulla caviglia del dottore, ritrovandosi a stringere il tessuto dei pantaloni. Carver riuscì a scrollarselo di dosso facilmente e si allontanò arrampicandosi verso il grumo viscido, che si dimenava in una pozzanghera poco profonda di liquido scuro.

Sollevandolo tra le mani, si guardò intorno freneticamente in cerca di un contenitore basso dove metterlo. E non trovando nulla di simile, mise le mani a coppa e fece scivolare quella cosa viscida nella bocca spalancata. La faccia gli divenne rossa, gli occhi quasi gli fuoriuscirono dalle orbite. Sembrava sul punto di soffocare o vomitare. Invece strinse le labbra e deglutì con determinazione. Si concesse un paio di secondi per respirare, posando le mani sul petto per assicurarsi che si alzasse e si abbassasse. Poi si voltò e iniziò a correre giù per la discesa, inciampando spesso e sparendo nella nebbia.

Quando Greg riuscì a rimettersi seduto, due figure in nero gli passarono di fianco, rincorrendo il loro bersaglio.

Ebbe appena il tempo di premere una mano sul fianco dolorante, che qualcosa gli toccò il lato della testa. Greg si voltò e trovò la canna di un fucile puntata contro di lui.

Un uomo armato si avvicinò e si mise di fronte a lui. Indossava una Pelle simile a quella che aveva Greg, ma questa era dotata di guanti, stivali e un elmetto che nascondeva la faccia tramite una visiera liscia e nera.

La canna del fucile si posò sulla fronte di Greg, poi la spinse indietro in modo che l'uomo potesse studiare il suo ostaggio. Dopo avergli esaminato il viso, abbassò la canna del fucile per spostare il tessuto della tuta, ispezionando le macchie scure sulla gola e sulla spalla.

Greg spinse via la canna, stufo di essere punzecchiato dall'uomo.

Quest'ultimo sembrò quasi sorpreso dal gesto, anche perché Greg continuava a guardarlo storto. Inginocchiatosi, gli puntò il fucile contro e gli si avvicinò, tanto che Greg cercò di distinguere i tratti della faccia dietro la visiera, ma vide solo un'ombra del proprio viso riflesso sulla superficie liscia e nera dell'elmetto. Non confidava di fargli pietà, e quindi non la implorò, ma inclinò la testa all'indietro così che la gola fosse il bersaglio più semplice da colpire, e attese, mantenendo uno sguardo spavaldo sotto le palpebre abbassate.

Un fischio di segnalazione risuonò da qualche parte giù per la collina. Era diverso stavolta: due brevi note acute.

L'uomo col fucile non si mosse. Ma aveva senso, considerato che gli sarebbe bastato un istante per farlo fuori? Con un po' di pressione sul grilletto, avrebbe potuto alzarsi e andarsene prima che il suo bersaglio fosse privo di vita. Non era la gravità dell'atto che lo faceva titubare, quanto la sua irrevocabilità; il bersaglio lo desiderava, forse addirittura lo agognava, anche se respirava tremando, sebbene tenendo la bocca chiusa e lo sguardo fisso.

Il fischio si ripeté due volte, con un tono più urgente stavolta, esigendo una risposta.

In automatico, l'uomo si alzò e si mise in spalla la tracolla dell'arma. Rivolgendo le spalle a Greg, sollevò la visiera, fece un fischio di risposta, poi lo abbassò e iniziò la discesa.

La nebbia iniziò a dissiparsi mentre Holden stava tornando verso il muretto di massi. Greg non c'era, ma non era troppo lontano. Holden riuscì a rintracciarlo e lo trovò mentre vagava lungo un sentiero con una mano sulla ferita, che nel mentre si era riaperta facendo inzuppare di sangue la tuta.

Senza dire una parola, prese il braccio sinistro di Greg e se lo mise sulle spalle per aiutarlo a stare in piedi e supportarlo.

Pagliuzze d'oro brillarono negli occhi marroni di Greg quando guardò verso il sole, poi li strizzò abbagliato.

Alla sua sinistra Holden disse: "Non mollare adesso." E poi aggiunse: "Sai, non mi hai mai detto il tuo nome..."